D0766119

FOLIO POLICIER

Gunnar Staalesen

La femme dans le frigo

Une enquête de Varg Veum,
le privé norvégien

Traduit du norvégien
par Élisabeth Tangen

Gallimard

Titre original :

KVINNEN I KJØLESKAPET

Gunnar Staalesen est né à Bergen, Norvège, en 1947. Il fait des études de philologie avant de créer, en 1975, le personnage de Varg Veum qu'il suivra dans une douzaine de romans policiers.

Ses thèmes de prédilection *via* son personnage de privé, chaque fois impliqué plus qu'il ne le voudrait dans des affaires qui le burinent et le blessent sans jamais le blinder, demeurent l'effondrement du rêve social-démocrate, les désillusions du mariage et la pression criminogène qui en découle, l'enfance et, de fait, le conflit des générations. L'amour n'est jamais loin. Le ton est profondément humaniste et cache, dans un humour désabusé parfois cynique, une violente tendresse pour les personnages décrits servis par des enquêtes merveilleusement ficelées, réalistes et pourtant bien souvent surprenantes.

Les six premiers volets de cette série ont été publiés en France par Gaïa Éditions.

1

La petite maison de bois se trouvait à mi-hauteur dans Dragefjellstrappen, qui monte comme une petite rue parisienne vers le sommet de Dragefjellet. Un panonceau indiquait le nom que je recherchais : Samuelsen.

C'était une journée froide et dépouillée de début novembre. Je sonnai et attendis sur le seuil. Elle m'avait dit avoir des difficultés à marcher, et qu'il lui faudrait sûrement un peu de temps pour venir m'ouvrir.

Une odeur douceâtre de vieux bois et de première fumée de cheminée baignait l'étroite ruelle. L'âpre fumée rousse flottait au-dessus des toits, et, plus haut, le long des coteaux de la ville, les premières gelées s'étalaient comme des plaques de brume.

La femme qui m'ouvrit avait une petite soixantaine. Ses cheveux étaient blancs à la racine, mordorés vers les pointes. Ils étaient coupés court, au carré, les angles bien nets. Son visage était sillonné de rides. Sa bouche était petite et pincée, et son menton pointait vers l'avant comme un petit tremplin. Sa mâchoire avait quelque chose de déterminé et d'énergique.

Les yeux avaient moins d'assurance. Ils étaient bleu clair, et un réseau de veinules rouges s'étendait autour des iris. Elle me regarda avec suspicion en plissant les yeux, sans tendre la tête en avant, après avoir à peine entrouvert la porte.

Je lui fis un sourire rassurant :

« C'est Veum, madame.

— Veum ? fit-elle, comme si c'était la première fois qu'elle entendait ce nom. Avez-vous une pièce d'identité ? »

Je lui montrai mon permis de conduire, et elle regarda avec beaucoup d'attention la petite photo qui était dessus.

« C'est vraiment vous, ça ?

— Il y a quelques années.

— Votre visage est davantage marqué à présent, dit-elle en levant les yeux. Entrez. »

Elle fit lentement un pas sur le côté et ouvrit grande la porte.

Je pénétrai dans une entrée sombre. Sur la droite, un escalier étroit conduisait au premier étage où il ne devait pas y avoir beaucoup plus de place que pour deux ou trois pièces. La porte que j'avais devant moi était fermée ; celle de gauche entrebâillée. La femme tenait une canne à la main, sur laquelle elle s'appuyait généreusement en marchant, l'une de ses jambes étant presque totalement inerte. Elle entra devant moi dans la pièce de gauche et m'invita à la suivre.

Nous pénétrâmes dans un petit salon. Il y avait un

vieux canapé usé le long d'un des murs. Un drap, un édredon et un plaid étaient roulés à une extrémité du canapé. Dans le coin opposé gisait un coussin sur lequel étaient brodés l'arc de Triomphe et le texte « la belle France ». Une table basse à deux plateaux occupait l'espace devant le canapé. Une pile de quotidiens et de revues était rangée sur l'étagère du dessous. Sur le plateau étaient posés une tasse à moitié pleine de café, une petite assiette qui contenait encore quelques miettes de pain, une enveloppe ouverte d'où dépassait le coin d'une lettre, un petit bougeoir avec une bougie presque totalement consumée, un paquet de cigarettes norvégiennes bon marché, et une boîte d'allumettes. La soucoupe avait fait office de cendrier.

Au fond de la pièce, une porte entrouverte menait à la cuisine. Un poêle noir se trouvait contre le mur, à côté de la porte. Le bois sec crépitait dedans, et la température dans la pièce avoisinait celle d'un sauna.

Deux fauteuils au tissu usé étaient placés devant la table basse, et elle me fit signe de m'asseoir dans l'un d'eux avant de clopiner vers le canapé.

Lorsqu'elle s'y fut installée, elle eut un petit hochement de la tête en direction du mur derrière moi :

« C'est ma fille. »

Je me tournai dans mon fauteuil, vers un secrétaire que surplombait une simple étagère. Il n'y avait aucun livre dessus, hormis un annuaire téléphonique. Le téléphone se trouvait en dessous, sur le secrétaire. À sa gauche, j'aperçus la photo d'une jeune femme. Celle-ci ne faisait que vaguement penser à sa mère, mais elle avait le même menton volontaire. Ses sourcils étaient étroits, son nez long. Elle nous regardait avec gravité depuis le secrétaire qui en devenait presque solennel : comme une icône sur un autel.

« Mais c'est d'Arne qu'il s'agit, fit madame Samuelsen derrière moi. Mon fils. »

Je me tournai à nouveau vers elle, et la regardai poliment.

Elle se mordit les lèvres et cligna des yeux. Sa voix tremblait légèrement lorsqu'elle prit la parole.

« Je… je n'ai pas eu de nouvelles de lui depuis… des semaines.

— Et ?… Ce n'est pas son genre ?

— Non. » Elle avala avec difficulté. « Il… il a toujours bien aimé écrire… il a toujours fait des efforts pour m'écrire régulièrement.

— Où est-il ? demandai-je doucement.

— Il habite à Stavanger. Il travaille sur une des plates-formes pétrolières dans la mer du Nord. Je n'ai jamais compris pourquoi il ne voulait pas habiter chez moi, à la maison. Mais il a trouvé un appartement à Stavanger, et c'est là qu'il habite, quand il n'est pas… au large.

— Très bien. Et d'habitude, avec quelle régularité avez-vous de ses nouvelles ?

— Il m'écrit toujours quand il est à terre. » Elle tira un petit carnet de sous la nappe. Elle le feuilleta. « Il avait fait dix jours sur la plate-forme puis dix jours à terre, et là, ça fait… Ça devrait faire six jours maintenant, et je n'ai toujours pas de…

Quand il a trois semaines de congés — quand il est trois semaines à terre — il vient souvent passer quelques jours ici, mais quand il n'a que dix jours, il reste là-bas.

— Mais il est peut-être occupé. Par autre chose, je veux dire », suggérai-je sur un ton rassurant.

Elle me regarda avec incompréhension. « Quoi donc ? »

Je haussai les épaules. « Quel âge a-t-il ?

— Vingt-huit ans.

— Eh bien... » J'écartai les bras. « Les jeunes hommes de son âge...

— Les jeunes hommes de son âge ! renâcla-t-elle. En plus, il n'est pas chez lui.

— Ah non ?

— Non. J'ai téléphoné à sa logeuse quotidiennement ces trois ou quatre derniers jours — elle dit que personne ne répond quand elle sonne à la porte. Hier... hier, je lui ai demandé si elle pouvait aller voir, si elle n'avait pas un double de la clef...

— Oui ?

— Alors, elle m'a rappelée, et... Il n'y avait personne. L'appartement était complètement vide. Elle s'est mise à me parler du loyer.

— C'est une habitude qu'ont les logeuses. Il est peut-être parti en voyage ? dis-je sur un ton léger. Les gens qui travaillent sur les plates-formes, ils gagnent plutôt bien leur vie.

— Pas sans me prévenir. Il ne l'aurait jamais fait. Pas Arne.

— Bon...

— Non... »

« Et la dernière fois qu'il vous a contactée, c'était donc…, repris-je après une petite pause.

— Comme je disais, il avait fait dix jours en mer et devrait maintenant en être à son cinquième ou sixième jour de congé. La dernière fois qu'il m'a écrit, c'était juste avant de retourner au travail, alors ça en fera… quinze ou seize…

— Vous n'avez pas songé à contacter… la police ? »

Elle me lança un regard revêche. « Pourquoi pensez-vous que je vous ai téléphoné ?

— S'il apparaît qu'il a vraiment disparu — alors, ils ont beaucoup plus de moyens. Ils peuvent le retrouver en moins de deux. Moi, je ne suis que — moi.

— Mais je ne veux pas… Si jamais… s'il ne s'est rien passé de grave. Ça serait tellement embarrassant. Pour lui…

— Vous voulez donc dire… vous pensez donc qu'il pourrait être parti sans vous avoir prévenue ?

— Non ! » s'exclama-t-elle. Et puis, comme après réflexion : « Ça serait tellement surprenant de sa part… »

Je soupirai. « Savez-vous s'il… Il a peut-être une… amie ? »

Elle secoua la tête, les lèvres pincées. « Non. Il ne m'a jamais rien écrit de tel.

— Mais sa logeuse, alors ?… D'habitude, les logeuses sont au courant de ce genre de choses.

— Ça serait tellement… », commença-t-elle. Puis, elle s'interrompit et se pencha vers la table. « Ils ne parlent pas de ça à leur mère. Vous comprenez ? C'est pour ça que j'aimerais que vous fassiez un tour à Stavanger, que vous parliez avec la logeuse, ses employeurs, d'autres personnes qui le connaissent — que vous essayiez de le retrouver — pour moi…

— Votre fille, elle ne saurait rien, elle ? » Comme par réflexe, je me tournai à moitié vers la photo qui se trouvait derrière moi, comme si je m'attendais à ce que la réponse vienne de là.

« Ma fille est morte, dit-elle d'une voix sans timbre. Elle est décédée il y a… presque huit ans.

— Ah, je suis confus… je…

— Ce n'est pas grave. On ne peut pas deviner… D'habitude, les gens ne meurent pas — si jeunes. »

Le salon sombre fut plongé dans le silence. On aurait dit que le visage de la vieille femme était sculpté dans un bout de bois noueux. Sous sa peau se cachaient des couches d'obscurité, dans lesquelles le deuil s'était installé, à jamais.

« Ce serait… assez cher, finis-je par dire. Il faudrait certainement que j'y reste quelques jours, et j'aurai besoin d'argent pour couvrir mes frais de déplacement, de logement, de nourriture, peut-être une voiture de location, des coups de téléphone… En plus de l'honoraire journalier de base. Ça serait moins cher si vous laissiez la police…

— Je ne veux pas que la police… ! s'exclama-t-elle violemment. J'ai de l'argent, continua-t-elle sur un ton plus serein. Je n'ai pas d'autres dépenses. Vous voulez peut-être une avance ? »

Je hochai lentement la tête. « Donnez-moi juste… son adresse là-bas. »

Elle me la donna. « Et la logeuse s'appelle madame Eliassen. »

Je notai les deux informations. « Ça fait combien de temps qu'il vit là-bas ?

— Deux ou trois ans.

— Et que faisait-il avant ?

— Il a travaillé quelques années comme matelot.

— Et comment s'appelle la société qui l'emploie ? »

Elle me donna le nom d'une des compagnies pétrolières américaines qui avaient acheté une part considérable des fonds marins de la mer du Nord et de ce qui devait se trouver dessous. « Je les ai appelés aussi, mais ils m'ont simplement dit que l'endroit où peuvent se trouver leurs employés pendant leurs congés leur est complètement égal du moment qu'ils se pointent en temps voulu.

— Je vois. Est-ce que votre interlocuteur s'était présenté ?

— Oui, mais je ne me souviens plus… c'était une femme.

— Bien, bien, je trouverai. »

Elle me regarda, suppliante. « Pensez-vous… » Sa voix se transforma en chuchotement. « Pensez-vous pouvoir m'aider ?

— Je vais essayer, répondis-je. Est-ce que vous avez une photo de lui ?

— Oui, je… Il ne voulait jamais aller chez le photographe — comme Ragnhild, mais j'en ai une ici. » Elle tira un sac de sous la table et en sortit une photo. Elle me la donna, et j'y jetai un coup d'œil. Elle ferait l'affaire. Il avait le soleil en plein visage et il plissait un peu les yeux. La lumière dessinait nettement ses traits et l'on pouvait facilement deviner son profil malgré le contre-jour. Je hochai la tête pour lui faire comprendre que je m'en contenterais.

Il faisait penser à sa sœur : le même menton fort et carré — masculin chez lui, un peu trop dominant chez elle —, les mêmes sourcils fins, presque redessinés et le même nez droit et allongé. En revanche, elle avait été brune, et lui était blond comme les blés.

« Ce n'est pas difficile de voir qu'ils sont frère et sœur, dis-je.

— Non… ils ressemblent à leur père, tous les deux, répondit-elle.

— À part ça, auriez-vous quelque chose à ajouter à propos de votre fils ? Quels sont ses centres d'intérêt ? Que fait-il pendant son temps libre ? »

Son regard était désespéré. « Il est si rarement à la maison. D'abord les années où il était en mer, puis maintenant… là-bas. Il… il aime la lecture. Et il allait voir des matchs de football. Ou au cinéma. Mais ça… c'est vraiment commun, n'est-ce pas ?

— Oui, je suppose.

— Combien… combien d'argent vous faudra-t-il ? »

Je fis un rapide calcul. « Disons… deux mille, pour l'instant. Je vous donnerai évidemment un reçu en bonne et due forme quand tout sera fini. Mais il me faut vraiment…

— Il n'y a pas de problème. Auriez-vous la gentillesse d'aller dans l'entrée un instant ?

— Dans l'entrée ?

— Oui. Et je vais… » Elle me fit le signe international de l'argent qui consiste à frotter le bout de ses doigts les uns contre les autres.

Je me levai docilement et sortis dans l'entrée. Je l'entendis farfouiller dans le salon. J'entendis le tapotement de sa canne contre le sol lorsqu'elle traversa la pièce — puis revint au canapé. Elle finit par m'ouvrir la porte : « Vous pouvez entrer maintenant. »

Je rentrai dans le salon en regardant involontairement autour de moi. Mais rien n'avait changé, si ce n'était la liasse de billets qu'elle tenait à la main.

Elle me la tendit. « Vérifiez si le compte y est, s'il vous plaît. Et puis… J'aimerais avoir un reçu.

— Bien sûr. » Je comptai les vingt billets de cent couronnes et sortis une feuille de papier et un stylo. Je m'assis à la table basse et me mis à écrire. « Votre prénom — c'est…

— Theodora », répondit-elle. Elle était toujours debout, comme si elle n'attendait qu'une chose : que je m'en aille.

J'écrivis : *Reçu de madame Theodora Samuelsen, 2000 couronnes*. Puis date et signature : *V. Veum*.

Je lui donnai le reçu et notai le montant dans mon petit carnet. Ensuite, je me levai. Je restai un moment à la contempler. Puis je finis par dire : « Je pars demain matin. J'ai quelques affaires à régler ici aujourd'hui. Mais dès que j'aurai trouvé quelque chose, je vous contacterai. »

Elle acquiesça. Son visage semblait un peu moins sombre à présent. Du moins, quelque chose s'était produit. Il y avait un espoir. J'espérais simplement qu'elle ne serait pas déçue. Il s'était probablement enfermé quelque part, avec une fille. C'est ce que font les fils de temps à autre, et ils oublient souvent d'en parler à leur mère.

Avant de partir, je lui demandai : « Il n'a rien écrit de particulier — dans sa dernière lettre ? Quelque chose qui pourrait... »

Elle secoua la tête. « Non. Juste ce qu'il écrivait d'habitude. Il... il n'écrit pas beaucoup. Le plus important, c'est qu'il m'écrive. Que je sache... qu'il va bien.

— Oui. Je vois. Ça va bien se passer, vous allez voir. Je vous tiendrai au courant — dès que j'aurai... Au revoir, merci de votre accueil.

— Merci d'être venu. »

Elle referma soigneusement la porte et je redescendis la ruelle escarpée. J'étais resté à peine une demi-heure.

2

Je trouvai un homme dans ma salle d'attente. Il était en train de feuilleter un de ces magazines antédiluviens pour hommes que j'avais hérités du médecin qui occupait le bureau avant moi. Il l'avait laissé ouvert sur la page dépliante de la fille du mois, et le magazine était tellement vieux que la fille portait un bas de bikini et tournait le dos au photographe. Au moment où j'entrai, il reposa le magazine et se leva. « Monsen, se présenta-t-il. Harry Monsen. Je ne sais pas si ça vous dit quelque chose. » Je hochai la tête. « Ça me dit quelque chose, en effet. » Nous nous serrâmes la main. Il était de la région d'Oslo et portait un costume gris. La coupe était élégante, urbaine. Un manteau clair en popeline était posé sur la chaise à côté de lui. Il avait une cinquantaine d'années, n'était pas particulièrement grand et ses cheveux châtains semblaient avoir été lavés tout récemment. Coupés exactement à la longueur qu'exigeait la mode, ils couvraient une partie des oreilles et tombaient joliment dans la nuque. C'était un client qui allait une fois par semaine chez son coiffeur. Sa peau était légèrement rouge, comme après un bain chaud. Il paraissait un peu excité, comme s'il était content de me rencontrer. Mais à mon avis, il pensait que ce sentiment devait plutôt être le mien.

Je devais me sentir honoré. Harry Monsen était notre seul détective privé de renommée internationale. Il était à la tête d'une grande agence de détectives privés à Oslo, la plus grande du pays. À ma connaissance, il avait huit ou neuf employés. Je n'avais pas la moindre idée de ce qui avait bien pu l'amener à passer de l'autre côté des montagnes, mais je me disais qu'on n'allait pas tarder à me le faire savoir.

« Venez dans mon bureau », lui dis-je.

Il apporta une serviette carrée aux fermoirs brillants : le genre hommes d'affaires.

Je déverrouillai la porte qui menait dans le bureau même, allumai la lumière et jetai un regard rapide sur les meubles. C'était loin d'être impressionnant, mais j'y avais passé un coup de lavette moins de deux jours avant, ce qui donnait en fait un semblant de propreté à l'ensemble. La couche de poussière sur le bureau n'attirait pas l'œil non plus. On pouvait même avoir l'impression que j'avais quelque chose à faire, de temps à autre.

« Je viens juste d'avoir un nouveau contrat. Je reviens de chez ce client », l'informai-je, pour qu'il comprenne que mon temps était limité.

Il regarda autour de lui tout en affichant l'expression de quelqu'un qui vient de goûter à de la limonade éventée. « Alors, c'est ici… que vous vous cachez ? » demanda-t-il sur un ton coincé.

— La vue est belle », dis-je, en faisant un geste du bras vers la fenêtre.

Le mont Fløyen baignait dans une brume grise, la fumée des cheminées flottait lourdement au-dessus des toits et les gens au-dehors s'étaient bien couverts.

« Oui », dit-il sans enthousiasme.

J'avais comme un poids quelque part sur l'estomac. Un peu l'impression de subir une inspection. Ça ne me plaisait pas.

« Que puis-je faire pour vous ? demandai-je finalement.

— On se tutoie ? » demanda-t-il.

J'acquiesçai.

« Bien », fit-il. Il avait la serviette sur les genoux et l'ouvrit avec deux clics. « Bien », répéta-t-il.

Le nœud dans mon ventre se relâcha pour ensuite se serrer à nouveau, encore plus.

Il sortit un petit dépliant de sa sacoche et me le tendit par-dessus le bureau. « Ça, c'est nous. »

J'examinai le dépliant. Il ressemblait à une brochure de présentation pour une agence de publicité à la mode. Le papier était brillant et bordeaux, la police imposante. HARRY MONSEN S.A. — AGENCE DE DÉTECTIVES, RELIÉE À IDK, disait le titre. Plus bas dans le texte, on expliquait que IDK signifiait Internationale Kommission der Detekivverbände. Je ne lus pas tout, mais je compris que Harry Monsen — selon sa propre publicité — était à la tête d'une agence de détectives d'excellente renommée internationale, qu'il acceptait toutes sortes de missions, depuis « les problèmes conjugaux » et « les investigations personnelles » jusqu'à ce qu'il appelait « l'enquête industrielle, les ressources électroniques les plus modernes ». J'avais l'impression que je devais peut-être me montrer impressionné, mais je me contentai de lever les yeux vers lui, dans l'expectative.

« Je ne sais pas si j'ai besoin de…, commençai-je. On n'est jamais mieux servi que par soi-même, telle est ma devise. »

Il me scruta. « Nous avons entendu parler de toi, Veum. À Oslo. En bien et en mal.

— Ah oui ?

— Commençons par le bien.

— Oui, pourquoi pas…

— On nous a dit que tu étais un enquêteur habile doué d'une intelligence assez développée, que tu as eu des touches heureuses de temps en temps, en particulier dans des affaires où étaient impliqués des jeunes.

— Des touches heureuses, c'est tout à fait ça. Et surtout de temps en temps.

— Oui, on nous a raconté que tu as un ton assez particulier aussi. Verbalement, je veux dire. Que ce n'est pas toujours une bonne chose.

— Tu en as déjà terminé avec les bons points, je vois.

— Non, pas tout à fait. Nous avons entendu dire que tu peux être pas mal têtu : de cet entêtement sain et positif, celui qui amène des résultats. Que tu ne laisses pas tomber. Même si ça te mène dans le rouge.

— Moi ? Dans le rouge ? Tu dois avoir des contacts au Trésor public.

— Mais, continua-t-il en insistant lourdement, nous avons également entendu dire que tu as bien gaffé de temps à autre. Et c'est à cause de ça que nous — ou plutôt moi — nous sommes posé la question suivante : Pourquoi ? La réponse est assez simple. Quand un enquêteur privé honnête et bien intentionné commet des bavures, c'est dans quatre-vingt-dix-neuf pour cent des cas parce qu'il agit seul. Qu'il n'a pas l'organisme qui peut le soutenir. Qu'il n'est pas en mesure de mettre en place une véritable enquête, bien organisée, et que tellement de temps s'écoule que les preuves sont détruites ou l'oiseau envolé.

— Tu as autant pensé… à moi ?

— Pas seulement à toi. J'ai pensé à d'autres aussi, d'autres enquêteurs privés plus ou moins honnêtes qui eux aussi agissent seuls. Tu n'es pas un cas unique, mais la plupart disparaissent assez rapidement de la circulation. Tandis que toi… d'ailleurs, ça fait combien de temps que tu es dans le métier ? »

Je jetai un coup d'œil sur le calendrier. Au moins, c'était l'année en cours. « Cinq ans… je dirais.

— Eh bien. » Il fit un large mouvement du bras. « C'est vrai que tu as toute cette zone géographique quasiment pour toi seul, mais quand même… Ce n'est pas si mal, Veum. Pas si mal. »

Je fis un signe de tête vers sa serviette à documents. « Tu as encore d'autres choses là-dedans ? Tu n'as tout de même pas oublié ton diplôme ?

— Ça me frappe, maintenant que nous sommes en train de discuter. Ça me frappe que ton style est un peu... agressif ? Nerveux ? Je suppose que ça doit user de travailler seul. »

Je me tournai vers lui. « Pourquoi ? Je travaille seul. Ça veut dire que je n'ai de comptes à rendre à personne, sinon à moi-même. Ça veut dire que j'arrive quand je veux, que je pars quand je veux, que je réponds au téléphone quand je veux — et quand les télécoms le veulent aussi. Ça veut dire que je peux me permettre de ne pas accepter certaines affaires et de me garder une certaine estime — justement pour ça.

— Quelles affaires acceptes-tu en fait, Veum ? demanda-t-il, pensif. Autrement dit, de quoi vis-tu ? »

Je fis un grand geste des bras. « Des affaires de disparition. Je retrouve des personnes qui ont disparu. Aujourd'hui — ou il y a dix ans. Mais je les retrouve... la plupart du temps. »

Je laissai glisser un index sur le bord du bureau. « En plus, j'ai d'assez bons contacts avec quelques compagnies d'assurances dans cette ville. Des formes plus simples d'investigation personnelle comme tu dis dans ta brochure. Un autre type d'enquêtes dont ils pourraient avoir besoin — en relation avec des incendies par exemple. Tu connais tout ça aussi bien que moi. Des formes plus simples d'enquêtes industrielles pour reprendre tes mots, encore une fois...

— Comme par exemple ?

— Comme par exemple ? Eh bien. Disons qu'un fournisseur de pièces détachées pour l'équipement de plongée utilisé lors des travaux en mer du Nord s'aperçoit qu'une partie de ses livraisons n'atteint jamais le destinataire, et qu'un concurrent direct est tout à coup en mesure de proposer un prix nettement inférieur à ceux qu'il appliquait auparavant. Pour ne pas impliquer la police avant d'avoir des preuves tangibles, il me contacte. Y a-t-il un lien ? me demande-t-il. Et je le trouve pour lui. Si j'ai de la chance. »

Il acquiesça, les lèvres pincées. « C'est exactement de ce genre d'affaires qu'on se débarrasse en dix fois moins de temps que toi — tant que tu travailles seul, Veum.

— Mais vous…

— Si nous devions par exemple nous introduire sur ce marché ici », m'interrompit-il. Il me regarda avec une mine décidée. Il en était arrivé à ce qu'il était venu me dire.

« Ce sont des projets concrets ? » demandai-je, plus sur la défensive que je n'aurais voulu.

Il hocha la tête, indulgent. « En fait, nous avons des projets concrets d'extension — vers le Vestland. C'est ici que ça se passe, Veum. » Il laissa son regard se balader dans la pièce, comme s'il s'agissait d'un Vestland en miniature. Si c'était ce qu'il pensait, il aurait une belle surprise quand il débarquerait au bled de Mosterhamn. « Dans la mer du Nord, continua-t-il. Et toute cette… activité… qui est le résultat de l'extraction du pétrole. » Il abattit son poing dans une paume ouverte. « C'est ici qu'on fait des affaires, Veum ! »

Je montrai les dents. « Tu t'es trompé de ville, Monsen. Essaie Stavanger.

— Stavanger ? Stavanger appartient bientôt au passé, Veum. Tu ne lis pas les journaux ? Les pages économiques, je veux dire. Mobil arrivera en ville cette année, et d'autres suivront dans les années à venir. Les Français. Les Anglais. Et toute cette autre… activité.

— Quelle activité ?

— Le Klondyke, Veum ! Pourquoi penses-tu que les putes de luxe les plus élégantes d'Oslo, de vraies professionnelles de la plus grande classe, appétissantes comme des massepains, ont mis des contraceptifs dans la valise pour pointer leur nez vers Stavanger dès que ça a commencé à bouger là-bas ? Parce que c'était là-bas qu'on trouvait le gros pognon, c'est aussi simple que ça. Et cet argent-là leur a filé entre les doigts — et pas seulement des doigts féminins. Tu imagines, des gamins de dix-neuf, vingt ans qui n'ont jamais quitté le foyer familial ; tout à coup, ils se retrouvent dans les rues de Stavanger avec trois semaines de congé et les poches remplies, pleines de billets de mille couronnes. Et où vont-ils les dépenser, Veum ?

— Oui, dis-moi…

— Dans les bordels, Veum, dit-il sur un ton significatif. Les bordels. On nous a déjà contactés à plusieurs reprises pour résoudre… une affaire ou deux. Mais… c'est irrationnel, Veum. C'est une mauvaise utilisation du personnel. Mes collaborateurs à Oslo… ils ne connaissent pas Stavanger. Ni Bergen. Ils ont beau avoir tout mon réseau international derrière eux, ça ne sert pas à grand-chose quand il faut se repérer dans les ruelles et les “smug”* de cette ville.

— “Smau”, on appelle ça.

— “Smug” ? “Smau” ? Charmant. — Eh bien, qu’en dis-tu ? »

J’avais raté un épisode. « Ce que j’en dis. De quoi ?

— Tu ne serais pas un peu lent, Veum ? Je suis en train de te dire que mes collaborateurs ont besoin de beaucoup plus de temps, et par conséquent, plus d’argent — pour mes clients — qu’il en faudra à un gus qui connaît le coin. Et maintenant que je prévois d’étendre mon affaire en ouvrant une agence à Bergen…

— Tu as pensé… à moi ?

— N’aie pas l’air si surpris, quand même. Tu ne t’es jamais posé la question ?

— Pour être honnête, non. Elle est tellement récente dans mon esprit que je… eh bien, non.

— Mais ? » Il tourna ses paumes ouvertes vers moi comme un cuisinier italien me souhaitant la bienvenue dans son modeste restaurant, toi aimer les spaghettis, oui ? no ?

« Tu n’as pas vraiment l’embarras du choix, Veum. Ou bien tu feras partie de notre agence de Bergen, notre succursale. Ou bien nous nous trouverons quelqu’un d’autre. Nous recrutons aussi

* Différence au niveau de la prononciation entre l’accent d’Oslo et celui de Bergen du mot smug qui signifie « rue étroite » en norvégien.
(*Toutes les notes sont de la traductrice.*)

bien dans la police que dans les sociétés de gardiennage. On rémunère bien.

— J'ai de quoi mettre du beurre dans mes épinards.

— Tu pourras te permettre d'y mettre bien d'autes garnitures aussi. Penses-y. Nous te payerons un fixe ! Tu auras un nouveau bureau, plus moderne, plus aérien... »

Je contemplai la pièce. « J'aime... la vue.

— Notre organisation, Veum. Télex. Un équipement électronique dernier cri pour... euh, enquêter. Des contacts internationaux. On peut bien avancer par téléphone. Tu épargneras tes semelles, tu... »

Je tapai l'index sur sa brochure. « On parle ici de... de problèmes conjugaux. Ça, c'est le genre d'affaires que je n'accepte pas. »

Il me fixa, bouche bée. « Mais pourquoi, nom de...

— Parce que j'aime pouvoir me regarder dans la glace le matin et quc la seule chose qui me mette de mauvaise humeur, c'est mon apparence physique. Parce que... parce que, ça, ce sont des affaires que je n'accepte pas.

— Nous n'avons pas les moyens d'attacher de l'importance à ce genre de principes dans notre branche, Veum. On travaillc là où est l'argent. En respectant la loi, évidemment, mais... » Il gesticula un peu sans parvenir à s'exprimer.

« Exactement. Et c'est la raison pour laquelle je préfère rester où je suis.

— Mais, l'argent, Veum !

— L'argent ne veut pas dire grand-chose pour moi.

— Ah non ?

— Non. Je suis seul, et s'il se trouvait que j'avais une… copine, c'en serait une qui puisse subvenir à ses besoins, et aux miens aussi d'ailleurs. J'ai ce qu'il me faut, Monsen. Je n'ai besoin de rien de plus. Il n'y avait que les Vikings pour emporter leurs biens dans la tombe, et je suis prêt à parier que ça ne leur servait pas à grand-chose.

— On va t'éjecter du marché, Veum. Au bout d'un an. Même moins ! » s'exclama-t-il, soudain agacé.

J'écartai les bras. « Comme tu veux. Vous pouvez toujours essayer. Ce n'est pas sûr qu'on se marche sur les pieds de toute manière. Il y a suffisamment de place dans cette ville pour d'autres que moi. » C'était ce que j'espérais. Mais mon nœud à l'estomac était toujours aussi dur et toujours aussi coincé. Il refusait de se relâcher, ne serait-ce qu'un peu.

« Eh bien, dit-il dans un geste final, nous ne déciderons rien maintenant. » Il se leva. « Je te donne quinze jours, Veum. » Il regarda sa montre. Électronique, évidemment, équipée d'un appareil respiratoire et de ce genre de finesses. « Réfléchis bien — et passe-nous un coup de fil. Le contrat sera prêt à être signé. Sinon… » Il écarta les bras, attrapa le manteau en popeline d'une main, la serviette de l'autre et se dirigea vers la porte.

Je me levai derrière mon bureau.

« Au revoir, Veum, dit-il. Il faut que j'attrape le vol de trois heures.

— Bon voyage », répondis-je.

Il fit un brusque signe de tête, tourna les talons — et disparut.

Je restai un moment debout à regarder par là où il était sorti. Puis je me laissai tomber lourdement dans mon fauteuil, le fis tourner, me retrouvant face à la fenêtre sans voir quoi que ce soit.

Je ne bougeai pas d'un pouce jusqu'à ce que le téléphone se mette tout à coup à sonner.

Sa voix fut basse, claire et chaleureuse. « Salut. Comment tu vas ? Tu es occupé ? »

J'inspectai mon bureau qui était pour ainsi dire vide. Étais-je occupé ? « Je dois aller à Stavanger, répondis-je. Demain. Et toi ?

— Je… Tu seras chez toi ce soir ? » demanda-t-elle, le souffle court.

Je lui souris de mon côté du combiné. J'espérai qu'elle pourrait l'entendre sur ma voix. « Je suis toujours chez moi, quand tu me demandes d'y être, mon ange…

— Il… il a dû aller à Tromsø aujourd'hui. Il va être membre du jury d'examen là-haut. Je peux m'arranger pour trouver une baby-sitter. »

La langueur soudaine et agréable dans le corps ; le cœur qui battait plus vite. « Alors, viens, je serai là. »

Je fermai les yeux, je m'imaginai son sourire, ses yeux, ses cheveux…

« Parfait, dit-elle. Alors, je viendrai, vers huit heures, huit heures et demie, ça te va ?

— Ça me semble beaucoup trop loin », répondis-je joyeusement.

Elle partit d'un petit rire. « Il faut que j'y aille, mais… on se verra tout à l'heure. Salut.

— Salut. »

Nous attendions toujours un peu avant de raccrocher, comme si ni l'un ni l'autre ne voulait rien rater, si par hasard l'autre avait quelque chose à ajouter.

Mais nous n'ajoutâmes rien, cette fois-ci. Je reposai le combiné. Je m'aperçus que je souriais toujours, et le nœud au fond de mon ventre s'était relâché.

3

Quand la nuit tombe, les clowns sortent. Quand les hommes se sont confortablement installés devant leur téléviseur, c'est le moment où les clowns sortent de leur cachette, descendent votre rue d'un pas léger, montent rapidement le perron de la maison où vous habitez, passent la porte d'entrée et grimpent les marches jusqu'au premier étage. On sonne à votre porte, et quand vous ouvrez, vous voyez une clown qui attend dehors, et elle se jette dans vos bras et vous vous embrassez.

Nous nous embrassâmes, longtemps, comme si nous avions été séparés une éternité. Son corps frêle s'appuya contre moi, en sécurité, et je lui caressai les cheveux, mes mains trouvèrent ses joues et penchèrent sa tête en arrière, et vers le haut, je tins son visage entre mes mains, je la regardai longuement dans les yeux qu'elle avait sombres et brillants — et j'embrassai ses lèvres tendres avec douceur, longtemps.

Tout ce que nous faisions ensemble se passait dans une sorte d'harmonie ensorcelée. Même le geste le plus anodin, comme aller dans la cuisine et attendre près de la table que l'eau pour le thé soit chaude, l'observer prendre un pot d'épices et lire sur l'étiquette, la suivre, l'enlacer et sentir ce rire incontrôlable bouillir dans la poitrine.

« Je suis tellement bien chez toi, dit-elle lascivement. C'est mal — que ce soit si agréable… » Et un voile triste passa sur son visage, comme si elle ne croyait pas que cela pouvait durer, comme si rien de bon ne pouvait durer.

Nous apportâmes la théière, les tasses et les petits pains frais garnis d'œuf et de tomate dans le salon, et nous étions assis l'un près de l'autre dans le crépuscule, le faible crépitement de la cheminée en bruit de fond, assis dans le canapé, très près, les mains autour des tasses, ou les tasses posées sur la table et les mains sur le corps de l'autre, les doigts enlacés, un baiser léger sur la joue, la pointe d'une langue rapide dans une oreille, un faible gémissement…

Je ne voyais qu'elle. Nos soirées ensemble étaient rares, des soirées comme celle-ci, et il fallait que je la regarde, encore, encore et encore, afin de garder son image, en moi, jusqu'à la fois suivante.

Le pouls qui battait sur le côté de son cou mince, la peau dénudée du creux de sa gorge, un cheveu qui se baladait sur sa joue, ses lèvres douces, presque roses, délicates, légèrement humides de thé chaud… Les premiers baisers, tendres.

Puis les baisers plus intenses, les baisers longs et haletants qui nous transformaient en deux comètes étourdies glissant à travers l'espace.

Les mains qui tâtonnent et trouvent des boutons,

qui ouvrent des fermetures éclair, les vêtements qui sont retournés et enlevés, le pouls qui bat, qui bat, jusqu'à ce que nous nous retrouvions nus, blancs, jusqu'à ce que nous allions en dansant l'un vers l'autre comme des mouettes qui se débattent sous la tempête, et sous moi, elle déploie ses ailes, se soulève avec la force d'un paquet de mer contre mon corps, me tire les cheveux et enfonce ses ongles dans mon dos, chante mon nom dans mes oreilles et jette la tête d'un côté et de l'autre — comme transportée…

Ce n'est pas que je sois particulièrement doué au lit. Non, c'est qu'elle tient à moi. Dit-elle.

Et après, nous pouvons rester allongés, et apprendre à mieux nous connaître, trouver de nouveaux plis, sentir de nouveaux parfums, et son sexe est comme un papillon aux ailes roses, aux ailes suaves comme des pétales de fleurs, des pétales de roses… Sa peau est si blanche, si chaude et si douce. Et ses mamelons sont rougis et ils pointent même après coup, comme si elle portait en elle une gelée — ou une langueur — éternelle.

Finalement, elle doit s'en aller, parce que les clowns n'ont jamais le droit de rester, pas toute la nuit. En se rhabillant, nos visages sont lourds de tristesse, mais la joie brille encore dans nos yeux : nous prenons notre temps pour nous préparer, et les derniers baisers sont aussi longs que les premiers.

« Fais attention à toi… à Stavanger », me chuchota-t-elle.

J'acquiesçai sans rien dire et cachai mon visage dans ses cheveux. « Je t'appellerai. »

Sa main me caressa la joue, s'arrêta autour de ma bouche et mon début de barbe rêche, et elle se leva sur la pointe des pieds pour m'embrasser légèrement sur la bouche.

« Je t'aime, Solveig, dis-je, la tête enfoncée dans ses cheveux.

— Mhmmmm », répondit-elle en souriant, les yeux tristes.

Nous sortîmes, et je l'accompagnai à travers l'obscurité de novembre. Nous marchâmes l'un à côté de l'autre sans mot dire. Elle posa son bras sous le mien, frissonnant dans la nuit. À l'angle de Nye Sandviksvei et Skuteviksveien, elle me donna un baiser furtif sur la joue avant de descendre la ruelle escarpée. Je la regardai s'éloigner et entrer chez elle.

Une fois rentré, je sentis encore son parfum dans la pièce, et sur mes mains. Je restai longtemps assis sur le canapé, les coudes sur les genoux et les mains devant la bouche et le nez, incapable de penser à autre chose qu'à elle et à ce qui venait d'avoir lieu.

Le feu dans la cheminée s'était éteint avant que je ne me lève pour faire ma valise. J'allais partir tôt le lendemain. Mais après m'être couché, j'attendis longtemps le sommeil.

Car tel est le sort du clown : se trouver seul dans un lit, dans l'obscurité de la nuit tombée ; se coucher seul, rester réveillé et rêvasser. Alors que les hommes sont en train de dormir.

4

Novembre est un mois dépouillé. Les orages d'automne arrachent les dernières feuilles des arbres, et les tout derniers restes de l'été se trouvent sur les trottoirs et les chaussées, marron pourrissant. Les nuages bas flottent lourdement au-dessus de la ville, et la pluie tombe pour ainsi dire horizontalement dans le vent fort. Puis, les premières gelées font leur entrée : elles mordent l'herbe de leurs dents blanches, couvrent les flaques d'eau d'une fine couche de glace. Même au milieu de la journée le ciel reste pâle. Le soleil ne dégage aucune chaleur, et les nuits sont longues et noires.

Mais novembre a aussi une beauté bien à lui lorsque le ciel se dresse brusquement comme un mur de glace acier vers le nord, le coucher de soleil est encore une bordure flamboyante qui couve à l'ouest, ou lorsque les premiers rayons de soleil dorés de l'aube tombent en biais entre les toits rouges et sur les visages gris des passants.

Le soleil n'était pas encore levé quand je longeai Strandkaien et C. Sundtsgate vers le westamaran de destination à Stavanger. Il n'y avait presque personne dehors. Des ouvriers sérieux allaient vers leurs chantiers du jour. Un jeune couple menait leur enfant chez sa nounou. Le marché était désert, et aucune fenêtre du bâtiment où se trouvait mon bureau n'était éclairée. Le vent qui passait dans C. Sundtsgate, vide et étroite, venait du nord et annonçait des gelées. Les rues désertes étaient glissantes. Je remontai le col de mon manteau et avançai, la tête baissée.

Entre Bergen et Leirvik, nous étions deux passagers. Un homme entre deux âges, qui trimballait deux valises et un physique digne d'un VRP las, s'installa à l'avant de la cabine. Pour ma part, je m'assis vers l'arrière, de l'autre côté du bateau, comme le veut la coutume norvégienne.

Une forte odeur de café flottait là-dedans, et l'hôtesse n'avait pas encore chassé le sommeil de ses yeux. Sa jupe était froissée comme si elle avait dormi avec. Ses cheveux pendaient sans vie de part et d'autre de son visage et elle avait le nez rouge. Elle me fit un sourire fatigué en me donnant un gobelet en carton avec du café, et je pliai les doigts autour du récipient en lui rendant un sourire reconnaissant.

Le bateau décolla sur des ailes d'acier, et le voyage vers le sud commença. Dans la vitre sombre, je ne voyais que le reflet de mon visage transpercé de quelques rares points de lumière. Je pensai à Solveig.

Les souvenirs des autres femmes que j'avais connues avaient pâli à présent. Leurs noms surgissaient de moins en moins souvent dans mes pensées, et leurs visages s'estompaient de ma mémoire. Un seul y restait, et même mon propre visage reflété dans la vitre noire fut remplacé par le sien.

Le bateau tanguait sur le passage en pleine mer du côté de Stord. Le jour était sur le point de forcer le paysage à dévoiler à nouveau ses contours. Le ciel était gris et les nuages se tassaient lentement contre les hautes montagnes. Il allait pleuvoir sur le littoral.

Quelques passagers supplémentaires embarquèrent à Leirvik. Certains débarquèrent à Haugesund, mais à partir de là, le bateau fut quasiment plein. Il était dix heures et quart. Les passagers étaient des hommes d'affaires au sourire rigide qui conversaient à voix basse par-dessus leur attaché-case, des mères avec beaucoup d'enfants et encore plus de colis, une classe dont l'instituteur stressé portait des bottes et un coupe-vent verts, quelques dames entre deux âges au visage rouge et bavard dont les yeux ne se reposaient jamais. Et nous étions tous entraînés à travers Karmsundet vers le large du Boknfjord où les vagues puissantes nous portaient sur leurs épaules et nous secouaient d'un côté à l'autre. Le sommet des vagues écumait vers nous, et je m'agrippai à mon siège, un sourire forcé aux lèvres, comme si j'effectuais ce voyage tous les matins, rien que pour l'exercice.

À l'abri de Randaberg, la mer se calma brusquement, et nous pûmes nous appliquer à remettre nos estomacs en place, au lieu de les avoir à la gorge comme à présent. La plupart des voyageurs avaient l'air soulagé, comme après des obsèques qui n'en finissent pas. Le bateau glissait à pas d'échassier et s'enfonçait dans le Byfjord, et le Stavanger typique apparut, avec son profil bas sur la gauche et ses ponts escarpés sur la droite. Le chantier naval de Rosenberg et la plate-forme de forage Statfjord B, toujours en construction, se dressaient d'un côté du bateau, et de l'autre, tout près du bord de l'eau, gisaient les vieux hangars à bateaux aux toits pointus. Lorsque je sortis sur le pont, une bruine me souffla sur le visage, et je sortis mon suroît de la poche du manteau.

Le bateau s'amarra et je descendis rapidement la passerelle. Je pris Skagenkaien vers Torget, et je m'aperçus lentement à quel point Stavanger avait changé depuis que j'y avais fait mes études à l'École d'études sociales. À l'époque, Stavanger était encore une petite ville somnolente sans animation à l'exception de celle que lui apportait la base marine de Madla. Les chapelles étaient plus caractéristiques de la ville que les restaurants, et les bâtiments étaient vieillots et austères, d'une beauté pittoresque comme dans tant d'autres petites villes norvégiennes, de Hammerfest à Fredrikstad. À présent, il y avait des gargotes exotiques à presque tous les coins de rue ; dans un hangar sur deux, l'intérieur d'origine avait cédé la place à des discothèques, des restaurants et des boutiques ; des bâtiments modernes en béton aux façades dignes de Los Angeles se frayaient un chemin vers le ciel entre des maisons de bois affolées ; et dans la rue, on entendait des langues étrangères aussi souvent que le dialecte de Stavanger. C'était la tour de

Babel, et Bergen était une impasse moyenâgeuse en comparaison.

L'hôtel auquel je parvins était justement un tas de béton de ce style.

Au rez-de-chaussée, je trouvai — outre la réception de l'hôtel — un premier restaurant chic, un deuxième où on pouvait danser, et un bar dont l'intérieur pouvait faire penser à un point de vente rutilant de chrome avec une touche d'élégance française. Derrière le comptoir de la réception se tenait une femme aimable vêtue d'une veste bordeaux seyante et d'une jupe noire. Son visage était strié de ridules et ses yeux soulignés de poches ; elle m'adressa d'abord la parole en anglais, avant d'être convaincue que je parlais norvégien. Elle retrouva ensuite mon nom sur la liste des réservations, cocha le numéro de chambre et me donna la clef. « Au quatrième étage, dit-elle avec le "r" guttural râpeux caractéristique de la région. Vous trouverez l'ascenseur là-bas. »

Je la remerciai et montai les étages. À côté de la porte de ma chambre trônait un gigantesque distributeur de sandwiches. Il étincelait comme une machine à sous de Las Vegas. Derrière une vitre légèrcment teintée étaient étalés d'appétissants sandwiches sous vide qui vous faisaient saliver dc toutes leurs calories. Je résistai à la tentation et entrai dans ma chambre.

C'était une chambre d'hôtel moderne et fonctionnelle, étroite et longue, équipée d'une douche, de toilettes à gauche et de penderies à droite. Je traversai la pièce et ouvris les rideaux. J'avais une vue directe sur une vieille façade en briques fatiguée, décorée d'une image publicitaire à moitié effacée. Le prêt-à-porter masculin du début des années 1950. Je compris pourquoi les rideaux étaient tirés.

J'ouvris ma valise, accrochai quelques vêtements dans une des penderies et quittai la pièce sans avoir touché à grand-chose. J'achetai un plan de la ville à la réception et trouvai l'adresse d'Arne Samuelsen à l'aide de l'index des rues. Je repliai le plan et le glissai dans la poche intérieure de ma veste. En quittant l'hôtel, je jetai un coup d'œil dans le bar. Le barman était assis derrière son comptoir, aussi expressif qu'une poupée de cire. À sa droite, deux adolescents jouaient aux fléchettes. Certaines des fléchettes n'atteignirent même pas le mur. Le son de fléchettes légères tombant par terre accompagna ma sortie.

5

L'étroite maison de bois se trouvait dans une petite rue qui descendait en légère pente vers Banavigå. Le pont Bybrua se dressait à l'est. Les arches du pont faisaient penser à des A comme si la construction tout entière était l'aboutissement architectural d'une surenchère électorale d'Arbeiderpartiet, les travaillistes. Par-dessus les maisons, de l'autre côté de la rue, on voyait les habitations qui longeaient la mer en bas, et les mouettes qui montaient et descendaient contre le ciel gris pâle. L'air sentait l'iode, et la façade blanche était imprégnée d'un motif gris verdâtre d'humidité. Compte tenu de son emplacement, la maison devait souffrir quand le vent du nord se mettait à souffler sérieusement.

La porte peinte en vert était de travers, et elle força lourdement sur ses gonds quand je l'ouvris et pénétrai dans l'entrée sombre. Je cherchai un interrupteur. J'en trouvai un et appuyai dessus sans que rien ne se passe.

Les boîtes aux lettres étaient du modèle ancien, avec des trous en bas qui permettaient de vérifier si elles contenaient quelque chose sans avoir à les ouvrir. L'une d'entre elles portait le nom d'Arne Samuelsen. Une autre, celui de T. Eliassen.

T. Eliassen habitait au rez-de-chaussée, derrière la porte qui se trouvait à droite de l'escalier étroit montant aux étages. Une fenêtre allongée sur la porte laissait passer de la lumière. J'y allai et sonnai.

La porte s'ouvrit instantanément, comme si la femme n'avait fait qu'attendre derrière le coup de sonnette. « Oui ? m'interrogea-t-elle, avant même de me laisser le temps d'ouvrir la bouche. C'est à quel sujet ? »

Elle était assez petite, la cinquantaine bien sonnée, et elle portait une robe-tablier à fleurs. Son corps était plutôt mince, mais les grandes fleurs ne pouvaient en rien dissimuler le fait que sa poitrine était digne d'une femme aux dimensions tout autres que les siennes.

Ses yeux constituaient le trait dominant de son visage. Ils étaient sombres, perçants et curieux. Un rapide coup d'œil lui avait certainement suffi pour me cataloguer et m'archiver, pour une utilisation ultérieure. Sa petite bouche remuait de façon presque imperceptible, comme si elle prononçait pour elle-même les mots qu'elle utiliserait plus tard pour me décrire, et elle dégageait une frénésie étrange qui me fit penser à un rongeur. Ses cheveux étaient châtains, tirant vers le blond, et attachés dans la nuque. Son visage à la peau sèche était blême, et lorsqu'elle se mordit rapidement la lèvre inférieure, je constatai que ses dents avaient la même teinte jaunâtre que sa peau.

« Madame Eliassen ? » demandai-je sur un ton timide.

Elle hocha la tête d'un mouvement sec.

« Je m'appelle Veum. Je viens de Bergen. Je suis venu à propos d'Arne Samuelsen.

— Vous avez apporté le loyer ? aboya-t-elle. Il n'a toujours pas donné signe de vie, et on a dépassé de plusieurs jours…

— Je pense que ça va s'arranger, lui dis-je poliment. Si seulement je pouvais jeter un coup d'œil…

— Vous êtes de la police ? Il est peut-être recherché ?

— Non, pas du tout. Je suis… un ami de la famille. Mon passage à Stavanger était prévu, et sa mère m'a demandé de faire un saut par ici pour voir si je ne pouvais pas le localiser. Elle est… inquiète, vous comprenez bien.

— Oui, inquiète. Et moi, je suis inquiète pour mon loyer ! » Elle joua avec le trousseau de clefs qu'elle avait dans une des poches de son tablier, et me toisa, comme si elle évaluait le contenu de mon portefeuille.

« Si vous me permettez d'aller faire un tour dans son appartement, je…

— Oui, mais je viens avec vous, dit-elle sur un ton revêche. Enfin, bon… je suis déjà allée voir. Oui, sa mère me l'a demandé au téléphone — mais il n'y a rien. On aurait même pu croire que personne n'y habitait ! » Elle jeta un coup d'œil rapide dans l'appartement avant de refermer la porte derrière elle en la secouant légèrement pour s'assurer qu'elle était bien verrouillée. « C'est au premier étage, dit-elle, et elle se mit à monter les marches.

— Il occupe ce logement seulement quand il est à terre, n'est-ce pas ?

— Oui. Je préfère, comme ça je n'ai pas trop d'ennuis avec les locataires. Ils paient leur loyer, mais sont rarement là. Et s'il y a des problèmes, c'est direct à la porte. Je n'accepte pas le moindre écart. » Elle était essoufflée, mais il était difficile de savoir si c'était à cause des marches ou du flot de paroles.

« Alors, il ne pose pas de problèmes... Samuelsen ?

— Mmm... non. » Elle hésita un peu avant de répondre. « Jusqu'à... C'était un garçon facile à vivre et poli, jamais de problèmes avec lui. Il était seul la plupart du temps, et il sortait souvent le soir. Il rentrait toujours seul, jusqu'à...

— Jusqu'à... »

Elle s'arrêta sur le palier du premier. Elle sortit le trousseau de clefs et commença à chercher la bonne. Elle la trouva, l'enfonça dans la serrure et la fit tourner. Elle resta un moment dans l'entrebâillement. « Jusqu'à l'autre soir, oui. Mais cette fois-là, ils ont fait la fête jusque tard dans la nuit. Alors, maintenant, ça suffit. Dès le lendemain, je suis montée pour lui dire. Mais il n'a pas ouvert. Je me suis dit qu'il était embarrassé, et j'ai gardé un œil sur sa porte. J'entends toujours quand on descend ou monte les marches. Mais il… il a dû sortir quand même, cette nuit-là, il y avait tellement de va-et-vient, et je ne pouvais pas non plus tout surveiller. Parce que depuis, eh bien… oui, depuis, il n'est pas revenu. Et ça n'a pas beaucoup d'importance de toute façon, parce que je ne veux plus qu'il remette les pieds ici, mais d'abord… le loyer. » Elle me fixa, les lèvres pincées et les yeux déterminés.

« Je m'en occuperai », dis-je en mettant la main dans ma poche intérieure comme pour sortir l'argent, sans pour autant accomplir le geste. C'était une combine que m'avaient apprise des clients, et elle s'était révélée efficace. Pour eux.

« Bien, bien », fit madame Eliassen, puis elle ouvrit grande la porte et entra avant moi.

Nous arrivâmes directement dans le salon. Il faisait penser au mien. Deux fenêtres étroites donnaient sur la rue étriquée, et une petite fenêtre en saillie sur le côté permettait de voir la maison voisine qui se trouvait à cinquante centimètres : une façade de bois gris verdâtre, sans fenêtres.

« Eh bien, ce n'est pas bien grand, mais après tout, ça suffit largement pour une personne seule », se hâta de dire madame Eliassen, comme si elle me proposait de louer l'appartement.

Il n'y avait pas des masses de meubles dans la pièce : une table basse, quatre chaises, un divan bossu, un téléviseur couleur, une commode fatiguée et une penderie. Une affiche représentant une plate-forme de forage constituait la seule décoration murale. Elle n'était accrochée qu'avec trois punaises, et le coin inférieur gauche s'enroulait sur lui-même masquant ainsi une partie de l'image. L'affiche représentait l'intérieur de la plate-forme en coupe transversale. Le texte était en anglais.

La pièce était rangée que c'en était presque irréel. On aurait dit qu'elle avait été vidée d'objets personnels. Pas le moindre journal ne traînait sous la table, il n'y avait aucun vêtement en vue. On pouvait voir la cuisine à travers une porte entrouverte. Un frigidaire bourdonnait faiblement. Je passai la tête dans l'entrebâillement et examinai la pièce. Une bouteille de sirop vide sur le plan de travail, une boîte d'allumettes et une lavette. Un vieux journal jauni se trouvait sur la tablette de la fenêtre, et servait vraisemblablement à coincer celle-ci quand elle était ouverte.

« La chambre à coucher est là-bas », fit madame Eliassen derrière moi.

Nous traversâmes la cuisine et allâmes à gauche. La chambre avait la taille d'un garde-manger d'autrefois, et le simple lit fluet qui s'y trouvait la remplissait entièrement. Une table de chevet était placée à côté du lit. Le premier tiroir était partiellement ouvert. J'y jetai un coup d'œil et trouvai un index des codes postaux, un dépliant pour une compagnie d'assurances et un roman de cow-boys.

Le lit était fait et les draps semblaient tout propres. « C'est moi qui m'occupe des draps, m'informa madame Eliassen empressée. La plupart d'entre eux le préfèrent ainsi, ils préfèrent payer un peu plus. Voilà, les vieux garçons !

— Est-ce que vous avez changé le lit, après… »

Elle fit oui de la tête. « Évidemment, si quelqu'un devait venir voir… Alors… » Son visage exprimait presque de la culpabilité. « Mais — il n'y avait rien de… d'anormal. Le lit n'avait presque pas servi d'ailleurs. Il n'était rentré que depuis un jour, et il… » Elle ne termina pas sa phrase.

Je jetai un dernier coup d'œil autour de moi. Puis nous repassâmes par la cuisine. « C'était vraiment aussi bien rangé, ici ? » demandai-je.

Nous continuâmes vers le salon. « Oui. Je n'ai touché à rien du tout. Il vivait comme ça. Vous n'avez qu'à regarder ici. » Elle alla à la commode et ouvrit le premier tiroir. Des chemises et des t-shirts étaient méticuleusement empilés. Elle ouvrit le tiroir en dessous. Des sous-vêtements et des chaussettes. Elle alla ouvrir la penderie. Costumes, vestes et pantalons pendaient joliment sur leur cintre. Une paire de bottes et plusieurs paires de chaussures étaient bien alignées par terre dans le placard.

« Apparemment, il n'est pas parti pour de bon, fis-je.

— Non, répondit-elle froidement. Pas encore. » Elle aspira de l'air entre ses dents en émettant un sifflement humide.

Nous restâmes face à face à peu près au milieu de la pièce. Elle mesurait une demi-tête de moins que moi. « Racontez-moi ce qui s'est passé », lui dis-je.

Elle fit un petit mouvement sec de la tête. « Ce n'est pas dans ma nature de me plaindre », fit-elle.

Je lui souris avec compassion. « Je n'en doute pas.

— Il s'est merveilleusement conduit jusque-là, mais… on a des voisins qu'il faut prendre en compte.

— Vous n'avez pas d'autres locataires ?

— Non. Pas ces dernières années. Je ne louais pas avant le décès de mon mari, mais à partir de ce moment-là, j'ai été… un peu gênée aux entournures. Tout était bon à prendre, et ça ne m'a pas coûté très cher de laisser le premier étage pour vivre en bas. » Elle contempla le petit salon. « C'était notre chambre à coucher, à Konrad et moi.

— Ah oui, répondis-je sur un ton intéressé. Ça fait combien de temps que vous louez ?

— Depuis que Konrad… Au début, c'étaient des étudiants, mais ces dernières années, ça a surtout été des gens du pétrole. C'est vrai, beaucoup de choses ont changé à Stavanger.

— Oui, je m'en suis rendu compte. J'ai fait des études ici, dans le temps.

— Tiens ?

— À l'École des études sociales.

— Eh bien. » Je n'avais pas l'impression qu'elle le portait à mon crédit.

« Nous pourrions peut-être nous asseoir ? lui proposai-je.

— On est bien debout, répondit-elle. Ça ne prendra pas beaucoup de temps. Je le répète encore une fois — il s'est conduit parfaitement bien jusqu'à cette nuit où…

— Quand était-ce exactement ?

— C'était… il y a six jours. Il était rentré à terre la veille au soir, et il passait toujours par chez moi pour dire bonjour et me faire savoir que c'était bien lui qui était là, si jamais j'entendais du bruit… là-haut. D'ailleurs, je le voyais toujours, de la fenêtre de ma cuisine. — Mais ce soir-là, il est resté tranquille, je l'ai entendu se faire à manger, allumer la télé, et l'éteindre plus tard dans la soirée, et finalement — aller se coucher. On ne peut pas dire que ce soit bruyant, mais le reste du temps, la maison est vide, et quand, tout à coup, il y a de la vie au-dessus, eh bien, on le remarque, n'est-ce pas ?

— Rien de plus normal, répondis-je.

— Enfin, fit-elle en allant tout de même s'asseoir sur l'une des chaises. Le lendemain soir, il est sorti vers sept heures et demie, et quand il est rentré, à minuit passé — oui presque minuit et demi — il n'était pas seul. » En prononçant ces derniers mots, elle fit la même tête que pour m'entretenir d'un péché capital.

Je m'assis discrètement sur le bord d'une chaise et dit poliment : « Ah oui ? Il avait… de la compagnie ?

— Eh bien, je n'étais pas non plus à côté de la porte en train de les compter, mais… »

Elle continua plus vite : « Samuelsen lui-même, trois autres hommes et deux… femmes. » Elle prononça ce dernier mot comme si c'était un genre tout particulier de vermine qui avait franchi son seuil.

« Six, donc ?

— Oui… Dans ces eaux-là. »

Elle me fixa, une expression de désapprobation sur les lèvres. « Et ce n'étaient pas vraiment des dames !

— Ah bon ? Il avait l'habitude de…

— Jamais. Je ne l'ai jamais vu avec qui que ce soit. Mais c'est vrai ce qu'on dit : l'habit ne fait pas l'ours, et il ne faut pas vendre la peau du moine… »

« Ou vice versa, ajouta-t-elle après une petite pause.

— Non, je vois. Est-ce que je dois… est-ce que je dois comprendre que vous connaissiez l'une de ces… femmes ?

— Non, je ne connaissais aucune des deux. Mais ce n'était pas difficile de deviner de quel genre elles étaient. Et l'une d'entre elles… Je vais vous dire : les temps ont changé à Stavanger, en bien et en mal, et on a vu arriver tellement de gens et de femmes bizarres que… Mais l'autre, c'est une plante locale, pour le dire comme ça. Elle a grandi plus bas dans cette rue. Laura Lusken.

— Lusken* ? Son nom, c'est…

— Enfin, Ludvigsen, mais on ne l'a jamais appelée autrement que Lusken. Elle a été mariée plusieurs fois, mais elle est divorcée depuis trois ou quatre ans maintenant, alors actuellement, elle ne fait que… » Elle cherchait le mot convenable.

« Du free lance ?

* « Luske » signifie « rôder » ou « arriver à pas de loup » en norvégien.

— Enfin, si on veut. Je peux vous dire… Mais — ça attendra une autre fois. Elle était avec eux, en tout cas.

— Et les autres ? Vous savez qui c'était ?

— Non. Inconnus au bataillon. À part l'autre pouffiasse, j'imagine qu'ils étaient tous des gens du pétrole. Ils en avaient l'air. L'un d'entre eux portait un chapeau de cow-boy.

— Un chapeau de cow-boy ?

— Oui. Ce n'est pas si rare que ça non plus, à Stavanger de nos jours. Bientôt, on aura peut-être des Hottentots.

— Vous ne sauriez pas où je peux trouver cette — Laura Lusken ?

— Non, ça, je ne le sais vraiment pas ! s'exclama-t-elle avec mépris. Débrouillez-vous tout seul ! Mais c'est Laura Lusken ou Arne Samuelsen qui vous intéresse ?

— Samuelsen, répondis-je docilement.

Très bien. Et alors, il y a eu un boucan pas possible, cette nuit-là. » Il était évident qu'elle mourait d'envie de raconter.

« Oui ?

— Oui. Un vrai bordel. Des bouteilles qui s'entrechoquaient, et ils riaient et ils faisaient du bruit et ils tombaient par terre, un vacarme pas possible, pour être honnête. Et finalement — je crois qu'ils se sont mis à se battre, parce qu'il y avait des chaises qui se renversaient, des cris et des hurlements, et puis, quelqu'un est tombé par terre avec un gros bruit. Ensuite, tout s'est calmé. Et peu après, ils ont descendu l'escalier à grand-peine pour la plupart d'entre eux.

—Qui ? Combien d'entre eux ?

—Je n'en ai pas la moindre idée. Je m'étais couchée, calfeutrée sous la couette. Je n'ai même pas osé lever les yeux pour vérifier. Mais j'ai entendu qu'ils étaient plusieurs à rester parce qu'ils n'arrêtaient pas de faire les cent pas là-haut, pendant plus d'une heure. Et puis, ils sont partis, eux aussi. Alors, je suis allée à la fenêtre.

—Oui ? Est-ce que vous les avez vus ? »

Elle secoua la tête, humiliée. « Non. Il était trop tard. Et il faisait noir. Il était… presque six heures du matin. Mais ils étaient deux, au moins. Deux ou trois.

—Mais écoutez — quand ils ont fait tout ce foin, vous n'avez pas pensé à aller leur parler ?

—Leur parler ? Mais vous êtes fou ! Vous n'avez pas entendu ce qui est arrivé à cette logeuse — c'était même dans les journaux — ils peuvent être de vrais voyous ces… Elle est montée se plaindre du bruit. C'étaient des étrangers, évidemment. Ils l'ont fait entrer de force dans l'appartement et — tous — même si c'était une femme âgée — et ils ont bien sûr été punis comme ils le méritaient par la suite, mais que pensez-vous qu'on dit d'elle, derrière son dos, dans cette ville ? Ah non, mon cher monsieur, je préfère rester sous ma couette.

—Et la police ? Vous auriez pu téléphoner à la police.

—La police ! » Elle le dit avec mépris. « Je me

serais retrouvée assassinée bien avant qu'ils arrivent, et ça n'aurait pas servi à grand-chose. Pour moi, je veux dire.

— Non, ça, bien sûr. »

Nous nous regardâmes un moment. « Eh bien. » Elle écarta les bras d'impuissance. « C'est comme ça, à Stavanger. Et là, je le mets à la porte, qu'il le veuille ou non.

— Mais il faut d'abord le retrouver.

— Eh bien… ça, c'est votre problème, n'est-ce pas ? dit-elle avec encouragement.

— Quand avez-vous eu l'idée de venir jeter un coup d'œil ici ? »

Elle avait l'air inquiet. « Ce n'est que quand sa mère me l'a demandé. Je ne pouvais tout de même pas imaginer…

— Mais vous avez bien dû entendre qu'il n'était pas là ? Ou qu'il ne… bougeait pas en tout cas. Il pouvait être malade, quelque chose aurait pu lui arriver.

— Je me disais… Eh bien, le premier jour, le lendemain, j'étais tellement secouée que je n'avais pas la sérénité nécessaire pour me soucier de sa santé. J'ai des calmants que le médecin m'a donnés pour ma tension, vous comprenez, et j'en ai pris quelques-uns. Et ensuite, je me suis allongée, dans le salon, sur le canapé, au cas où j'aurais de la visite, une serviette froide sur la tête et une main plongée dans un bac avec de l'eau salée tiède. C'est censé aider.

— Bien.

— Et le lendemain, sa mère m'a téléphoné de

Bergen, et je lui ai dit la vérité, que je ne l'avais pas vu depuis plusieurs jours. Et je n'ai pas eu le cœur de lui parler de… tout le boucan.

— Et c'est à ce moment-là qu'elle vous a demandé d'aller voir dans son appartement ?

— Oui.

— Et qu'avez-vous trouvé ?

— Ce que j'ai trouvé ? Rien ! Vous le voyez bien vous-même !

— Alors, ça veut dire que malgré toutes les festivités et tout le bruit que vous avez entendu cette nuit-là, l'appartement était aussi bien rangé ce jour-là que maintenant ?

— Oui, je le jure en mon âme et conscience. À part le lit, je n'ai touché à rien. Je ne peux pas vous dire pourquoi, mais je pense que je m'étais dit que — ces deux créatures. Je n'ai même pas lavé les draps moi-même. Je les ai envoyés au teinturier.

— Pas un seul verre, pas une seule bouteille vide ?

— Non. Rien. Même pas un mégot dans le cendrier.

— Autrement dit, les invités avaient tout rangé avant de partir ?

— Oui. Vous trouvez ça bizarre ?

— Oui. Ça, je trouve ça très — suspect.

— Suspect ? fit-elle, l'air de réfléchir.

— Oui, ou étonnant, si vous voulez », ajoutai-je rapidement.

Je sortis la photo d'Arne Samuelsen et la lui montrai.

« Pour éviter tout malentendu — c'est bien de ce type-là qu'on parle, n'est-ce pas ? »

Elle regarda la photo avec curiosité, la retourna au cas où il y aurait eu des informations intéressantes au dos. « Oui. C'est lui. Il n'y a pas de doute, dit-elle sur un ton sec.

— Bien, bien, bien. » Je me levai. « Je crois que c'est tout. Pour cette fois, en tout cas. Si je dois revenir voir son appartement…

— Ça serait nécessaire, ça ?

— Faire le tri dans ses affaires, essayer de trouver une adresse, un endroit où il pourrait être…

— Mais…

— Et j'apporterai le loyer la prochaine fois, hein ?

— Mais vous m'avez promis…

— Il faut que j'en discute avec sa mère avant. Pour la règle.

— Vous pouvez lui téléphoner de chez moi.

— Je dois passer à la banque avant, de toute manière. Quel est le montant ? »

Son regard erra dans la pièce avant de revenir sur moi. « Seulement mille deux cents. C'est un bon prix.

— À Stavanger, de nos jours ? Oui, j'imagine. »

Nous n'avions plus rien à nous dire. Elle m'accompagna en bas comme une ombre détachée. « Vous reviendrez alors ? » demanda-t-elle au moment où je m'en allai.

J'acquiesçai. Sauf si je peux l'éviter, me dis-je tout bas avant de sortir dans la rue escarpée. Les pavés étaient arrondis et glissants sous mes pieds, et la mer sentait fort la pourriture, comme il arrive les jours humides de novembre. L'ombre sombre et lugubre de Bybrua tombait sur les toits telle une promesse de mauvais temps.

6

Je retournai vers le centre. D'une cabine, je téléphonai à la compagnie pétrolière pour laquelle travaillait Arne Samuelsen. Après être passé par divers standards, j'atterris au département des ressources humaines où une voix féminine se présentant comme madame Anderson, insistant sur la dernière syllabe*, me demanda de quoi il s'agissait.

« J'essaie de joindre un de vos employés, Arne Samuelsen, de Bergen, et je me demandais si vous aviez des informations en ce qui concerne…

— Sorry, mais nous ne divulguons pas ce genre d'informations à n'importe qui.

— J'appelle de la part de la famille et…

— En tout cas, pas par téléphone.

— Ça ne me dérange pas de passer vous voir personnellement, si… »

Elle parla vite, comme une assistante dentaire rodée :

« Pourriez-vous passer à 13 h 40 ? »

* Anderson est l'équivalent suédois d'Andersen, plus répandu aux États-Unis.

Je répondis que oui.

« Bien. J'aurai dix minutes à vous consacrer. Nous allons voir ce que nous pouvons faire pour vous. »

Je la remerciai, mais elle avait déjà raccroché. À l'extérieur de la cabine, les premiers flocons de neige fondue tombaient lentement sur la ville. Près du marché aux légumes, Alexander Kielland fixait le vide, tourné vers le port. Une mouette effleura son haut-de-forme, sans s'y poser ; le choix de légumes au marché était plus que limité.

L'annuaire et le plan de la ville m'indiquèrent que les bureaux de la société pétrolière se trouvaient suffisamment loin du centre pour rendre indispensable un tour en taxi.

Le chauffeur était du genre peu loquace, au silence contagieux, et il était presque courbé sur son volant, comme s'il essayait de me cacher quelque chose.

La société pétrolière américaine était installée en plein milieu d'un champ, quelques kilomètres au sud-est de la ville. Le bâtiment de trois étages était en béton gris. Un néon rouge indiquant le nom de la compagnie trônait sur la façade, visible de très loin. L'intérieur était habillé de plaques en métal léger beige et bordeaux, tour à tour sur le plafond et les murs selon l'étage auquel on se trouvait. Le contraste des couleurs et la surface métallique rendaient très réel ce décor de science-fiction.

On enregistra mon nom à l'accueil, et le réceptionniste — un homme dans la quarantaine qui, si l'on se fiait à son apparence, n'était pas amateur de raillerie — vérifia par téléphone si j'étais réellement attendu. Puis il m'envoya poliment vers l'un des quatre ascenseurs.

Celui-ci était grand, spacieux et silencieux. Une musique viennoise s'échappait comme du thé léger de haut-parleurs invisibles. Un petit coup de *An den schönen, blauen Donau* — et j'étais arrivé en haut.

En sortant de l'ascenseur, je trouvai une autre réception, gérée par une femme cette fois-ci. Elle, en revanche, avait l'air d'aimer les plaisanteries, mais elle ne me laissa pas le temps de m'y mettre. Elle m'indiqua de façon autoritaire la troisième porte à droite et saisit un combiné de téléphone avant que j'aie l'occasion de la remercier.

Je frappai et entrai par la porte bordeaux qui portait les lettres DG. Je déchiffrai rapidement le code et arrivai à la conclusion que j'entrai dans le bureau G, au quatrième niveau.

Un homme qui approchait la trentaine, rasé de très près et aux cheveux bruns bien coiffés, se leva rapidement de derrière l'un des bureaux dans son costume gris moulant et vint vers moi, un agenda bordeaux dans une main et un stylo beige dans l'autre. Les murs étaient ornés de grands dessins pompeux représentant des plates-formes de forage sur une mer agitée. Au fond de la pièce se trouvait une autre porte sur laquelle était marqué DH. Le jeune homme jeta un rapide coup d'œil sur mes chaussures qui n'avaient pas été cirées ni la veille, ni l'avant-veille, et demanda ensuite sur un ton obséquieux : « Veum ? »

Je hochai la tête, et il regarda sa montre électronique. « Madame Anderson vous recevra dans quatre minutes et demie. Si vous voulez bien attendre là-bas. » Il m'indiqua l'un des fauteuils de cuir beige qui étaient savamment disposés autour d'une table basse ovale en plastique qui, miracle, était noire. Puis il s'installa derrière son bureau où il s'occupa de choses obscures grâce à une petite calculette et un écran d'ordinateur.

Une grande horloge carrée accrochée au-dessus de la porte qui menait à l'autre pièce indiquait le temps en six chiffres où les centièmes de seconde défilaient comme des grains de sable coulant entre les doigts. Elle me donnait la sensation désagréable du temps qui passe trop vite alors que vous n'êtes pas là où vous devriez être et ne faites pas ce que vous devriez faire. À 13.39.30 précises, le jeune homme décrocha le téléphone, composa un numéro à deux chiffres et parla à voix basse dans le combiné. Il raccrocha et me dit : « Vous pouvez entrer. »

J'entrai. Madame Anderson, assise derrière son grand bureau, avait le dos tourné au paysage plat et les mains délicatement posées l'une à côté de l'autre sur le plateau de sa table. Une grosse bague étincelante décorait l'un de ses doigts. La pierre était verdâtre, assortie à ses iris. Les verres épais de ses lunettes agrandissaient ses yeux et c'était la seule chose chez elle qui pouvait lui donner un air maladroit. Hormis cela, elle donnait l'impression d'être aussi efficace qu'un ordinateur et tout aussi aérodynamique que ce qui l'entourait.

Elle se leva derrière son bureau et nous nous serrâmes la main. La sienne était fine, froide et soignée. Elle portait une robe en lin simple qui suivait les lignes de son corps avec une élégance discrète. Ses lunettes aux branches dorées n'avaient pas de monture et la moitié supérieure des verres était teintée en rouge. Il y avait aussi du rouge dans ses cheveux noirs. Ils étaient attachés dans la nuque et bien tirés derrière les oreilles. Son nez était droit, ses lèvres pulpeuses colorées du même rouge que les verres de ses lunettes. Je lui donnai la cinquantaine, bien conservée.

Nous nous assîmes, et elle alla droit au but. Elle posa les coudes sur la table devant elle et joignit les mains par le bout des doigts. « Donc vous souhaitiez… obtenir des informations sur un de nos employés ? » Elle parlait un norvégien parfait, sans la moindre trace de dialecte. « Qui vous envoie, et pourquoi ?

— Je viens de la part de la famille, de sa mère pour être exact. Et il ne s'agit de rien d'autre, si ce n'est que nous ne savons pas où il est. »

Elle eut un sourire furtif, indulgent. « Cela n'a rien d'extraordinaire, dans notre service. En général, ça se résout tout seul. Il reviendra certainement à la surface.

— Mais sa mère…

— Selon notre expérience, quatre-vingt-dix-neuf pour cent des employés réapparaîtront à temps pour le départ vers la plate-forme. Le un pour cent restant… » Elle haussa les épaules. « Eh bien, nous n'avons plus affaire à lui, pour le dire clairement et simplement.

— Alors, vous n'êtes pas inquiets ?

— Non, répondit-elle sur un ton léger.

— Mais… vous savez peut-être des choses qui pourraient quand même m'aider ?

— N'êtes-vous qu'un simple ami de la famille, Veum, ou bien… » Elle me dévisagea.

« Je suis détective privé. »

Elle émit un claquement rapide avec la langue. « Tiens, tiens. L'un des rares. Vous n'êtes pas si nombreux que ça par ici, hein ?

— Il y en a peut-être plus là d'où vous venez ?

— Je suis norvégienne, Veum, répondit-elle froidement. J'ai vécu quelques années aux États-Unis, c'est vrai, et dans notre branche… Eh bien, j'ai croisé quelques représentants de… cette espèce. Vous n'avez pas beaucoup de charme.

— Non, vous comme moi, ce n'est pas le charme qui nous fait gagner notre pain. »

Elle se leva derrière son bureau. « Mais pour vous faire une démonstration du service que nous fournissons à nos employés — et à leur famille… Le genre d'informations que vous cherchez, c'est le domaine du département de la sécurité. Je vais… » Elle composa un numéro et parla dans le combiné. « Demande à Jonsson de venir, s'il te plaît, chou. » Elle prit la peine de m'épeler le nom et ajouta : « Lui aussi, il est très conscient de ses origines norvégiennes, et il serait vexé si on le prenait pour un simple Johnson on ne peut plus ordinaire. » Pour la première fois depuis le début de l'entretien elle sourit franchement et exhiba ce qui, en apparence, était une rangée de perles impeccablement blanches.

Peu après, la porte s'ouvrit et un homme entra.

C'était un homme costaud d'une cinquantaine d'années aux cheveux grisonnants très courts et d'une grande vitalité apparente. Il mesurait facilement un mètre quatre-vingts et il était un peu trop mastoc à la taille, comme c'est souvent le cas chez les Américains au bout de quelques années, parce qu'ils ont trop souvent préféré la voiture à la marche à pied. Il était vêtu d'une chemise à carreaux noirs et gris ouverte au col, d'un pantalon à carreaux gris et blancs et d'une veste en cuir brun légèrement cintrée. Son visage était large, et c'était comme si ses yeux aussi bien que ses narines s'élargissaient lorsqu'il salua madame Anderson. Un sourire de loup errait sur ses lèvres, et de solides plombages dorés étincelaient de l'intérieur de sa bouche. Il respirait par le nez et sa voix était un peu âpre quand il dit : « Tu m'as demandé, Vivi ? »

Madame Anderson inspira profondément : « Oui. Il y a un monsieur ici que tu devrais rencontrer. »

Son regard s'arrêta un court instant sur la poitrine de madame Anderson avant de se tourner vers moi. « Eh bien, bonjour l'ami. Que puis-je faire pour vous ? » Il parlait bien norvégien sans pouvoir dissimuler un accent étranger. Son regard était perçant et dur, et il y avait une étincelle d'humour ou peut-être de mépris. Il me tendit une main robuste.

Nous nous serrâmes la main et il resta juste devant moi, un peu trop près à mon goût. Son corps dégageait une faible odeur acide qui n'était pas forcément désagréable, et comme il me dépassait de cinq ou six centimètres, je dus lever la tête pour le regarder dans les yeux. J'eus l'impression d'être en recherche d'emploi pour un poste vacant que j'avais très peu de chances d'obtenir.

Je fis un geste de la main indiquant le sol, me tournai et ouvris la bouche. Mais madame Anderson me devança. « Il cherche des informations — sur un de nos employés. Un certain… Arne Samuelsen, c'est bien ça ? » Elle m'interrogea du regard, et j'acquiesçai.

Jonsson dirigea son attention vers moi, l'air de réfléchir. « Samuelsen ? » Il tira la langue. « Je ne peux pas dire que j'associe ce nom à quoi que ce soit, mais bon Dieu, combien de milliers de personnes sont employées chez nous ? »

C'était une question rhétorique et personne ne répondit. « Venez dans mon bureau, et nous allons voir, continua-t-il.

— Je vous remercie de votre aide, jusque-là », fis-je à la femme derrière le bureau.

Elle sourit, toujours aussi froidement. « Mais je vous en prie. »

Mais elle avait regardé sa montre en prononçant ces mots.

« S'il devait y avoir autre chose, Vivi — n'hésite pas à m'appeler… » Leurs regards se croisèrent, et je ne fus pas tout à fait en mesure d'interpréter l'ambiance qui régnait dans la pièce : était-ce de l'érotisme — ou une lutte de pouvoir ?

En franchissant la porte, il extirpa rapidement une cigarette d'un paquet qu'il avait dans sa poche, la ficha entre ses lèvres et l'alluma avec un briquet doré. Il fit rouler la cigarette jusqu'au coin de ses lèvres et toussa profondément.

« Merci de m'avoir aidé..., chou », dis-je au moment de passer devant l'homme au costume gris.

Il leva des yeux pensifs de la machine à écrire, comme s'il ne m'avait pas entendu. Jonsson ricana.

7

Je suivis Jonsson le long du couloir. Sur le chemin, il me raconta par le coin de la bouche : « Croyez-moi — rien ni personne ne peut l'empêcher d'aller où elle veut. À Houston, elle a épuisé deux maris, elle est actuellement séparée du troisième et a fait une carrière dans le pétrole digne d'un homme. Elle a un tigre domestique entre les jambes et gare à vous si elle le lâche !

— Ah oui ?

— *You bet !* » s'exclama-t-il en rugissant lui-même presque comme un tigre. Il ouvrit toute grande la porte de son bureau et nous entrâmes dans une pièce qui avait les mêmes couleurs et motifs que l'antichambre de madame Anderson. Les murs étaient couverts d'affiches détaillées de plates-formes de forage. Différentes couleurs représentaient — à mon avis — différentes zones de sécurité. La seule photographie qui décorait les murs était une vieille photo d'un film représentant Ronald Reagan, un chapeau de cow-boy à la main, assis sur un cheval qui se cabrait. Elle était dédicacée.

Un petit type assis derrière un bureau leva les yeux au moment où nous entrâmes. Il avait un crayon à la main et une esquisse détaillée devant lui. En s'apercevant que Jonsson était accompagné, il retourna la grande feuille. C'était un homme dont l'apparence témoignait d'une certaine nervosité. Il avait peu de cheveux et ses yeux clairs, si clairs qu'ils étaient d'un gris presque blanc, ne se posaient jamais. Ses cheveux fins étaient châtains, tirant vers le roux, et ils couvraient son crâne rougeâtre en mèches longues et indisciplinées. Il portait un costume de velours marron, une chemise à carreaux et un gilet en tricot.

« Voici mon assistant, gronda Jonsson. Nils — voici... » Il se tourna vers moi. « Quel est votre nom, déjà ?

— Veum. Varg Veum. »

Le petit type se leva, fit le tour de sa table de travail et se présenta avec l'accent souriant du Sud : « Nils Vevang, conseiller en sécurité. » Nous nous serrâmes la main. Sa paume était moite.

« Mister Veum cherche des informations à propos d'un de nos employés. Asseyez-vous, Veum. Un instant, s'il vous plaît. » Il passa la porte au fond et me laissa seul avec le petit Vevang. Nous restâmes à nous regarder.

« Arne Samuelsen, vous avez quelque chose sur lui, peut-être ?

— Comment ? Qui ça ?

— Celui que je cherche. Arne Samuelsen.

— Non, Samuelsen. Avez-vous une idée...

— … de combien de milliers d'employés vous avez ? Non. Mais je peux l'imaginer. »

Il me tourna le dos et retourna à son bureau. « Jonsson doit être parti chercher… »

Jonsson ressortit de son bureau. Il avait un dossier à la main. « Asseyez-vous, Veum, je vous en prie. Je ne pense pas qu'on trouve des choses particulièrement palpitantes là-dedans, mais… »

Il s'assit sur le bord de la table de Vevang. Je restai debout, mais il tint le dossier tellement haut qu'il m'était impossible de jeter un coup d'œil par-dessus pour voir les papiers qui concernaient Arne Samuelsen.

Jonsson avait toujours une cigarette à la commissure des lèvres et parla professionnellement à travers l'autre. « Alors, vous êtes un véritable fureteur privé norvégien, hein ? demanda-t-il sans lever la tête et tout en feuilletant avec indifférence les quelques papiers qui se trouvaient dans le dossier. Un petit malin ? Alors, vous avez découvert des gens qui distillaient à domicile dernièrement ? Mis au jour des complots montés derrière les murs des étables ? » Il fit un clin d'œil à Vevang qui écoutait la conversation attentivement. « Je croyais qu'il n'y en avait pas au pays, moi. Que tout était trop petit ici, en quelque sorte.

— C'est en train de changer.

— Ah oui ? » Il avait terminé d'examiner le dossier. « Je ne trouve rien ici, Veum. S'il avait une raison de disparaître dans la nature, je l'aurais eue ici. Il doit être en train de s'envoyer en l'air avec une gonzesse quelque part, vous pouvez en être sûr. Allez à l'héliport le jour de son retour à la plate-forme, et vous le retrouverez.»

Je ne lâchai pas le dossier des yeux. «Et vous êtes sûr de tout savoir ?

— De tout savoir ? C'est mon boulot de tout savoir, mon pote — et dans cette branche les choses sont telles que si vous n'êtes pas capable de faire votre travail, c'est dehors le jour de la première paie. D'où je viens, la protection contre le licenciement n'est pas monnaie courante, ça je peux vous le garantir.

— Mais si vous aviez su quelque chose, Jonsson, ça aurait été quel genre d'information ?

— Là, on dirait une émission de radio pour enfants, Veum. Les "si" n'existent pas dans ma branche.

— Je vois bien que vous êtes dans une branche dure, Jonsson. Dans mon métier, on ne connaît que ça.

— Tiens ! Vous devez vous amuser. Bien, bien, bien, un peu d'informations de base ne peut faire de mal à personne. Asseyez-vous, Veum.»

Je m'installai dans un fauteuil profond, tellement profond que j'avais l'impression que mes fesses touchaient le sol.

«Écoutez-moi bien, fouille-merde. Je suis responsable de la sécurité à bord. Sur les plates-formes. La sécurité est étroitement liée à la fiabilité de l'équipage et — à ne pas oublier — leur indépendance.» Il me lança un regard éloquent.

«Et qu'entendez-vous par indépendance ?

— Ça ne nous arrangerait pas, par exemple, si

certains de nos employés tombaient sous la griffe de mouvements tentés de mettre en œuvre une action de sabotage sur l'une de nos installations. Pour ne pas y aller par quatre chemins : des personnes qui sympathisent trop avec la cause des Palestiniens ont relativement peu de chances de se trouver un poste là-bas. En tout cas, tant que j'ai encore mon mot à dire. Les gens qui ont des rapports avec le monde souterrain, les gens qui sont dépendants de drogues, les alcooliques notoires, les hystériques, les homosexuels — *no dice, man.*

— On dirait que c'est une chapelle que vous gérez, là-bas.

— Eh bien, la comparaison n'est pas si sotte — en ce qui concerne l'exigence d'absence de tares, il faut bien le reconnaître.

— Je ne connais pas tellement d'ouvriers dans le pétrole, mais ceux que j'ai rencontrés ne m'ont pas vraiment paru être des enfants de chœur. »

Un gros et long index se dressa et me visa. « Demandez-leur pour quelle société ils travaillent, Veum. Les politiques sont différentes. Vous, les Norvégiens, vous êtes complètement fous. Vous adoptez une politique syndicale qui permet d'y envoyer des communistes purs et durs. Vous ne vérifiez même pas leur appartenance politique, bon Dieu. Et les bouffeurs de grenouilles qui débarquent de France, ils n'ont aucun principe. Mais nous… basés aux États-Unis. On adopte une ligne intransigeante. Des garçons durs, costauds, et propres sur les plates-formes — *clean, good fun* quand ils sont à terre.

—Et qu'entendez-vous par "*clean, good fun*" ? Les scouts ?

—Les filles, le vin et la chanson comme vous dites en Norvège. » Il ricana à tel point que sa cigarette faillit s'écraser contre sa gueule. Il abattit son poing sur le plateau de la table et rit bruyamment vers Vevang. « Voilà, la maison de prière, hein, Vevang. »

Il descendit agilement du bureau d'un petit bond. « Laissez-moi vous dire franchement. Je ne peux pas vous donner des informations concernant Arne Samuelsen, parce qu'il n'en existe pas. On n'est pas paternalistes, mais on surveille nos employés. On ne vérifie pas les filles qu'ils fréquentent, du moment que ce sont de vraies putains norvégiennes et pas des agents étrangers. On ne vérifie pas non plus la quantité d'alcool qu'ils consomment à terre, du moment qu'ils sont sobres en mer. Un peu de shit, ça va, mais s'ils prennent des drogues dures, il n'y aura plus de virées en hélicoptère vers les plates-formes. Trop de dettes de jeu peuvent conduire vers le genre de dépendance dont j'ai parlé tout à l'heure. Et tout ce qui est politique — on garde un œil attentif dessus. Mais comme je disais… Arne Samuelsen, il est pur comme des fesses de bébé, blanc comme des ailes d'ange.

—Vous permettez que je jette un coup d'œil ? »

Il secoua la tête, lentement et de façon saccadée. « Non. Confidentiel. Protection de la vie privée. Il faut essayer ailleurs.

—Alors, vous n'avez même pas le moindre

tuyau à me filer ? Vous n'avez pas le nom des filles qu'il fréquentait ? Ce genre de choses ? »

Il secoua à nouveau la tête. « Non. Montrez-nous plutôt vos talents et revenez me raconter. Si vous trouvez quelque chose. Mais je suis à peu près certain que vous ne trouverez rien, parce que ça signifierait que je n'ai pas fait mon travail comme il faudrait, et ce n'est pas dans mes habitudes. »

Je restai assis. Au-dehors, la neige fondue se transformait peu à peu en pluie. Le temps ne donnait pas envie de se retrouver dehors, et le fauteuil était confortable. « C'est tout ce que je peux vous dire, Veum », fit Jonsson.

Je me levai, avec peine. « À bientôt », lui répondis-je, et allai vers la porte. Toujours assis derrière son bureau, Vevang ne me lâchait pas des yeux. Jonsson se trouvait devant ce même bureau, pensif, et examinait le dossier ouvert qu'il tenait entre les mains. Pour je ne sais quelle raison, ils me faisaient penser à Laurel et Hardy. Je les saluai d'un signe de tête et quittai la pièce.

J'empruntai l'ascenseur pour redescendre à la réception. À côté de la sortie principale se trouvait une cabine téléphonique. Le réceptionniste m'y accompagna du regard. Je réunis toutes les pièces d'une couronne que j'avais sur moi et composai un numéro à Bergen. Lorsque la standardiste décrocha, je demandai Solveig Manger. Solveig Manger s'était absentée, me répondit-elle, dissimulant mal sa joie maligne. Elle connaissait ma voix, et elle ne l'avait jamais aimée. Je lui expliquai que je téléphonais de Stavanger et lui demandai si elle voulait bien transmettre mon numéro à Solveig Manger. Elle allait le noter, m'avait-elle répondu. Je lui donnai le numéro de téléphone de l'hôtel et lui dis que j'allais essayer d'y être vers les seize heures. Nous ferons tous de notre mieux, n'est-ce pas, dit-elle philosophiquement avant de raccrocher.

Je restai à fixer le combiné un instant avant de me ressaisir et d'appeler un taxi.

8

Ce chauffeur de taxi était du genre bavard. Il m'avait tenu un discours humoristique plutôt exhaustif à propos de l'influence de l'ère pétrolière sur Stavanger et son ambiance avant même d'avoir parcouru la moitié du chemin du retour. Puis il se retourna négligemment vers moi, la main droite posée sur le dossier du siège passager : « Mais vous travaillez dans cette branche aussi, hein ?

— Non, en fait, je ne suis ici que pour deux ou trois jours — en mission. »

Il jeta un regard furtif sur la route devant lui avant de se tourner à nouveau. Une Volkswagen se rabattit avec inquiétude tout à droite de la route ; plus loin devant, un énorme camion approchait imperturbablement. « Je vois à l'accent que vous venez de Bergen », me dit-il. Il le prononça « Barrgen », du fin fond de la gorge. Je pointai un index vers le bout de chemin devant nous, sans rien dire. Il tourna le volant un peu et le camion passa à côté de nous comme une rafale de vent venue de nulle part. « Et comment ça va là-haut, alors ? L'ère du pétrole a fait son entrée chez vous aussi ?

— Pas encore. Mais les grandes sociétés ont commencé à investir dans le marché immobilier, alors ça ne saurait tarder.

— Ça sera l'enfer, je vous le promets — mais ça apporte de l'argent, bien sûr, alors ce n'est qu'une question de goût, en réalité. Un paradis sans argent — ou un enfer avec. »

Je le crus. C'est des ivrognes et des chauffeurs de taxi que vient la vérité. Nous nous approchâmes du centre-ville et commençâmes à nous traîner dans les bouchons. Je me penchai vers l'avant : « Dites-moi — est-ce que vous connaissez quelques-unes des femmes aux mœurs légères de cette ville ? »

Il se tourna, un grand sourire aux lèvres cette fois-ci. « Vous comptez faire la bringue, hein ?

— Non, mais — Laura Lusken, ça vous dit quelque chose ? »

Il s'arrêta à un feu rouge. « Laura Lusken, et comment. Elle fait partie des valeurs sûres, elle. Elle est sur le marché depuis l'époque où Viking* était en deuxième division — contrairement à toutes les poupées de compète, qui sont arrivées ces dernières années. Laura Lusken, ouf — sa touffe, on la bouffe, voilà ce que les mecs criaient en lui courant après. Tu veux peut-être que je t'emmène chez elle ?

— Parce que tu sais où elle habite ?

— Ça fait partie du service, mon pote. Allons-y. » Il quitta la route principale et prit vers l'ouest. Il descendit ensuite quelques pentes abruptes à

* L'équipe de football de Stavanger.

l'ouest de Vågen avant de poursuivre par une petite rue perpendiculaire qui longeait un hangar de bateau et s'arrêta près du trottoir. Il pointa une direction droit devant lui. « Tu vois l'entrepôt là-bas ? Tu le contournes, et arrivé dans la cour, c'est la première porte à droite. Elle est la seule à y habiter, alors tu ne peux pas te tromper. Une fois à l'intérieur, un petit escalier monte au premier étage. C'est là qu'elle habite, dans la vieille loge de gardien. Toute seule dans son château. Mais je ne peux pas te garantir qu'elle soit chez elle. C'est le début de sa journée de travail à cette heure-ci.

— Bon. Merci beaucoup. » Je lui donnai un petit pourboire pour sa peine.

Il me remercia d'un signe de tête. « Passe-lui le bonjour, hein. Dis-lui que c'est Åge qui t'envoie.

— Tu touches une commission ? » demandai-je, et en faisant un signe de tête à mon tour je claquai la portière derrière moi.

Je suivis ses indications. L'entrepôt était un grand bâtiment gris à la façade écaillée et aux fenêtres du rez-de-chaussée condamnées. Un chat tigré contournait le coin à pas de loup en me voyant arriver dans la cour. Plus loin, près d'une clôture en bois, gisait l'épave d'un camion sans roues dont la portière de la cabine dépouillée ne tenait plus que par un gond.

J'ouvris la première porte que je vis. Le *Stavanger Aftenblad* du jour sortait d'une boîte aux lettres. Ça donnait à l'ensemble un air plus respectable. L'escalier qui montait au premier étage était long, étroit et sombre — et ne faisait pas vraiment penser au large chemin de la perdition. Il n'y avait pas de lumière dans la cage d'escalier. Je longeai le mur en montant les marches. Tout à coup, il n'y en eut plus, et j'arrivai directement à une porte sans passer par un palier. Il n'y avait pas de sonnette en vue, et je frappai donc. Personne ne répondit. Je frappai à nouveau, un peu plus fort. Toujours rien. J'attendis un moment, tendis l'oreille à la recherche de bruits. Si elle faisait partie de celles qui travaillaient à la maison, elle pouvait parfaitement être en pleine action. Sinon, elle s'était absentée.

Je frappai encore une fois, toujours sans obtenir de réaction. Je redescendis l'escalier et sortis dans la cour. Je m'arrêtai devant le bâtiment. À cause du temps morose, il commençait déjà à faire nuit. La journée avait passé vite et je n'avais pas appris grand-chose. Pas encore, en tout cas.

Je retournai à pied à l'hôtel. L'heure de pointe était bien entamée et plus d'un prenait des raccourcis interdits en passant par les petites rues de Stra. Un message m'attendait à la réception : Solveig avait téléphoné. Elle allait essayer à nouveau demain. Le réceptionniste me jeta un regard qui en disait long, et je le remerciai.

Je m'étais levé tôt ce matin-là ; je montai dans ma chambre, pris une douche et m'allongeai sur le canapé. Je m'endormis au bout de cinq minutes, et la faim me réveilla deux heures plus tard.

La nuit était tombée de l'autre côté de ma fenêtre. La lumière des néons s'était mise à vaciller. Stavanger se changeait pour le soir — et la nuit.

9

La salle de restaurant prolongeait le bar. La plupart des tables étaient occupées, et le barman s'activait en habitué derrière son comptoir. Je remarquai un homme aux cheveux tout blancs dont le visage était jeune et éveillé, assis sur un des tabourets. Il me suivit d'un regard curieux quand je passai a sa hauteur, et ce fut tout juste s'il ne leva pas son verre pour me saluer. Le contenu en était marron, sombre.

Je me trouvai une petite table dans un coin de la pièce, juste en dessous d'un palmier penché. J'eus à peine le temps de m'asseoir qu'un serveur se dirigea vers moi en un mouvement fluide et me tendit le menu. Je scrutai la clientèle par-dessus la carte. Elle était variée mais nettement dominée par les hommes. Il y avait des hommes jeunes et de plus vieux, des hommes entre deux âges et des hommes comme moi. Les femmes étaient pour la plupart jeunes et belles sans être sophistiquées, portant des habits qui mettaient en valeur leurs formes opulentes. Leurs sourires étaient beaux et mécaniques, sans atteindre les yeux.

Je passai ma commande — un plat de poulet accompagné d'une salade verte et une demi-bouteille de rosé. J'étais habillé simplement, en chemise noire déboutonnée dans le cou, pantalon noir et veste de velours marron. Je ne devais pas donner l'impression d'avoir un portefeuille débordant parce que aucune des femmes qui se levaient ne venait m'offrir sa compagnie. On me laissa manger en paix.

Les voix autour de moi résonnaient en américain, français, espagnol et norvégien. J'entendis aussi bien l'accent de l'est et celui du Trøndelag que le dialecte de ma ville — mais très peu l'intonation de Stavanger. J'aperçus tout à coup Carl B. Jonsson à une des tables dans le fond. Il avait devant lui une boisson rouge comme du sang et forte comme de la poudre, il parlait énormément et riait bruyamment. La fumée s'élevait comme un nuage au-dessus de la table qui était occupée par quatre autres hommes et deux femmes. Je ne reconnus aucun de ces six-là.

Soudain, elle fut à ma table. La lumière tamisée donnait un air surnaturel à la scène, comme si elle était sortie du néant, comme un esprit d'une lampe magique. Magique, parce que le toc n'existait pas là d'où elle venait.

Elle était petite. Elle avait un visage mignon, mais un peu maigre, aux joues creuses, et de grands yeux bleu foncé. Ses cheveux bruns étaient coiffés en jolies boucles qui tombaient sur ses épaules étroites. Son cou était mince, et ses clavicules saillaient sous sa peau dorée et lisse. Si elle était norvégienne, elle était allée au soleil moins d'un mois auparavant.

Elle portait un pantalon violet étroit, un haut effrangé et moulant au décolleté profond et un pendentif en or qui tombait de façon affriolante dans le creux entre ses petits seins. Elle avait un sac en bandoulière et un sourire qui laissait entrevoir de grandes dents blanches. Ses yeux semblaient à la fois exprimer appétit et curiosité. En réalité, cette expression était probablement causée par une petite myopie. Son sourire, en revanche, semblait authentique. « Vous permettez que je m'asseye ? » me demanda-t-elle avec un reste d'accent de l'est.

Je haussai les épaules et fis un geste du bras vers la chaise inoccupée. Le serveur apparut instantanément, comme si j'avais appuyé sur un bouton. « Vous voulez quelque chose à boire ? demandai-je, résigné.

— Oui, avec plaisir, répondit-elle avec un sourire sucré. Comme d'habitude », dit-elle à l'attention du serveur.

On lui apporta son verre décoré d'une rondelle de citron avec le contenu habituel, quelque chose à base de coca (ou tout simplement du coca, pour ce que j'en savais).

Je levai mon verre de vin et nous trinquâmes.

Nous ne parlions pas. Nous regardions tout sauf l'autre, comme deux adolescents lors de leur premier rendez-vous. Puis nous toussotâmes tous les deux et nous mîmes à parler en même temps. Nous rîmes, soulagés, faisant signe à l'autre de continuer.

Je secouai la tête et elle dit : « Vous habitez ici — à l'hôtel ?

— Oui.

— C'est juste que je ne pense pas vous avoir déjà vu. Sinon… » Elle jeta un coup d'œil dans la pièce. « Sinon, ils reviennent souvent. » Son nez était droit, beau, aux narines étroites et dilatées. Les lèvres autour de sa grande bouche étaient bien dessinées, et leurs courbes douces. Son visage exprimait une tristesse qui vous amenait instinctivement à la plaindre. Peut-être cet air faisait-il simplement partie de sa façon de faire ; peut-être était-elle vraiment triste.

« J'ai dû oublier… » Elle me tendit sa main par-dessus la table. Un bracelet en or pendait autour de son fin poignet, et ses ongles avaient la même couleur que ses vêtements. « Elsa… je m'appelle Elsa.

— Varg… Veum. » Je levai une main immédiatement en un geste de défense. « Et je peux vous montrer mon permis de conduire si vous ne me croyez pas. »*

Elle rit : un rire léger comme une cascade de perles. « Je vous crois. Vos parents devaient avoir de l'humour.

— Ça, je peux vous le garantir — aux dépens des autres. »

Elle me caressa le dessus de la main dans le sens des poils d'une façon qui semblait fortuite.

* Le nom de Varg Veum est calqué sur une expression norvégienne (*varg i veum*) qui désigne un fauteur de troubles, voire un hors-la-loi.

« Et qu'est-ce qui vous amène à Stavanger — le pétrole ? »

Je secouai la tête. Je sortis la petite photo d'Arne Samuelsen et lui montrai. « Lui.

— Lui ? » Elle leva un regard d'incompréhension vers moi. « Qui est-ce ?

— Un type de Bergen. Il a disparu, et sa mère s'inquiète.

— Alors, vous... Dites-moi, vous êtes... » Elle était tout à coup étonnamment froide.

« Privé, lui dis-je.

— Pardon ?

— Enquêteur mais pas de la police.

— Une, une sorte de détective ? » Elle sourit à nouveau, presque incrédule.

« Je préfère enquêteur. Comme ça, on n'a pas l'impression de se trouver dans un thriller des années quarante. Vous ne le connaîtriez pas, par hasard ? » Je fis un signe de tête vers la photo.

Elle la regarda en secouant lentement la tête. « Non... je ne pense pas. En tout cas, il n'a jamais — je veux dire... » Elle ne termina pas sa phrase, mais je compris ce qu'elle voulait dire.

Elle prit une gorgée de son verre. Un vide avait envahi ses yeux. « Alors, vous n'êtes pas... intéressé, vous non plus ?

— Malheureusement. Je... j'aurais bien voulu, mais... »

Elle me fit un sourire triste. « Pas de problème. Je comprends. Ce n'est pas grave. J'ai l'embarras du choix, mais vous aviez l'air, je ne sais pas — sympa. » Elle vida son verre, et le tendit vers moi. « Merci pour celui-là, en tout cas. Une autre fois, peut-être ?

— Peut-être. »

Elle se leva, sourit, remit son sac en place d'un mouvement d'épaule et passa entre les tables, se dirigeant vers les toilettes. De nombreux regards la suivirent, et elle n'allait donc certainement pas repartir les mains vides.

Je réglai le repas et le vin, et me levai pour m'installer au bar. Je ne découvrirais rien en restant tout seul à bouder dans mon coin. Les barmen sont comme les chauffeurs de taxi : ils connaissent toutes les adresses, et ils savent ce qui se passe, et où. Ça valait le coup d'essayer, en tout cas. Je trouvai un tabouret libre, et essayai d'attirer l'attention.

« Ça sent le poulet par ici », fit une voix grave à côté de moi.

10

L'homme aux cheveux tout blancs et au visage jeune et rougeaud me sourit avec bonhomie. « J'ai vu que vous avez montré une photo à Elsa. Et si ce n'était pas une photo de vous nu qui lui a fait peur, alors... » Il haussa les épaules. Il était assez petit, court sur pattes, avec un torse large qui lui donnait un corps de grenouille. Ses sourcils épais étaient gris-blanc, ses yeux clairs et rieurs. Il était vêtu d'un costume gris, d'une chemise blanche et d'une cravate vieillotte, étroite, de couleur bordeaux. Il devait avoir environ soixante ans.

Il tendit la main et se présenta. « Benjamin Sieverts. Enchanté. » Il fit une pause pour me laisser répondre.

« Veum. Et votre intuition n'est pas tout à fait au top. Je ne suis pas de la police. Juste à la recherche d'un type.

— Veum ? fit-il. De Bergen... » Il me regarda attentivement. « Encore un pour les archives. »

Je le regardai sans vraiment comprendre. « Les archives ?

— C'est un défaut que j'ai — ou une qualité

— ça dépend du point de vue. Quand j'ai vu un visage une fois, je m'en souviens, à jamais. Je suis encore capable de situer des clients que je n'ai pas vus depuis trente ans. Oui… pour être honnête, j'ai moins de mal à replacer des gens que j'ai rencontrés juste après la guerre qu'une personne que j'ai vue il y a deux jours.

— Dans mon métier, ça aurait été une excellente qualité.

— Ah oui. Et lequel est-ce ? »

Le barman arriva et j'attendis pour répondre. Je commandai un jus d'orange, et il me jeta un regard mécontent.

Lorsque mon verre fut posé devant moi, je me tournai à nouveau vers mon voisin. « Enquêteur privé. »

Il me fit un grand sourire. « Alors, mon intuition n'était pas si pourrie que ça.

— Eh bien…

— Oui, parce que seul un flic enverrait balader une fille comme Elsa. Vous ne trouverez pas plus sympa dans cette ville. Parmi celles qu'il faut payer en tout cas, et très difficilement si l'on inclut toutes les autres aussi.

— Vous la connaissez ?

— Bof, comme ça. Mais vous savez, c'est une petite ville — encore. Et cet endroit, c'est un vrai lieu de rencontre, je peux vous le garantir. Vous voyez le type là-bas — dans le coin ? Un des grands chefs de Statoil. Et celui dans le costume sombre qui a l'air de s'être coincé la quéquette dans la braguette ? Un des chefs d'entreprise qui ont gagné le plus sur le développement de la ville ces dernières années. Un spéculateur immobilier de taille, entre autres activités. Et celui qui rit bruyamment là-bas…

— Jonsson ?

— Tiens… vous le connaissez ? Un dur à cuire, celui-là. Il jouait au foot américain dans sa jeunesse, en professionnel. Les deux filles à sa table sont des prostituées. D'Oslo. Tous les pros de ce pays ont rappliqué ici dès que l'activité pétrolière a pris de l'ampleur. À Oslo, il ne reste que des amateurs.

— Vous êtes bien au courant, on dirait. »

Il me regarda avec innocence. « Seulement dans la théorie, mon pote. C'est vrai. Je suis veuf depuis dix ans, et ma femme a choisi le moment parfait pour mourir : juste quand s'est déclaré le déclin de ma libido. Depuis, je me suis concentré sur d'autres plaisirs de la vie que les charnels, et il y en a pas mal.

— Comme par exemple ? »

Il fit un geste du bras vers son verre sombre. « Ça, là. » Il tapa sur la poche de sa chemise. « Les bons cigares. Les voyages. Le jeu. Et une place assise au stade. Du moment qu'on sait accepter son sort… » Il leva son verre. « Santé, hein ? »

Nous trinquâmes, et il continua : « Dites-moi, vous ne buvez rien de plus alcoolisé que le vin, vous ?

— J'essaie de me limiter. En tout cas, quand je travaille.

— Bon… Tentez votre chance avec moi !

— Tentez… ?

— La photo ! Comme je vous disais — je n'oublie jamais un visage. C'est bigrement fatigant, je peux vous le dire. Vous vous trimballez avec des milliers de visages dans la tête. Je ne peux même pas faire un tour en ville sans qu'ils surgissent — une photo d'archivage après l'autre. Certains ont tellement vieilli et changé qu'il me faut du temps pour les resituer, tandis que d'autres… C'est comme si un abattant retombait, voilà.

— Bon, d'accord. » Je lui tendis la photo.

Il y jeta un regard rapide. « Bon. Je vois. » Une nouvelle ride était apparue entre ses sourcils épais.

J'attendais avec impatience. « Vous ne voulez pas dire… Est-ce que ça signifie… »

Il hocha lentement la tête. « Je l'ai déjà vu, et ça ne remonte pas à plus de quelques jours. Ça a dû être juste avant le week-end dernier. Ou… mercredi ! » Son visage s'éclaira. Il hocha la tête avec zèle. « Je sais. »

Je me penchai vers lui. « Oui ? Où ? »

Il afficha un sourire finaud et leva son verre devant lui comme pour vérifier le niveau. « Je peux vous y emmener… Peut-être. Si vous voulez.

— Oui. Où ? C'est loin ?

— Non. Ce n'est pas très loin. Juste de l'autre côté de Torget et un petit peu plus loin. Je peux vous en parler sur le chemin. On y va ? »

J'acquiesçai. « Mais… qu'est-ce que c'est ?

— C'est un genre de… boîte.

— Et vous êtes sûr que c'était lui ?

— Comme je vous disais, mon cher…

— Vous n'oubliez jamais…

— Un visage. Exact. »

En sortant, je remarquai qu'Elsa s'était installée à une table où il y avait déjà trois jeunes hommes et une femme. Carl B. Jonsson me fit un signe de tête plein d'entrain au moment où je passai à sa hauteur. Je m'arrêtai à la réception pour leur faire savoir que je sortais et que je ne savais pas quand j'allais revenir.

Au-dehors, le ciel était dégagé et il faisait froid. Nous remontâmes le col de nos manteaux, et Sieverts s'enfonça un chapeau noir sur la tête.

« Vous avez oublié de me dire votre métier, lui dis-je avant de me mettre à marcher.

— Moi ? fit-il en clignant aimablement des yeux sous son chapeau. Je suis employé du Trésor public. »

11

Même si le soir de novembre était froid et pluvieux, les rues étaient assez fréquentées. La clientèle du soir à Stavanger était jeune, bruyante et plus ou moins éméchée.

« Par ici, nous allons descendre vers Inferno », me fit Sieverts avec un sourire lorsque nous entrâmes dans le passage souterrain qui franchissait Kongsgårdsbakken. Un groupe de jeunes s'y était abrité, les garçons en vestes et pantalons de cuir et les filles en jeans moulants et doudounes. Ils nous jetèrent un regard de défi lorsque nous passâmes, et nous ignorâmes leurs interpellations qui nous accompagnaient à l'autre bout du tunnel en béton, tout comme le bruit creux de nos pas.

De l'autre côté, quelques soldats de l'Armée du Salut jouaient des airs faux et braillards pour un public clairsemé. Leurs mains étaient rougeaudes et leurs visages blancs comme neige, et les cuivres luisaient froidement dans la nuit. Nous poursuivîmes notre chemin sans nous arrêter.

Près des quais, la foule était plus vaste. Deux jeunes, visiblement grisés par l'alcool, dansaient en rond en s'envoyant des coups de poing l'un vers l'autre dans un mouvement lent, comme des ours qui chassent des abeilles. De temps en temps, ils touchaient dans le mille, ce qui produisait un son creux. Les spectateurs formaient un cercle autour d'eux. Certains émirent des acclamations bruyantes. Personne ne tenta d'intervenir. Nous poursuivîmes notre route.

Deux hommes en piètre état se trouvaient sous une porte cochère avec une femme dans un état encore plus misérable que ses deux compagnons. Ils se partageaient une bouteille d'alcool fort, et leurs langues récupéraient rapidement les gouttes qui n'entraient pas directement dans leur bouche. La femme nous regarda avec un sourire édenté en nous demandant si nous en voulions, mais nous ne nous arrêtâmes pas. Notre promenade avait un but précis.

Je jetai un regard par-dessus mon épaule. Les musiciens de l'Armée du Salut faisaient une pause, mais la bagarre sur les quais continuait et Alexander Kielland veillait impassiblement sur le tout.

« Un peu partout dans Stavanger, ces dernières années, des endroits comme celui que gère Ole Johnny — le tripot où on va — ont poussé comme des champignons.

— Ole Johnny ?

— Oui, on ne l'appelle que comme ça. C'est un des autochtones. À l'époque, quand c'était encore un peu risqué de vendre du porno, il était une des rares personnes à le faire. De vraies marchandises danoises, bien avant que ce soit à la mode. Il tenait un petit kiosque à tabac — et il ajoutait des articles à l'assortiment classique : du porno et des préservatifs. Tout ce qui était interdit à Stavanger il y a vingt ans. Depuis il fait partie de ceux qui surfent vraiment sur la vague pétrolière.

— Ah oui ?

— Oui. Les gars revenaient des plates-formes, tu vois ? Ceux qui sont mariés et qui ont des gosses, ils rentrent chez eux. Mais pas mal d'entre eux sont des étrangers ou des gens qui n'ont pas les moyens de rentrer, ou des jeunes qui n'ont rien à faire chez eux et qui tout à coup se trouvent en ville les poches pleines d'argent et plein de temps à tuer. Qu'est-ce qu'ils sont censés faire ? Entrer chez les scouts ? »

Un de ces jeunes était justement en train de s'engueuler avec un videur devant un bar. « Quand je suis bourré après avoir dépensé mon argent, là, chez vous, vous ne me laissez plus rentrer. Ça a un sens tout ça, hein ? » entendit-on résonner, avec un accent venant d'un bled au fin fond du fjord.

Le videur se contenta de secouer sèchement la tête.

Le garçon se mit à agiter les bras, et tout à coup — sans nous laisser le temps de réagir — le videur lui avait collé son poing sur le menton, ce qui fit reculer et tituber le jeune homme qui finit sur les fesses dans le caniveau où il resta à regarder autour de lui, déboussolé.

Je m'arrêtai : « Est-ce que vous aviez vraiment besoin d'être aussi violent ? »

Le videur s'approcha de moi. J'étais un peu plus

grand que lui, mais c'était un petit gaillard trapu aux yeux écartés. « Légitime défense, tu l'as bien vu, non ? Tu veux y goûter, toi aussi ? »

Je n'y tenais pas spécialement, et Sieverts avait remis le gamin sur ses jambes et lui avait indiqué la direction à prendre. Nous poursuivîmes notre chemin.

« Tu vois, fit Sieverts. Et il y a des gens qui se font pas mal de pognon sur ce — comment l'appeler — cet "art de tuer le temps". Ceux qui gèrent toutes les nouvelles échoppes, par exemple. Et les gens comme Ole Johnny.

— Qui gère une sorte de tripot — si j'ai bien compris ? »

Il monta quelques petites rues en biais, et je le suivis.

« Exactement, répondit Sieverts. C'est-à-dire — de l'extérieur, on dirait un appartement quelconque dans un bâtiment quelconque. Mitoyen avec une chapelle, en fait. Mais une fois dedans !

— Oui ?

— Attends de voir, mais au rez-de-chaussée et au premier, ils ont installé des tables de jeu. Au rez-de-chaussée, il y a surtout des machines à sous, mais ça rapporte bien, ça aussi, tu peux me croire. C'est là qu'Ole Johnny avait son tabac avant. Et pourtant, c'est des clopinettes. Parce que au premier… au premier étage, on trouve un caboulot de jeu à l'échelle internationale. On y joue surtout au poker, et ça monte assez haut, je peux te le promettre. J'y ai joué moi-même, quelques fois.

— Et il y a de l'argent, là-dedans ?

— De l'argent à gagner et de l'argent à perdre. Mais c'est bien sûr la dernière option qui prime, sinon l'endroit n'aurait pas lieu d'être. On y joue aussi aux dés, et dans l'une des arrière-salles : une vraie roulette. On y a investi des sommes faramineuses, et Ole Johnny a fait fortune comme ça. Une maison à la montagne et une autre à la mer : une à Haukeliseter et l'autre près de Sirevåg à Jæren. Les deux propriétés sont magnifiques, à ce qu'on dit. Et ce n'est pas tout…

— Quoi d'autre ?

— Il y a des hôtesses. Et dans les appartements au deuxième et au troisième — bon, je te laisse imaginer ?

— Oui, je devine. Tous les désirs peuvent être assouvis…

— Comme tu dis. Tu peux y acheter de la gnôle aussi, mais uniquement en bouteilles, des demi-litres ou des litres, pour qu'on puisse croire que tu l'as apportée avec toi. C'est un lieu privé, fermé, tu vois, et si tu n'es pas encore venu, on ne te laisse pas entrer comme ça — il faut venir avec un client régulier qui veut bien répondre de toi.

— Et c'est ce que tu vas faire… pour moi ?

— Oui. Ne me demande pas pourquoi, mais… oui.

— Et c'est donc là-bas que tu as vu Arne Samuelsen — celui que je cherche — mercredi la semaine dernière ?

— Oui. Il y était, et il a joué — aux dés, je crois. Mais je suis parti assez tôt, alors je ne peux pas te dire s'il était avec quelqu'un. Tout ce que je sais, c'est qu'il y était — le reste, c'est à toi de le trouver.

— Et ils peuvent vraiment tenir des endroits comme ça sans que la police intervienne ?

— Pfff, la police ! Ils sont trop occupés à foutre des prunes et à enlever des voitures mal garées. Le tripot d'Ole Johnny n'est pas le seul de ce genre — tu devrais voir certaines villas que les Américains louent en dehors de la ville. On se croirait à Las Vegas, je te jure !

— Et les bigots ?

— Les bigots ? Ils se cramponnent aux âmes qu'ils arrivent à garder et n'en ont rien à foutre — passe-moi l'expression — de ce qui se passe de l'autre côté de leurs vitraux. On y est. »

Nous nous arrêtâmes devant un bâtiment en briques de trois étages dont l'entrée baignait dans les néons et plongeait du coup tous les autres étages dans l'obscurité. La maison à côté était un bâtiment de bois blanc aux grandes fenêtres étroites et voûtées.

Nous entrâmes dans la salle des machines à sous, Sieverts le premier, et nous y trouvâmes un grand type qui surveillait le tout de derrière un comptoir. Des jetons étaient empilés devant lui. Il y avait un tiroir copieusement rempli d'argent en liquide et j'entrevis la crosse d'un pistolet à gaz lorsqu'il l'ouvrit pour échanger des jetons. C'était un endroit où, visiblement, on ne prenait pas de risques inutiles.

Sieverts se pencha vers l'homme derrière le comptoir qui jeta un coup d'œil par-dessus l'épaule de mon compagnon pour me dévisager de ses yeux froids d'églefin. Je vis Sieverts lui glisser un billet de cinquante couronnes, et l'homme au comptoir haussa les épaules. Il nous indiqua une petite porte sur le côté et nous entrâmes dans ce qui avait été autrefois la cage d'escalier de l'immeuble, et qui l'était toujours d'ailleurs, sauf que plus personne n'y habitait. Au travers des fenêtres couvertes de grillage, j'aperçus une cour intérieure dépouillée. J'allai rapidement à la porte d'entrée proprement dite. Elle était verrouillée, impossible d'ouvrir sans la bonne clef en main. Pour sortir, il fallait traverser la salle de jeu — ou éventuellement la cour. La porte semblait infranchissable.

« Tu t'assures des possibilités de repli ? demanda Sieverts.

— J'ai pris l'habitude d'être prudent.

— Tu... tu n'as pas l'intention de tout mettre sens dessus dessous, hein ?

— Non, non. Je vais juste voir si quelqu'un peut me dire quelque chose... sur Arne Samuelsen.

— Bien. » On aurait dit qu'il commençait à regretter de m'avoir emmené avec lui. Il l'avait probablement proposé dans un élan irrationnel causé par la substance brune de son verre.

Mais il n'y avait plus de retour possible à présent. Il me mena à l'étage au-dessus — au tripot d'Ole Johnny.

12

Sieverts frappa à une porte en bois tout à fait ordinaire peinte en gris-vert. La porte s'ouvrit et des yeux qui trouaient un large visage nous regardèrent par-dessus une chaîne de sécurité.

« Salut, fit Sieverts.

— Salut », répondit l'homme. Ses cheveux noirs étaient séparés par une raie juste au-dessus d'un œil et rasés de près autour des oreilles. Il ressemblait à un brigand d'un vieux film de gangsters. « C'est qui, celui-là ? dit-il sur un ton creux en me désignant de la tête.

— Je m'appelle Veum. Varg Veum. »

La porte se referma. Sieverts se tourna vers moi. « Il va juste aller vérifier leur liste. Ils ont un relevé des personnes dont ils se méfient. » Il émit un gloussement. « Il y a même des policiers sur cette liste. J'espère qu'ils ne se préoccupent pas des gens de ton espèce. »

La chaîne de sécurité cliqueta et on ouvrit grande la porte. « C'est bon », fit l'homme. Une fois entré, je me rendis compte qu'il mesurait dans les un mètre quatre-vingts et qu'il était tout aussi ossu en dessous du col qu'au-dessus. Il portait un costume noir, une chemise blanche et un nœud papillon noir, élégant comme un pingouin dans un nid de coucous. L'entrée était longue et sombre, seulement éclairée par quelques globes lumineux éparpillés. On entendait de la musique, mais elle n'était pas plus intense que si elle parvenait de l'appartement d'à côté, s'il y en avait eu un. « Le droit de passage », grogna l'homme en blanc et noir.

Sieverts sortit cent couronnes, et je suivis son exemple. Les billets disparurent pour de bon dans une poche intérieure. Je ne lui demandai pas de reçu. Après avoir laissé nos manteaux dans un vestiaire qui était déjà plein à craquer, on nous fit passer par l'une des portes.

Nous entrâmes dans une pièce pleine de tables. Une fumée épaisse flottait juste au-dessus des plateaux verts et la plupart étaient occupées par des gens qui jouaient aux cartes. On jouait aux dés à deux ou trois tables. Au fond de la pièce se trouvait un long bar où s'étaient installés quelques spectateurs passifs qui avaient apparemment fini de jouer et à qui il ne restait plus que les dernières gouttes de réconfort avant que la soirée ne se termine. Près du bar et autour de quelques tables, s'exposait un assortiment de femmes exclusivement, une main négligemment posée sur une épaule au hasard. Elles portaient toutes la même chose : une combinaison de soie violette qui leur moulait le corps et dont la solide fermeture éclair tape-à-l'œil descendait du cou jusqu'à l'entrejambe. La fermeture éclair était plus ou moins remontée, cela dépendait des goûts, en quelque sorte. Elles portaient une ceinture attachée par un nœud qui soulignait leur taille svelte et leurs hanches généreuses.

Le reste du personnel était composé d'hommes aussi bien habillés que celui de l'entrée, mais ils avaient tous de gros corps asymétriques, comme des nains poussés trop vite.

« Où les recrute-t-il ? demandai-je à voix basse.

— Les filles ? Les plus belles du pays. Tu les trouves dépliées dans la plupart des magazines pour hommes comme…

— Je voulais dire les pingouins.

— Ah, eux. Ole Johnny tient aussi un centre de musculation, en plus de tout le reste.

— Il a toute une panoplie d'intérêts, donc.

— Attends de le rencontrer.

— J'espère que non.

— Quoi ?

— Non, rien. Qu'est-ce qu'on fait, maintenant ? »

Il me regarda avec curiosité. « Tu veux jouer ?

— Non. Je n'ai pas joué au poker depuis le temps où j'étais marin, et à l'époque, je risquais rarement plus de cent couronnes. Alors, je crois que je décline ta proposition — si l'établissement le permet.

— Oui, bien sûr. Il y a bien d'autres façons de… se distraire. Il faut d'ailleurs qu'on passe au bar avant.

— Ah bon ?

— Il faut acheter au moins une demi-bouteille, ça fait partie du droit d'entrée.

— En plus de ce qu'on a déjà payé ? Je comprends mieux comment Ole Johnny trouve les moyens de se payer une maison à la montagne et une autre sur la côte.

— Oui, mais tu peux emporter ce que tu n'arrives pas à terminer. Et ce qu'on y mélange est offert.

— Ça alors. Ils ont de l'aquavit, tu crois ?

— Ils ont pratiquement tout.

— Bon, O.K. Très bien. »

Nous arrivâmes au bar. Un des pingouins trônait derrière le comptoir et nous demanda poliment ce que nous voulions boire. Sieverts eut sa demi-bouteille de whisky, et moi, de l'aquavit, sans que ma commande ne provoque de réaction particulière. « Je crois que je vais m'asseoir un peu ici, fis-je.

— D'accord. Je vais aller voir si je ne trouve pas une place à une table », dit Sieverts avec un clin d'œil. Je le suivis du regard ; petit et trapu, agile comme un faune, je vis ses cheveux blancs comme neige se frayer un chemin à travers la fumée.

Je scrutai la pièce du regard. Je ne reconnus personne. La clientèle était l'équivalent de celle de l'hôtel, jeune pour la plupart, et cent pour cent masculine pour le coup, exception faite des créatures en violet. Je me sentis soudain complètement découragé. Que devais-je faire ? Taper des mains, demander le silence, leur faire voir un par un la photo d'Arne Samuelsen en leur demandant s'ils savaient où il se trouvait ?

Je fus lentement envahi par un épuisement

résigné, et je versai une bonne dose d'aquavit dans mon verre. Puis une voix coula comme de la mélasse sombre dans mon oreille : « Tu cherches quelqu'un ? »

Elle avait la peau claire, typée nordique, les cheveux dorés et une généreuse voie lactée de taches de rousseur se courbait de part et d'autre de son nez, jusqu'aux pommettes. Ses yeux étaient grands et bleus, sa bouche rose et entrouverte, sa langue à l'affût entre de belles dents blanches. La fermeture éclair de sa combinaison était ouverte à partir de la naissance de ses seins qui s'écartaient naturellement, sans l'aide d'aucun artifice. « Laila », prononça-t-elle de façon à provoquer comme un envoûtement.

Elle ne pouvait pas être bien vieille, à peine vingt ans. Pourtant, ses yeux exprimaient quelque chose de blasé, comme si elle avait deux cents ans et que plus rien ne pouvait la surprendre.

« Salut, fis-je. Non, je ne cherche personne... ici. »

Elle posa un doigt fin sur mes lèvres. « Tu te sens seul ?

— La plupart du temps, répondis-je. Mais ce n'est pas systématique.

— Si tu veux... » Elle hésita, pour produire un effet de style. Son doigt glissa le long de mon menton, suivit les contours de mon cou et me caressa doucement la poitrine. « J'ai une chambre — à l'étage au-dessus, et on pourrait... » Elle cligna de ses cils lourds et noirs qui contrastaient avec ses cheveux clairs.

« Et ça me coûtera combien ?

— Cinq cents pour y entrer — et y rester une demi-heure. Mille pour une heure.

— Et si j'avais envie de rester toute la nuit ? »

Sa bouche s'ouvrit davantage, et elle me scrutait du regard, de haut en bas. « Quatre… mille, fit-elle. Et on accepte les cadeaux.

— J'ai peur que mon compte en banque supporte mal une telle perte de poids. » Je sortis la photo d'Arne Samuelsen. « Mais je peux te donner deux ou trois billets de cent si tu as quelque chose à me dire sur ce type-là. »

Ses yeux, toujours braqués sur moi, changèrent d'expression : malice et calcul mêlés. Elle jeta ensuite un coup d'œil sur la petite photo. Ses yeux balayèrent la pièce. Je suivis son regard. Je vis la même chose qu'elle. Deux des pingouins les plus costauds s'approchaient de nous d'un pas décidé. Ils s'arrêtèrent poliment devant nous, et un regard furtif suffit pour que Laila, blonde comme une nuit d'été scandinave, disparaisse dans les coulisses sans même me dire au revoir. L'un des deux, aux cheveux blond vénitien coupés très court, dit poliment à voix basse : « Le patron voudrait vous rencontrer, monsieur…

— Veum.

— C'est ça. » Il fit un pas sur le côté pour me laisser passer.

« Je ne peux pas vous dire à quel point j'étais impatient de faire sa connaissance. Où est-il, le patron ?

— Suivez-nous. »

Je les suivis. À moitié caché derrière cinq cartes, j'aperçus le visage de Benjamin Sieverts, mais je le rassurai d'un signe de tête. C'était bon de savoir qu'il y avait au moins une personne qui savait où je me trouvais.

La porte se referma derrière nous, la musique d'ambiance fut presque entièrement étouffée, les discussions interrompues. Accompagné des deux pingouins costauds, je me retrouvai à nouveau dans l'entrée qui soudain paraissait froide et venteuse. Un frisson me parcourut le corps.

« Par ici », m'ordonna l'un de mes compagnons.

13

Nous nous arrêtâmes devant la porte au fond du couloir, et le pingouin en chef frappa. « Entrez », fit une voix.

Nous pénétrâmes dans une pièce qui était un croisement de bureau et de boudoir. Un large divan était placé le long d'un mur et il était couvert d'un jeté de soie vert bordé de pompons. Au-dessus, accroché au mur, une femme nue allongée sur le dos nous regardait, la bouche ouverte, en haut comme en bas, depuis un tableau au crayon de charbon qui révélait les talents artistiques très limités de son auteur. De l'autre côté de la pièce trônait un énorme bureau d'acajou dont les bords étaient ornés d'un relief : n'importe quel amateur d'histoire de l'art aurait pu en identifier l'époque et le style de fabrication, mais, à moi, ça ne me dit absolument rien. Une carafe qui contenait une substance marron et un verre à moitié plein d'un liquide gazeux étaient posés sur le plateau. Visiblement je ne leur rendais pas visite en plein coup de feu.

Et derrière le bureau, je vis Ole Johnny en personne.

Il semblait assez petit, assis comme il était, mais on retrouvait chez lui la même carrure que chez les pingouins : large de torse, le costume bien rempli. Il y avait cependant quelque chose de plus empâté et de plus indolent chez Ole Johnny. Il tournait autour de la cinquantaine et ses cheveux sombres étaient rayés de mèches grises. Il les avait joliment plaqués en arrière, le front dégagé, et sa coiffure aurait sans doute fait fureur sur n'importe quelle banquette arrière à la fin des années cinquante. Il avait entre ses lèvres charnues un énorme cigare qui se consumait en laissant échapper des bouffées de fumée. Ses dents étaient jaunies, il n'était pas spécialement rasé de frais. Je ne doutais en rien de l'authenticité de la pierre incrustée dans son épingle de cravate, ni des dix ou douze bagues qu'il portait à ses doigts courts.

Lorsqu'il se leva, je constatai qu'il était en réalité étonnamment petit, à peine un mètre soixante.

Les deux pingouins m'accompagnèrent jusqu'à la table. Ole Johnny retira le cigare d'entre ses lèvres avec la main gauche, me tendit l'autre pardessus la table et m'invita à m'asseoir. Compte tenu des deux grands pingouins qui se tenaient juste derrière moi, je ne voyais pas pourquoi j'aurais refusé son invitation, et je m'assis. Le fauteuil était profond et confortable.

Ole Johnny tapa son cigare contre le bord d'un cendrier vert pomme aux formes arrondies pour en faire tomber un peu de cendres, but une gorgée de son verre, jeta un regard pensif sur ses deux gonzes : « Mes secrétaires. Ils tiennent les comptes. »

Je levai les yeux pour les regarder. D'en bas, on

voyait surtout des pectoraux bien développés et de larges mâchoires. Quels comptes ça devait donner ! Je priai pour qu'ils ne me mettent pas dedans. Dans la colonne débit.

« Veum… » Ole Johnny plissa des yeux, il m'avait dans sa ligne de mire. « Tu n'es sur aucune de nos listes, mais quand on a de nouveaux clients… On a recueilli quelques informations te concernant, et on n'est pas sûrs de vraiment apprécier ce qu'on a appris. Tu es ici dans un cadre privé, ou… »

Je fis des efforts pour parler d'une voix posée, détendue.

« Je suis ici — parce qu'on m'a invité.

— Parce qu'on t'a invité, répéta-t-il amèrement.

— Il… il a montré quelque chose à Laila », entendis-je soudain par-dessus mon épaule. Je ne me retournai pas pour voir qui avait parlé. Ce n'était sûrement pas la dame du tableau.

« Ah oui ? s'emporta Johnny. Quoi ? » aboya-t-il dans ma direction.

Je constatai que la sueur s'était mise à couler. « Je… suis à Stavanger parce que je suis à la recherche de quelqu'un.

— Oui ? »

Je haussai les épaules. « Je montre cette photo partout où je passe. Il doit bien être quelque part.

— Fais voir. » Il tendit une main potelée. Je ne pus m'empêcher de penser à Karlson på taket*.

* Personnage créé par Astrid Lindgren : petit bonhomme capricieux, au physique ingrat qui habite sur le toit d'un immeuble. Il se déplace dans les airs grâce à une hélice qu'il a sur le dos.

Je lui donnai la photo, et il l'examina comme s'il s'agissait d'un timbre de valeur reconnue ou d'une excellente contrefaçon. « Et comment s'appelle-t-il, ce type ?

— Samuelsen. Arne Samuelsen.

— Et qu'est-ce qui te fait croire qu'il est venu ici ?

— Rien. Mais si tu commences à nier comme ça, je vais penser à me méfier. »

Son visage vira au rouge et il se leva à moitié de son fauteuil. Peut-être allait-il s'envoler. « Tu n'as rien à faire ici avec ta méfiance, et fais gaffe à ce que tu dis, on s'est déjà occupé de types bien plus féroces que toi, Veum !

— Je n'en doute pas une seconde. Mais ne t'énerve pas comme ça. Tout ce que je voulais dire, c'est que... La plupart des gens dans la pièce d'à côté sont dans le pétrole, n'est-ce pas ? Arne Samuelsen travaille lui aussi au large. Ce n'est pas plus compliqué.

— Bon, O.K... Je ne me souviens pas de l'avoir vu. Et vous ? » Il donna à son tour la photo aux deux pingouins qui mirent leurs têtes l'une contre l'autre comme si c'était une trouvaille pornographique inédite qu'ils tenaient entre les mains. Ils secouèrent la tête. « Non, répondirent-ils, en chœur. Aucun souvenir. » Ils n'avaient jamais rien vu de tel.

« Mais si j'ai bien compris, vous faites des recherches sur tous ceux qui viennent ici. Est-ce que vous tenez une sorte de fichier ? »

Ole Johnny me jeta un regard revêche. « Non.

— Non ? » Je lui fis comprendre qu'il ne m'avait pas convaincu.

« Non ! » aboya-t-il à nouveau. Il était soupe-au-lait. Il fallait qu'il fasse attention à son cœur.

« Et ni son physique ni son nom ne te disent quelque chose ? » Il avait vraiment réussi à éveiller ma méfiance.

« Il faut qu'on te mette les points sur les i, Veum. Non, non et encore non ! » Il mâchouilla son cigare en me regardant de travers. « Tu vas partir maintenant, Veum. On ne veut pas de toi ici. On ne veut plus te voir. Pigé ?

— Tu ne peux pas être plus clair. »

Il se leva de son fauteuil. « Et encore une chose, Veum. Si tu t'obstinais à faire une connerie, comme par exemple aller voir les flics, je te conseille d'y réfléchir à deux fois. L'eau de Vågen est vachement froide, à cette saison. Vachement froide, Veum. »

Sur ce, il se rassit lourdement et attrapa son verre. Les deux pingouins me raccompagnèrent dehors. Il n'y avait rien à dire sur la façon dont ils s'y prirent. Ils furent polis et agréables tout le long. Ils ne faisaient qu'exécuter. « Et mon aquavit ? » fis-je en remettant mon manteau. Un d'entre eux retourna chercher la bouteille à peine entamée, puis ils me conduisirent jusqu'à la sortie. Jusqu'au trottoir en bas. Nous ne traversâmes pas la salle des machines à sous cette fois-ci. Ils déverrouillèrent la porte principale et je quittai les lieux.

Je n'attendis pas Sieverts. C'était inutile. Je rentrai seul à l'hôtel. En bas, je vis l'eau de Vågen, et elle semblait tout aussi froide qu'Ole Johnny l'avait juré. Une voiture longeait lentement les quais. Allongée sur la banquette arrière, une femme en fourrure grise émit un rire fort et aigu tandis que deux hommes cherchaient quelque chose qui avait disparu entre ses jambes.

Je marchai vite et me surpris à tourner la tête à plusieurs reprises. Ole Johnny ne m'avait pas seulement rendu méfiant. Il m'avait aussi rendu nerveux.

Un jeune homme un peu rondelet attendait sur la banquette arrière d'un taxi qui était arrêté devant l'entrée de l'hôtel, le moteur allumé. En arrivant dans la réception, je faillis être percuté par Elsa qui sortait du bar, le col de sa veste de fourrure brune bien remonté dans la nuque. Elle leva un regard étonné vers moi. Puis elle sourit, un sourire haletant, hésitant. Ses yeux dégageaient quelque chose de sombre, impossible à cerner.

Soudain elle m'attrapa par le col de mon manteau, et se colla à moi. Elle avait les yeux levés vers mon visage. Un parfum douceâtre émanait d'elle. « Si tu veux, je peux monter dans ta chambre avec toi, maintenant, souffla-t-elle. Je peux… je peux aller au taxi dire que ça ne va pas se faire, que j'ai un contretemps, que tout à coup, j'ai… »

J'attrapai ses poignets minces, le regard posé sur son beau visage maigre.

« Je… pour être honnête, j'ai besoin de dormir, dis-je d'une voix rauque. Et je… j'ai une journée chargée, demain. »

Elle voulut se dégager de ma prise d'un mouvement impatient. « Mais…, continuai-je, la vraie raison, c'est… En fait, j'ai quelqu'un… à qui je veux être fidèle. Tu comprends ? »

Elle sembla surprise. Puis elle acquiesça sans rien dire, se libéra, frissonna, et me fit un signe enfantin de la main en se hâtant vers la sortie pour rejoindre le taxi. Je jetai un regard sur l'horloge au mur. Minuit venait tout juste de sonner.

Le réceptionniste me donna la clef et me lança le même regard éloquent qu'il m'avait accordé un peu plus tôt dans la journée, en me transmettant le message de Solveig. Peut-être était-ce simplement sa façon de regarder les gens.

Je pris l'ascenseur. Un grand type rampait par terre devant l'automate à sandwiches, en face de ma porte. Il réussit à ramasser les pièces qui avaient dû lui échapper des mains. En me voyant, il jura et se releva. « Putain d'engin ! dit-il dans un dialecte pur Sogn. J'ai mis une pièce après l'autre, mais est-ce que tu crois qu'il en sort des tartines ? Pas du tout, bordel de merde ! »

Il y inséra quelques pièces d'une couronne et appuya sur un bouton. « Vous voyez, là-dedans ? Voilà, la tartine que je veux. » Il pointa un doigt sur la vitre en indiquant une tranche de pain sous vide garnie de salade et d'une tranche de charcuterie qui pendouillait mollement. « Mais à votre avis, qu'est-ce qui en sort ? » Il me montra sa main qui débordait de paquets de chewing-gum. « Du chewing-gum ! fit-il. Des putains de paquets de chewing-gum ! »

Un nouveau paquet tomba dans le tiroir qui se trouvait en bas de la machine, et il lui donna un coup de pied en jurant comme un charretier. L'automate se mit à gronder méchamment. Je haussai les épaules et ouvris la porte de ma chambre. La pièce baignait dans l'obscurité et la température y était agréable. Les draps étaient frais et propres. Je m'endormis au bout d'un quart d'heure.

14

Je fus réveillé par les gouttes de pluie et de neige fondue qui tapaient contre la vitre. C'était un matin gris, sinistre et désolé.

Je me réchauffai sous la douche, et pris un petit déjeuner calme dans une salle à manger pratiquement vide. Une cloison séparait la salle du bar, et les tables étaient dressées de napperons blancs fraîchement repassés et de jolies petites décorations florales en soie ; on y servait le petit déjeuner continental, simple. Je feuilletai l'un des quotidiens du matin. La campagne électorale américaine était arrivée à son terme, la saison de foot également ; l'hiver n'avait pas encore réellement fait son entrée, et les bandes dessinées étaient toujours les mêmes.

Je m'enfonçai un chapeau de pluie sur le front et remontai le col de mon manteau avant de prendre la direction de la demeure de Laura Lusken. Si elle travaillait vraiment chez elle, le matin était probablement le moment de la journée où j'avais le plus de chances de l'y trouver.

La neige fondue était sur le point de se transformer en pluie violente qui faisait gicler la terre battue de la cour où gisait l'épave de camion. Le chat tigré s'était confortablement installé sous celle-ci et observait de ses yeux jaunes les dommages causés par les forces de la nature et l'arrivée d'un étranger. Arrivé au pied du raide escalier, je secouai chapeau et manteau pour en enlever les gouttes de pluie, passai une main dans mes cheveux et comptai les billets que j'avais dans mon portefeuille. Au pire, j'étais prêt à payer pour la consultation.

Je montai à tâtons dans la pénombre et frappai à la porte, une nouvelle fois. Après avoir attendu un instant, j'entendis des bruits non identifiables à l'intérieur de l'appartement. Puis une voix rauque se fit entendre : « Qui est là ?

— Veum.

— Qui ça ?

— Je m'appelle Veum.

— Et qu'est-ce que vous me voulez à cette heure-ci, bordel !

— Est-ce que je peux entrer ? »

On murmura derrière la porte.

« Allô ? fis-je.

— Ouais, ouais — une minute. Je vais juste… »

La porte s'ouvrit à peine, et un visage féminin aux traits tirés me fixa à travers l'entrebâillement. Laura Lusken était une blonde fanée qui avait bien entamé la dernière ligne droite de la trentaine. Le maquillage de la veille couvrait son visage comme des nouvelles désuètes. C'était à peu près tout ce que je voyais. J'entrevis aussi, derrière elle, un papier peint marron-gris orné de lys vert pâle.

« Je suis désolé de vous déranger à cette heure-ci, mais — je paierai. » Je tendis quelques-uns des billets.

Elle baissa les yeux et eut des difficultés à les relever en voyant ce que je lui montrais. Puis elle haussa les épaules, ouvrit grande la porte et recula vers l'intérieur.

Elle portait une nuisette rose aux bretelles fines. Elle traversa la pièce pieds nus, d'un pas traînant, gracieuse comme une chienne saint-bernard en gestation.

La pièce lui servait de salon et de chambre à coucher à la fois. Un large lit exhibait sa garniture pêle-mêle. De vieilles boîtes à chaussures étaient empilées dans un coin par terre et une bouteille de vodka à moitié pleine était posée sur une table. J'entrevis la cuisine par une porte entrouverte — et un tas de quelque chose qui devait être la vaisselle de quinze jours.

Laura Lusken trébucha sur quelques vêtements indéfinissables qui se trouvaient en boule par terre devant le lit. Elle marmonna quelques jurons et remonta la nuisette jusqu'aux cuisses avant de s'asseoir partiellement sur l'oreiller en s'adossant à la couette. Elle était assise, les jambes écartées, et elle ne portait rien sous la nuisette. Son sexe dénudé bâillait vers moi comme une orchidée fanée, et j'en détournai le regard, et ce n'était pas forcément par timidité.

Je me trouvai une place dans un fauteuil usé, sortis la photo d'Arne Samuelsen et la lui tendis par-dessus la table.

Elle la dévisagea avec des yeux qui avaient la mémoire courte. « Oui. Et alors ? demanda-t-elle.

— Est-ce que tu as déjà vu ce type ? »

Elle hocha imperceptiblement la tête. « Son visage me dit quelque chose.

— Quand l'as-tu vu ? »

Elle haussa les épaules. « Putain, c'que j'en sais !

— Je n'en doute pas. Et si je te dis mercredi dernier ?

— Mer-cre-di ? » Elle le prononça comme si ça remontait à un siècle.

« Mais tu ne fréquentes certainement pas le genre d'endroit comme — celui d'Ole Johnny ?

— Pilt-Ola ? » Ses yeux blafards se mirent à scintiller, et un ersatz de sourire dédaigneux passa rapidement sur ses lèvres. Celles-ci étaient épaisses, mais semblaient sèches et gercées. Elle avait une petite coupure à une commissure. « Non, mais je me souviens maintenant — c'était mercredi dernier, et je suis allée avec ces types qui sortaient de chez Ole Johnny. Ils étaient complètement pétés, tous, et il n'y avait qu'une fille avec eux avant qu'ils… J'en ai reconnu un, on l'appelle Sourire Hermannsen, parce qu'il ne se déride jamais. Un vieux garçon qui aime agiter ses billets quand il fait la bringue, et ça fait pas mal d'années qu'il est un de mes réguliers.

— Sourire Hermannsen ? Et quel est son vrai nom en fait ?

— Putain, c'que j'en sais !

— Décidément ! Est-ce qu'il a des horaires de

bureau — à moins qu'il ait embauché un chargé de communication, comme tant d'autres.

— Qui ça ?

— Put... » Je m'interrompis avant de poursuivre sur une autre question : « Et qui d'autre était avec vous ?

— Une de ces... nouvelles. Je ne parle pas d'une de celles qui travaillent pour Ole Johnny. Mais une qui se fait ramasser dans les hôtels chics. Jeune, belle. Et froide comme un poisson. » Elle se pencha en avant. « Elles ne leur donnent pas ce qu'ils veulent ! Parce qu'elles ne savent pas. Il faut des femmes mûres pour ça. Des femmes qui... On sait ce que vous voulez, de la tendresse, de l'amour maternel, de la chaleur, tout ce que vous ne...

— Tu sais comment elle s'appelle ? »

Elle fit mine de réfléchir. « Irène, je crois. J'en sais pas plus. Je me suis pas intéressée à elle. C'est Sourire qui m'a ramassée, c'était lui qui m'avait invitée, et quand les autres ont commencé à foutre le bordel, on s'est tout simplement barrés — et puis il est rentré avec moi — et on a fait des câlins, ici ! » Elle m'indiqua le drap jaune pâle d'une main ouverte.

« Qu'entends-tu par "foutre le bordel" ?

— Putain — c'que j'en sais. J'étais bien éméchée, moi aussi, mais je les ai entendus s'engueuler. Si tu veux mon avis, ils se sont peut-être disputés pour la fille — il n'y avait qu'elle, et eux, ils étaient...

— Oui, combien étaient-ils ? »

Elle me fixa d'un regard vide. « Sourire. Et moi.

Elle. Et puis celui qui habitait l'appart — et deux autres. On était donc…

— Six.

— Bon, bon ! » s'exclama-t-elle, agacée. Elle jeta un œil languissant vers la bouteille de vodka, mais ne la toucha pas.

« Mais c'était qui ?

— Je viens de te le dire ! Putain, quel blaireau ! Lui, là, sur la photo, et deux autres.

— C'est-à-dire qu'ils ne se sont pas présentés ?

— Voilà, dit-elle sur un ton sarcastique. Ils ne se sont pas présentés. Ils ont dû se dire que je n'étais pas suffisamment classe pour ça. Alors pour c'que j'en sais, c'était peut-être l'Empereur d'Amérique et son dauphin. »

Elle continuait à regarder droit devant elle, toujours dans la même position. Puis elle ajouta : « Je crois qu'il s'est passé quelque chose. En tout cas, il y a eu un sacré bazar, et puis Sourire m'a dit : Allez, Laura, on se casse. Et on s'est barrés.

— Et vous êtes rentrés chacun chez soi, et vous étiez tous d'accord pour dire que la soirée avait été réussie. »

Toujours le même regard vide. « Oui.

— Mais avant, tu ne les avais jamais vus, ces autres types ?

— Vus, vus… Je vais te dire, je me soucie pas tellement de ces gens du pétrole. Je m'en tiens aux bons vieux clients, si tu veux. Les saligauds de paysans de Jæren, et les pêcheurs de Ryfylket. Et puis, tous ces messieurs classes et propres sur eux de Stavanger, bien sûr ! On avait besoin de Laura

Lusken avant l'arrivée du pétrole — et je suis encore bonne pour une secousse, s'il le faut.

— Pour une secousse ?

— Ouais ! Dis donc… où est le fric que tu m'as promis ? »

Je sortis les billets, deux de cent, mais je les gardai entre les mains. Elle les regarda avidement. Je réfléchis. Peut-être pouvait-elle savoir encore autre chose. « Et tu ne l'as pas vu depuis ? finis-je par demander.

— Non, où est-ce que je l'aurais vu ? Il ne s'est pas vraiment présenté, lui non plus.

— Non. Non, d'accord. Tiens, et merci beaucoup pour ton aide. » Je jetai les billets sur la table, et ils disparurent sous la couette.

Laura Lusken passa deux mains noueuses dans sa chevelure décoiffée. Les veines y dessinaient un motif distinct, et la peau était fripée. « Quelle putain de vie ! s'exclama-t-elle. Et de se faire tirer du lit à cette heure-ci ! »

Je me levai. « Comme je l'ai déjà dit : je suis désolé. Retourne sous la couette, Laura. Je trouverai mon chemin.

— Fais gaffe à ne pas tomber dans l'escalier et à ne pas te casser la gueule.

— Je ferai attention. »

J'ouvris la porte. J'entendis comme un chuchotement rauque derrière moi : « Espèce de sale radin ! »

Je ne répondis pas, mais continuai vers la porte et descendis l'escalier. Jusqu'en bas.

Il pleuvait toujours aussi intensément, et je courus, tête baissée, jusqu'à la porte cochère la plus proche où je m'arrêtai en espérant qu'un taxi passe. Il n'y en eut pas, mais l'attente me permit de réfléchir aux informations qu'elle m'avait données. L'affaire avançait doucement, c'était déjà ça. Deux nouveaux noms — et une idée quant au cours des événements. La prochaine étape serait une nouvelle visite à l'appartement d'Arne Samuelsen. J'allais mieux regarder cette fois-ci, maintenant que j'avais quelques repères en poche.

15

J'étais trempé des genoux jusqu'aux pieds, et légèrement humecté par ailleurs, avant d'arriver à Banavigå. Madame Eliassen était occupée à secouer un parapluie vert dans la cage d'escalier. « C'est le jugement de Dieu ! s'exclama-t-elle en me voyant.

— Quoi donc ?

— Le temps, bien sûr. Quoi d'autre ? » Elle me scruta d'un air soupçonneux. « Vous êtes venu pour payer le loyer ?

— Eh bien… oui. Mais j'aurais aimé jeter encore un coup d'œil dans l'appartement — le fouiller d'un peu plus près.

— Alors, vous ne l'avez pas encore retrouvé ?

— Non, malheureusement. Vous n'avez pas eu de ses nouvelles non plus ?

— Non, et ce n'est pas étonnant ! Il doit vouloir m'éviter à tout prix.

— Alors, si je… » Je levai les yeux vers l'escalier.

« Je n'ai pas le temps aujourd'hui, dit-elle,

revêche. C'est le jour où je fais le ménage, et je viens juste de rentrer, alors j'ai plein de…

— Mais si vous me prêtez la clef, je ne vous dérangerai pas.

— Vous ne pensez tout de même pas que je donne la clef à des étrangers comme ça ? » Son regard était hostile. « Alors que les gens se cassent sans payer ce qu'ils doivent.

— Je vais payer pour lui. Je peux le faire tout de suite si seulement vous…

— Bien, bien. Ça ne peut pas faire plus de mal que… Je préfère vous ouvrir, dans ce cas. » Elle trouva le trousseau de clefs. « Vous n'avez pas oublié le montant ? me fit-elle en gravissant les marches.

— Comment l'oublier…

— Comment ça ?

— Je veux dire… non, je n'ai pas oublié. »

Elle inséra la clef dans la serrure et la tourna. Elle s'arrêta, expression hésitante dans les yeux, puis elle sortit la clef pour l'examiner. « Hmm, fit-elle.

— Quelque chose ne va pas ? demandai-je.

— Non. C'est la bonne. La serrure est juste un peu… grippée. » Elle essaya une deuxième fois, avec succès cette fois-ci et ouvrit la porte. Elle jeta un coup d'œil dans l'appartement. Il était exactement dans le même état que lors de notre dernière visite.

« Bon… », fit-elle en me tendant une main ouverte comme pour vérifier s'il pleuvait. Son regard en disait long.

Je comptai six billets de cent que je lui donnai.

J'approchais déjà dangereusement du fond de ma tirelire avant d'avoir payé ne serait-ce qu'un centime sur la facture de l'hôtel.

« Oui — et…, fit-elle.

— Eh bien, pour être honnête… Il ne vaut guère plus, hein — cet appartement ?

— Écoutez, jeune homme. La question n'est pas ce qu'il vaut, mais ce que les gens sont prêts à payer.

— O.K., O.K. Mais c'est tout ce que j'ai sur moi, en espèces. Il faudra attendre demain — pour le reste.

— Mais vous m'avez dit…

— Je me suis trompé. »

Elle jeta un coup d'œil dans l'appartement vide, puis sur les six cents couronnes que j'avais dans les mains pour finalement se tourner vers moi. Les six cents couronnes l'emportèrent : « Bon — je serai en bas — et j'entends tout ce qui se passe ici, alors n'essayez pas… » Elle ne termina pas sa phrase, mais me jeta un regard éloquent. Puis elle redescendit l'escalier, et j'entrai dans ce qui avait été le foyer d'Arne Samuelsen. Au moment où je franchis le seuil, le réfrigérateur se mit en marche, comme une sorte de signal.

Je restai un moment au milieu de la pièce à regarder autour de moi. La quatrième punaise manquait toujours sur l'affiche de la plate-forme.

J'allai à la penderie et l'ouvris. Je fouillai les poches de tous les costumes sans y trouver autre chose qu'une modeste somme en petite monnaie, quelques vieux tickets de caisse et une carte d'identité de la Poste. Je regardai la photo. C'était bien Arne Samuelsen, aucun doute là-dessus. La carte avait été émise deux ans auparavant, et la photo dessus était plus récente que celle que j'avais dans ma poche.

Je vérifiai derrière les chaussures et les bottes, mais ne trouvai rien d'un grand intérêt par terre dans la penderie.

J'allai ensuite à la commode. Le résultat de mes recherches y fut tout aussi maigre. La façon dont les vêtements étaient rangés suivait une logique scrupuleuse. Les sous-vêtements avaient leur place, les chaussettes et les chemises aussi. Au fond d'un tiroir, je trouvai une demi-bouteille de whisky, pleine. Une pile de lettres se trouvait dans un coin du même tiroir. Je les passai rapidement en revue. Elles portaient toutes la même écriture, celle de sa mère.

Je refermai les tiroirs et laissai mes yeux se promener dans la pièce. Elle semblait complètement privée de cachettes. Je glissai une main derrière le divan puis me mis à quatre pattes pour regarder en dessous, juste au cas où. Il n'y avait pas la moindre petite couche de poussière.

Je retournai le téléviseur pour examiner l'arrière de l'appareil. Je pouvais éventuellement dévisser le panneau du fond pour jeter un œil sur ce qui se cachait derrière, mais je remis ça à plus tard.

Je poursuivis la fouille dans la cuisine. Je grimpai sur le plan de travail pour examiner les étagères du haut à l'intérieur des placards. Rien d'intéressant. Quelques vieux coquetiers et trois boîtes de gâteaux vides. Un peu plus bas, je trouvai du café lyophilisé, des sachets de soupe, et une tablette de chocolat au lait. Arne Samuelsen avait mené une vie simple d'un point de vue alimentaire, en tout cas chez lui.

Je continuai à chercher, dans les éléments du bas. J'ouvris un tiroir après l'autre, sans rien trouver de concret. Je commençai à me décourager. Mon dos me faisait mal, et j'avais les genoux en compote.

J'ouvris le seul placard au ras du sol. Il y avait quelque chose : une pile de quatre ou cinq grilles, toutes de la même taille. Il me fallut quelques secondes de réflexion avant de comprendre ce que c'était : les grilles du frigo qui se trouvait derrière moi.

J'étais à genoux par terre sur le point de me relever. J'eus à peine le temps de percevoir un mouvement derrière moi, mais trop tard de toute façon pour faire quoi que ce soit. Un objet dur et arrondi me frappa derrière l'oreille, et ma tête s'emplit d'une lumière blanche et aveuglante.

16

Des voix lointaines me parvenaient. « J'ai téléphoné à la police, n'essaye pas. » Je gémis. « Merde, il se réveille. » Il y eut un vrai tapage, et j'entendis un halètement et le cri furieux d'une femme à travers un brouillard de douleur. Une porte claqua, et je fus à nouveau enveloppé dans un silence sombre et agréable.

Je me réveillai brusquement. Le visage de madame Eliassen était bien trop gros. Je voyais les pores ouverts de sa peau parcheminée, le contour d'une tache brune sous un œil. Elle me gifla. « Non, haletai-je. Je…

— Il faut se réveiller maintenant, allez ! Levez-vous, la police va arriver, vous ne pouvez pas rester comme ça, par terre. Qu'est-ce qui s'est passé ? »

Je regardai autour de moi. Le plafond tombait sur ma tête, les murs bougeaient comme une tente sous la tempête. Le visage au-dessus de moi se rétrécit. Elle s'était relevée. On aurait dit qu'elle flottait juste sous le plafond, comme un ballon. Je laissai une main se balader à tâtons vers le plan de travail et trouvai le bord d'un tiroir auquel je me cramponnai. Je tentai de me relever. Je m'appuyai avec l'autre bras par terre et réussis à me mettre à genoux.

« Deux hommes masqués. J'aimerais bien savoir ce qui se passe ici. Ils ont dû entrer pendant que je… J'ai entendu le bruit, évidemment, et quand je suis arrivée en haut — ils m'ont poussée avec une telle force que je suis tombée par terre, j'aurais pu me casser le fémur. »

Je restai à genoux. « Ma-masqués ?

— Comme à la télé : des collants sur la tête. Maintenant, je suis vraiment soulagée qu'il soit parti, Samuelsen, si tout ça…

— Ses affaires sont toujours ici.

— Oui, bon. » Et soudain dans un élan d'abnégation : « Et en ce qui concerne le loyer, ça m'est égal. Je ne veux pas de cet argent-là ! »

Je ne manquai pas de noter qu'elle ne mentionnait pas les six cents couronnes que je lui avais déjà données.

Je réussis à me soulever d'encore un cran et finis par m'appuyer au plan de travail. Je me frottai l'arrière du crâne. C'était douloureux. J'avais la tête lourde et les jambes molles. Mais je tenais debout. « Est-ce que j'ai bien entendu… Est-ce que vous avez vraiment téléphoné à la police ? »

Elle secoua la tête. « Non. C'est juste quelque chose que j'ai dit — j'avais peur qu'ils me tuent, autrement. »

J'acquiesçai.

Elle poursuivit : « Pourquoi — qu'est-ce qui s'est…

— Je n'en ai aucune idée. J'allais juste… » Je regardai autour de moi, cherchant à m'en souvenir. « Je venais juste de… » Je me rappelai les grilles dans le placard. Mes yeux fixèrent le grand réfrigérateur, qui tout à coup semblait mystérieux et plus imposant.

Madame Eliassen passa à côté de moi et quitta la pièce. « En tout cas, je vais aller leur téléphoner maintenant. Là on parle quand même d'entrée avec effraction, d'agression, et… »

J'attendis qu'elle quitte la pièce avant de me retourner vers le frigo. C'était un vieux modèle, spacieux.

J'ouvris la porte.

Je compris alors pourquoi les étagères se trouvaient dans le placard. Le réfrigérateur était comme qui dirait plein à craquer.

La femme dans le frigo était nue. Pour la faire entrer dedans, on l'avait pliée en deux, à peu près comme un casse-noix. Elle avait les avant-bras croisés, les coudes vers le ciel et les mains posées sur ses épaules, comme pour se protéger le visage. Du sang formait une flaque sombre et sèche dans le fond du frigo et une forte odeur douceâtre de pourriture en jaillit.

Ce fut plus que je ne pouvais en supporter. Une nausée violente monta en flèche depuis mon diaphragme, et tout se mit à tourner. Je tombai vers l'avant, comme au ralenti, et refermai par la même occasion le frigo. Adossé contre la porte froide, je laissai mes doigts glisser sans but particulier sur sa surface lisse. J'avais la chair de poule partout sur le corps, j'avais froid.

La nausée finit par remonter jusqu'à ma bouche, je me jetai vers le plan de travail et l'évier, et vomis comme un geyser. Je me vidai complètement, et continuai à avoir des convulsions bien après, au point d'en perdre mon souffle. La douleur me martelait la tête et je me sentais malade, engourdi de partout. Penché sur l'évier, j'ouvris le robinet et laissai l'eau couler sur ma tête — encore et encore et encore. Je passai avec force mes paumes sur mon visage, sans relâche, avant de me relever lentement, avec moult précautions.

Mon regard évita le frigo. Je passai à côté et entrai dans le salon, où je m'assis lourdement sur le divan pour attendre la police.

17

La pluie ne frappait plus les fenêtres du salon avec la même violence. Depuis la rue, j'entendis quelques gamins arriver en courant, en un troupeau beuglant. Les voix résonnaient sur les pavés glissants avant de disparaître par-dessus les toits comme des oiseaux apeurés. Et les mômes disparurent. La pluie piquait doucement les vitres de ses aiguilles délicates. L'appartement prenait tout à coup une nouvelle signification. Les pièces vides s'étaient transformées en chambres sépulcrales.

Madame Eliassen remonta l'escalier. Elle était essoufflée. « Voilà, j'ai appelé, fit-elle. Ils allaient… » Elle s'arrêta. « Mais… mais vous avez une de ces mines ! Vous voulez que j'appelle… » Elle alla vers la cuisine. « Je vais vous chercher un verre d'eau, et puis…

— Non ! m'exclamai-je. Arrêtez… »

Elle s'immobilisa devant la porte de la cuisine, l'étonnement inscrit dans chaque trait de son visage. « Comment…

— Il ne faut pas… y entrer. » J'avalai avec difficulté. « Il y a un… un cadavre, là-dedans. »

Elle regarda la cuisine, incrédule. « Là-dedans — ne me faites…

« Dans le frigo, dis-je, épuisé.

— Là, je pense vraiment que vous êtes en train de perdre complètement les pédales — il n'y a tout de même pas la place pour… »

Une colère subite s'empara de moi : « Non ? Alors, allez y jeter un coup d'œil ! Ne vous privez surtout pas — et profitez du spectacle. Moi, je reste ici. »

Hésitante, elle s'éloigna un peu de la porte de la cuisine, comme si elle craignait que le cadavre en surgisse par ses propres moyens. « Il vaudrait peut-être mieux… »

J'avais recouvré mon calme. « Oui. Je pense qu'il vaut mieux. Soyons patient et attendons — la police. »

Son visage portait une expression amère qui m'était destinée. « Je descends préparer du café. Nous allons en avoir besoin, tous. D'une façon ou d'une autre. »

Elle sortit.

Je restai assis. Petit à petit, mes pensées se mirent à nouveau à divaguer.

Une femme ? Dans le frigo ?

Je secouai la tête. J'en avais vu des cadavres, dans ma vie, et aucun d'entre eux n'avait été particulièrement beau. Mais celui-ci les surpassait tous.

Une voiture s'arrêta en bas. Peu après, j'entendis des pas lourds dans l'escalier. Deux agents vêtus de bonnets de marin et de treillis, portant des ceintures garnies de matraques et de pistolets à gaz, entrèrent.

« C'est ici qu'il y a eu des problèmes ? » demanda l'un des deux sur un ton acide.

L'autre baissa la tête vers moi. « Vous ne vous sentez pas bien ?

— C'est bien pire qu'on aurait pu penser au départ, fis-je.

— Ah bon ?

— Allez jeter un coup d'œil dans le frigo.

— Qui êtes-vous ? » me demanda l'un. Il avait les cheveux clairs et lisses, et une moustache blonde clairsemée.

« Je m'appelle Veum, et je... »

L'autre était allé dans la cuisine, d'où une exclamation nous parvint. Puis il apparut à la porte : un type maigre et sec de plus d'un mètre quatre-vingt-cinq, le visage hermétique comme une boîte de conserve intacte. « Un corps, dit-il.

— Qu'est-ce que tu racontes, bordel ! » s'exclama l'autre, et il passa devant son collègue pour aller dans la cuisine à son tour. On ouvrit le réfrigérateur à nouveau et une lumière froide se glissa dans le salon par l'entrebâillement. Je me levai du fauteuil et avançai de quelques petits pas, ne sachant pas si mes jambes allaient supporter tout mon poids.

« Où allez-vous ? » me demanda le policier qui se tenait tout près de la porte. L'autre apparut derrière lui. Son visage avait à présent la même couleur fade que ses cheveux. « Vous restez là, dit-il. Il faut que... » Il s'interrompit et s'adressa à son collègue : « Appelle le poste. Qu'ils trouvent quelqu'un d'autre pour s'occuper de ça ! »

Le grand sec acquiesça. Madame Eliassen revint dans l'appartement, l'air inquiet. « Est-ce que je peux passer un coup de fil de chez vous ? »

Elle hocha la tête en se séchant les mains sur un tablier. « Je vous raccompagne en bas. »

Ils s'en allèrent. Le policier blond planta son regard sur moi. Et je fis de même. Nous restâmes muets. Il n'y avait rien à dire.

Les autres remontèrent au bout d'un moment. « C'est Bertelsen en personne qui va venir. Il nous a dit d'attendre. Et de faire attention à ce qu'on ne touche à rien. »

J'allai à la fenêtre et regardai dehors, dans le vide. Je sentis leurs yeux dans mon dos, mais je ne me retournai pas. Une dame âgée vêtue d'un manteau noir passait sous la fenêtre, un sac en plastique marron dans une main et un parapluie au motif vert et bleu dans l'autre. Elle marchait avec précaution sur les pavés arrondis, les jambes un peu écartées pour garder l'équilibre. Je la suivis du regard jusqu'à la perdre de vue, tout en haut, au bout de la rue. J'étais toujours à la fenêtre lorsque deux autres voitures s'arrêtèrent devant la maison. Des policiers en civil sortirent des véhicules en bondissant et tous levèrent les yeux dans ma direction avant d'entrer.

Le premier à pénétrer dans la pièce avait un visage en lame de couteau et portait un pardessus beige clair. Il salua les deux agents de police d'un petit mouvement de tête et me scruta ensuite pendant une seconde ou deux.

J'avais le dos tourné à la fenêtre à présent, et

des gouttes d'eau tombaient encore de mes cheveux mouillés.

Il approchait la cinquantaine. Ses lèvres étaient minces, ses yeux froids et inquisiteurs, et son visage maigre semblait en quelque sorte pétrifié. Sa voix était mesurée, le ton bien sec. Il s'adressa à l'un des agents : « Alors, où est-il ? »

L'autre indiqua la cuisine du doigt. Des gens continuèrent à défiler dans l'appartement.

« Johansen, tu viens avec moi. Fredriksen, reste ici ! » L'homme au visage effilé fit un signe de tête dans ma direction, pour faire comprendre à Fredriksen pourquoi il devait rester où il était.

Fredriksen était un grand type assez corpulent et voûté dont les formes rappelaient celles d'une poire. Johansen, lui, était un maigre nerveux aux cheveux sombres et on voyait clairement la racine des poils bien que sa barbe eût été rasée de près.

L'homme qui donnait les ordres avait les cheveux ramenés sur son crâne depuis une raie parfaitement droite, tout près de l'oreille gauche. Sa chevelure lui coupait le visage au niveau du front, lui donnant la forme d'un U allongé. Il disparut dans la cuisine, accompagné de Johansen.

Fredriksen vint à côté de moi. « J'imagine que lui, c'était Bertelsen… », dis-je.

Il me fixa, imperturbable. « Exact. »

Un petit homme aux lunettes à monture d'écaille qui portait un nœud papillon et une moustache entra, une petite mallette noire à la main. « Qu'est-ce que j'entends ? » Il s'adressait plutôt au vide devant lui qu'à quelqu'un en particulier. « Fredriksen, c'est vrai ? »

Fredriksen haussa les épaules. « Je ne sais même pas de quoi il s'agit. Ils sont là-dedans. » Il fit un signe de tête vers la cuisine, et l'homme à la mallette s'y rendit. La pièce devait être bien pleine, à présent. Seuls Fredriksen, l'agent blond délavé et moi-même étions restés dans le salon. Madame Eliassen ne s'était plus montrée. Elle ne se sentait peut-être pas bien.

Fredriksen me regarda avec curiosité. « Ils vous ont fait votre fête ? »

J'acquiesçai.

« Vous les avez vus ? »

Je secouai la tête. « Ça a été beaucoup trop rapide, et madame Eliassen — la logeuse — dit qu'ils étaient masqués.

— Alors, elle, elle les a vus, donc ? fit-il d'une voix où pointait la déception.

— Oui. Et moi, je les sens encore. Derrière ma tête. »

Les policiers commencèrent un par un à quitter le spectacle macabre dans la cuisine pour revenir dans le salon. Le cadavre n'avait pas provoqué de fous rires. Ils semblaient tout aussi choqués les uns que les autres. Finalement, Bertelsen, Johansen et l'homme à la mallette noire demeurèrent seuls dans la cuisine.

Madame Eliassen réapparut, une thermos dans une main et deux ou trois tasses dans l'autre. Les récipients tintaient quand elle marchait, et elle secoua la tête, découragée, quand elle constata le nombre de personnes présentes.

« Quel malheur ! » soupira-t-elle profondément, et son regard chercha le seul visage qui lui était familier dans la foule : le mien.

Johansen ressortit de la cuisine, tellement pâle que sa barbe naissante ressemblait à des cendres contrastant avec sa peau. « Putain ! dit-il à Fredriksen. Va jeter un coup d'œil. »

Fredriksen, qui me regardait, n'arriva pas à cacher la répugnance qu'exprimaient ses yeux. Puis il obtempéra.

Les policiers murmuraient entre eux, en petits groupes. Personne ne semblait vouloir faire quoi que ce soit. Madame Eliassen s'était assise sur le bord d'un des fauteuils, visiblement déboussolée. Elle s'était servi du café et avait posé tasse et soucoupe sur son genou. Je sortis un mouchoir et me mis à m'essuyer les cheveux. Ce ne fut qu'à ce moment-là que je me rendis compte que ma chemise était aussi humide autour du col et sur les épaules.

Les trois hommes qui étaient restés dans la cuisine apparurent à la porte et nous rejoignirent. On aurait dit que Fredriksen souffrait du mal de mer. Les lèvres de Bertelsen étaient encore un peu plus minces qu'avant. La moustache du petit homme à la mallette noire vibrait légèrement, mais il parlait d'une voix basse et impassible ne trahissant en rien ce qu'il pouvait éventuellement ressentir : « C'est une femme. C'est à peu près tout ce que je peux vous dire à présent.

— Une femme ! cria madame Eliassen. Dans le frigo ?! »

Bertelsen la toisa de ses yeux froids. « Oui, et il sera peut-être difficile de l'identifier.

— Pour quelles… raisons ? » demandai-je.

Il se tourna vers moi. Son regard me donna des frissons dans le dos. On n'entendait plus un bruit dans la pièce. L'attention de tous était tournée vers Bertelsen, mais ce dernier ne me lâchait toujours pas des yeux.

« Parce que…, commença-t-il. Parce la tête n'y est pas. »

Tout en poussant un soupir muet, madame Eliassen bascula sur le côté, puis glissa doucement de son siège avec un bruissement rappelant celui d'un oiseau qui s'envole d'un arbre très, très lointain.

18

Quelqu'un avait porté madame Eliassen au rez-de-chaussée. Fredriksen s'y était aussi rendu pour prendre des notes au cas où elle parlerait. Le médecin s'était évaporé après être convenu avec Bertelsen de procéder à une première autopsie au cours de la journée. On m'avait donné la permission de m'asseoir sur le divan. Bertelsen et Johansen occupaient les deux fauteuils.

« Et qui êtes-vous donc ? »

Je lui donnai mon nom et ma profession.

Les lèvres arrondies de Johansen mimèrent un sifflement. L'expression de Bertelsen pouvait laisser croire qu'il avait goûté à un aliment avarié.

« Et que faisiez-vous ici ? demanda-t-il d'un ton sévère.

— J'essaie de trouver celui qui habite ici. Arne Samuelsen. » Je leur racontai grossièrement l'histoire de madame Samuelsen qui était inquiète pour son fils à Stavanger.

« Et quand devait-il être de retour au travail ? »

Je comptai rapidement sur mes doigts. « Si ma mémoire est bonne, ça sera… vendredi.

— Et aujourd'hui, on est mercredi. » Puis, en s'adressant à Johansen : « Il faut lancer un avis de recherche. » Johansen hocha la tête et prit des notes. « Est-ce que vous avez une photo de lui ? »

Je lui tendis celle que madame Samuelsen m'avait prêtée. « J'espère qu'elle me sera rendue. Sa mère…

— Bien sûr. Mais vous, vous n'en aurez plus besoin. Cette affaire est terminée en ce qui vous concerne, Veum — pour l'instant en tout cas.

— J'imagine que oui. Mais vous me permettrez peut-être de vous en dire un peu plus. »

Il attendit que je poursuive.

« Je n'en sais pas tellement plus que ce que m'a raconté madame Eliassen, alors je suppose qu'elle confirmera tout ce que je vous dirai. » Je lui parlai alors de la soirée qui avait eu lieu le mercredi d'avant, et que Laura, euh… Ludvigsen était la seule personne que madame Eliassen ait pu identifier.

« Lusken ? s'immisça Johansen en ricanant.

— Oui, apparemment on l'appelle comme ça. » Je racontai également que j'avais rendu visite à cette Laura, euh… Lusken, et qu'elle m'avait donné deux autres noms : Sourire Hermannsen et une femme qu'elle appelait Irène, tout court. « La seule autre femme du groupe », fis-je pour terminer.

Dans un réflexe, Johansen tourna la tête vers la cuisine. On n'avait pas tenté de déplacer la femme qui s'y trouvait. Bertelsen n'avait pas cessé de braquer les yeux sur moi. « Et puis… vous êtes revenu ici ? Pourquoi ? »

Je haussai les épaules. « Je ne sais pas. Je voulais faire une fouille un peu plus approfondie, voir si je ne pouvais pas trouver une piste ou deux, un élément qui m'indiquerait où je devais chercher pour retrouver la trace d'Arne Samuelsen.

— Eh bien ? Avez-vous trouvé quelque chose ? »

Je secouai la tête. « On m'a… » J'écartai les bras.

« Oui ? On vous a… surpris ?

— Oui. Ils devaient être là avant que je n'arrive. Madame Eliassen m'a dit qu'elle était sortie faire des courses. Rien ne lui échappe quand elle est à la maison. Ils ont dû entendre que j'arrivais et se sont cachés dans la pièce du fond. La petite chambre à coucher. Quand j'ai examiné la cuisine, j'avais le dos tourné à la porte de la chambre… Et… je n'ai entendu qu'un boum.

— Et puis ?

— Si madame Eliassen n'était pas arrivée…

— Est-ce que vous les avez vus ?

— Non. Et madame Eliassen affirme que…

— Nous allons lui parler », m'interrompit-il sur un ton hostile. Il se pencha en avant. « Que s'est-il vraiment passé ici, à votre avis, Veum ? »

Je le regardai fixement. « Ça…

— Si je vous demande ça, ce n'est pas parce que je ne suis pas en mesure de me faire une idée par moi-même, mais ça pourrait toujours être intéressant d'entendre votre interprétation des faits.

— Vraisemblablement, c'est au cours de cette

soirée qu'il s'est passé quelque chose. Mais je ne suis pas convaincu que… La seule chose qui… Il y a une femme dans le frigo. Décapitée. Si elle a été tuée ce soir-là, c'est donc vraisemblablement cette… Irène. Ils ne pouvaient pas se débarrasser du cadavre le soir même. Samuelsen savait par expérience à quel point madame Eliassen surveillait de près tout ce qui se passait en haut. Alors, ils se sont contentés d'emporter… la tête.

— Ils, au pluriel ?

— Oui, ou lui, ou…

— Vous insinuez donc que cet Arne Samuelsen est complice d'un…

— Si vous me permettiez de terminer mes phrases ! Cela serait-il possible ? Je n'insinue rien du tout, je dis tout simplement que quelqu'un, que ce soit une personne seule ou plusieurs, a emporté la tête pour essayer d'éviter une identification du corps trop rapide. Ensuite, ils avaient certainement prévu de revenir pour chercher le reste. Ils l'ont repliée sur elle-même, ils ont vidé le frigo de ses étagères et ils l'ont casée — là-dedans.

— C'est à vomir ! » dit Bertelsen.

Johansen fit un signe affirmatif de la tête. « Macabre.

— Mais finalement pas très difficile à faire, malheureusement, fit Bertelsen. C'est un réfrigérateur spacieux. Il faut réunir les participants de la soirée et les passer à la moulinette. Ça ne devrait pas être bien compliqué. Et ils finiront par craquer et nous raconter toute l'histoire. » Il poursuivit après une petite pause : « Et vous n'avez pas de pistes concrètes à nous donner à propos de ce — Samuelsen ?

— Non. Sinon, je ne serais pas ici. Mais, peut-être… si vous tentez votre chance au tripot d'Ole Johnny…

— D'accord. Nous allons y jeter un œil. »

« Mais ne pensez pas que vous nous apprenez quelque chose, Veum, ajouta-t-il sur un ton agacé. Nous savons tout sur ces tripots, mais la situation actuelle est telle qu'il est préférable que ce genre d'endroits continue à exister. Aujourd'hui, on connaît les endroits qu'il faut surveiller, et s'ils n'existaient pas… On aurait toute la racaille dans la rue. En fait, c'est un moyen de contrôler la criminalité. » Il se leva pour couper court à un éventuel débat. « Où pouvons-nous vous joindre, Veum ? »

Je lui donnai le nom de mon hôtel. « Mais je dois tenir sa mère au courant de la situation, alors je vais peut-être rentrer à Bergen dès que je…

— Vous ne partirez pas d'ici tant que nous n'aurons pas eu l'occasion de reparler de cette affaire. Restez au moins jusqu'à demain.

— Dans ce cas, c'est vous qui allez couvrir mes frais ? »

Il me fixa intensément. Puis il quitta la pièce sans d'autres commentaires.

Johansen s'était aussi levé. Il écarta les bras. « Qu'est-ce qu'on peut bien ajouter ? »

Je me levai à mon tour. « Ouais. »

Il eut l'air de vouloir poser une question, mais il

se tut. J'allai vers la porte, discrètement, comme si j'avais peur qu'il me retienne.

Mais personne ne m'empêcha de partir. Je descendis l'escalier d'un pas mou, sortis dans l'air froid et empruntai la ruelle escarpée qui se trouvait à l'ombre du grand pont, et ce fut seulement au moment de contourner le coin que je pris conscience des gros flocons de neige fondue sur mon visage, du vent qui grondait derrière mes mollets, et de la clameur de la vie quotidienne qui pénétrait de nouveau lentement dans ma tête.

19

Le brouillard laineux et grisâtre de novembre arrivait lentement depuis l'est sur la ville. Je longeai les quais vers Vågen pour retourner à l'hôtel.

J'étais venu à Stavanger pour retrouver un homme qui s'appelait Arne Samuelsen. Au lieu de le retrouver lui, j'avais trouvé une femme sans tête dans son réfrigérateur. Qui était cette femme ? Que lui était-il arrivé ? Et quand ? Le mercredi fatal où l'on avait vu Arne Samuelsen pour la dernière fois ? Était-ce lui le principal responsable — et était-ce la raison de sa disparition ? Et les autres qui avaient participé à la fête ? Qui étaient-ils ?

Les questions étaient nombreuses, et je n'avais le droit de poser aucune d'entre elles.

Je m'arrêtai. L'eau presque noire qui dansait le long des quais était tout sauf attrayante. Elle sentait fort le mazout. Un chou au rebut entouré d'un voile de mousse sale, un préservatif usagé, le cadavre d'une bouteille fermée par une capsule à visser dorée et la peau d'une orange flottaient près d'une planche pourrie : les maigres reliquats d'une soirée réussie, peut-être.

Un homme s'arrêta à côté de moi. Je dus abaisser le regard pour voir son visage strié et livide. Il avait une barbe grise de trois jours, des traces de chique aux coins des lèvres, des vaisseaux éclatés sur le nez et des dents sales qui ressemblaient à de petits graviers. « Tu cherches quelque chose ? » me demanda-t-il avec l'accent typique de Stavanger.

Il portait une casquette bleue, une veste marron-gris, un pantalon gris foncé et des chaussures noires qui s'ouvraient sur le devant. L'eau gouttait de la visière de sa casquette, et le gel traversait son corps maigre par spasmes.

« Non, répondis-je.

— Tu n'aurais pas trois couronnes pour un café, par hasard ? »

J'acquiesçai et sortis une pièce de cinq que je lui donnai. Il me remercia et continua son chemin à pas rapides de lemming.

Je contemplai les alentours. Le brouillard était sur le point d'envelopper la ville dans un voile clément. Le contraste s'estompa entre les vieux bâtiments et les masses compactes de béton récent. Le profil bas de la ville se détachait davantage par ce temps — c'était plus un premier plan qu'un paysage. Et au-dessus de l'ensemble couraient les nuages. Ce n'était pas comme à Bergen, où on pouvait poser les yeux sur les coteaux. On ne voyait ici qu'un bord dentelé de montagnes loin à l'horizon, vers l'est, et le ciel gris sale pendouillait entre les plus grands bâtiments comme le ventre d'un clébard efflanqué.

Un nouveau réceptionniste muni d'un nouveau message de Bergen m'attendait quand je revins à l'hôtel : Solveig avait téléphoné. Rien de plus.

Je le remerciai, il me tendit la clef et je montai dans ma chambre. Elle était propre, rangée et froide. Je sortis la demi-bouteillc que j'avais ramenée la veille du caboulot d'Ole Johnny. Je remplis la moitié d'un gobelet et en bus une gorgée. La chaleur se répandit dans mon corps.

Ma chemise était encore un peu humide, mais je ne pris pas la peine de me changer. Je m'installai sur le canapé, attrapai le combiné du téléphone et composai son numéro à Bergen.

« Un instant », répondit la standardiste lorsque je demandai si elle était là.

Un instant s'écoula, peut-être deux, et elle fut au bout du fil. J'entendis sa voix comme si elle était assise à côté de moi dans le canapé, exception faite d'un léger voile téléphoniquc dans la voix et d'une résonance métallique dans les voyelles. « Allô, oui ? C'est Solveig Manger.

— Salut ! C'est moi.

— Ah, salut ! » Elle avait l'air contente. « Ce n'est pas facile de te joindre, toi. Tu as beaucoup de choses à faire ?

— Oui, j'ai été assez… occupé.

— Est-ce que tu as retrouvé l'homme que tu cherchais ?

— Non. Pas encore, pas…

— Il y a quelque chose qui ne va pas ?

— Non, tu… tu me manques, c'est tout ! »

Un ange passa. « Alors, tu ne sais pas encore quand tu peux rentrer ?

— Non. Et moi, est-ce que je te manque ?

— Oui, bien sûr. » Tout semblait si simple quand c'était elle qui le disait.

Il y eut un nouveau silence. « Mais, c'est…, commença-t-elle.

— Oui ?

— Non, rien.

— Qu'est-ce que tu allais dire ? »

Encore un silence. J'avalai avec peine. Quand j'entendis sa voix à nouveau, elle parlait sur le même ton léger. « Quand tu reviendras, il faudra qu'on parle sérieusement, toi et moi, tu ne crois pas ?

— Oui ?… »

Silence. Je fixai mon verre. Dans un éclair, j'entrevis la silhouette de la femme dans le frigo, pliée en deux. « Il ne faut pas que tu me quittes, Solveig ! Jamais ! m'exclamai-je.

— Ne dis pas ça — comme ça… Tu sais que je ne cesserai jamais…

— J'ai besoin de toi. » J'avais du mal à reconnaître ma propre voix.

« Je t'aimerai toujours, Varg, mais… Mais on en parlera plutôt à ton retour ?

— Oui, nous… » Une couronne de fer me serrait le crâne, des points noirs dansaient devant mes yeux et j'avais l'impression d'avoir un gaufrier à la place du palais.

« Ne pense pas à tout ça. Veille juste à rentrer sain et sauf — ici, d'accord… Varg ? »

Je ne cessais pas d'avaler.

« Varg ?

— Oui. Oui. D'accord. Prends soin de toi, Solveig, à… plus tard.

— À bientôt, Varg. » Sa voix était chaleureuse et désespérée à la fois, tendue et triste.

« Salut, Solveig. »

Je raccrochai. Je ne lâchai pas le téléphone gris du regard, comme si je m'attendais à ce qu'elle rappelle. Le téléphone resta muet.

J'attrapai mon verre et le vidai. Je m'en servis un autre, à ras bord cette fois-ci, que je vidai en deux ou trois gorgées rapides. La chaleur se répandit comme des tentacules rouges — du ventre jusqu'à la poitrine et l'aine.

Je trouvai le numéro de téléphone de madame Samuelsen. Je le composai et écoutai la sonnerie — deux fois, trois fois, quatre. Je visualisai son petit appartement sombre. Le Dragefjellstrapp devant sa maison, la femme âgée aux jambes fatiguées qui traversait la pièce en clopinant. On décrocha et j'entendis sa voix : « Allô, ici Samuelsen.

— Bonjour, madame Samuelsen, fis-je. C'est Veum à l'appareil. Je vous appelle de Stavanger.

— Oui ? Vous l'avez trouvé ? Est-ce que…

— Non, malheureusement. Je ne peux pas en dire plus… je ne l'ai pas retrouvé. Et la police m'a… retiré l'affaire.

— La police ? Mais je…

— Il y a eu un imprévu.

— Mon Dieu ! » Elle poursuivit faiblement après une courte pause figée : « Est-il arrivé quelque chose à… Arne ?

— Non, non, mais il est arrivé quelque chose à… à une femme.

— Une femme ! s'exclama-t-elle.

— Et lui, votre fils, est vraisemblablement impliqué.

— Arne… impliqué… dans quoi ?

— La police va certainement vous contacter, madame Samuelsen, et il y aura un avis de recherche pour Arne — en tant que témoin.

— Témoin de quoi ?

— J'ai trouvé une femme morte dans son réfrigérateur quand je… » Je lui épargnai les détails. Elle en aurait vent en temps et en heure.

« Une femme m-m-morte ? Qui est-ce ?

— Elle n'a pas encore été identifiée.

— Mais Arne, il n'avait pas de…

— C'est tout ce que nous savons pour l'instant, madame Samuelsen. Et Arne est toujours introuvable. Vous ne voyez rien d'autre qui pourrait avoir de l'importance, quoi que ce soit qui pourrait nous aider à retrouver votre fils ? Est-ce qu'il avait des contacts à l'étranger ? Des amis ?

— Écoutez, Veum, depuis… lorsque mon mari et ma fille sont décédés à six mois d'intervalle, nous avons cessé d'être une famille dans cette maison. Le contact entre Arne et moi — depuis — a été… insignifiant. Je ne sais rien d'autre sur lui que ce que je… que le peu qu'il me racontait dans ses lettres. Je ne sais rien !

— Je comprends. Je suis navré. Mais comme je vous ai déjà dit : compte tenu de la situation actuelle, je ne peux plus rien faire. Ça a été un échec. Je vous donnerai une estimation complète de mes dépenses à mon retour, mais j'espère que vous comprenez que je dois considérer l'affaire comme close. La police ne me permet pas d'intervenir dans leur enquête, et maintenant, maintenant il y aura de toute manière une investigation approfondie, alors... »

Elle semblait soudain fatiguée. « Bien, bien. Contactez-moi quand vous reviendrez à Bergen, Veum. Merci beaucoup, en tout cas, d'avoir essayé. Au revoir.

— Au revoir. »

Je me levai et traversai la pièce jusqu'à la fenêtre. Le tourbillon de neige fondue était plus opaque, les flocons tenaient plus longtemps une fois sur les trottoirs. Si la température descendait, il se mettrait à neiger pour de bon.

Je frissonnai, pris une décision et quittai la chambre. En bas, le crépuscule avait envahi le bar, qui était à moitié vide. Deux adolescents jouaient aux fléchettes ce soir-là aussi, mais ce n'étaient pas les mêmes têtes que la veille. L'homme au visage digne d'un musée de poupées de cire astiquait en silence un verre derrière son bar. Une boisson généreusement dosée était posée sur le comptoir devant un homme à forte carrure qui lisait un journal replié plusieurs fois : c'était Carl B. Jonsson.

Il interrompit sa lecture lorsque je m'installai sur le tabouret à côté de lui. « Salut, Snoopy, ricana-t-il.

Comment ça va ? Tu as retrouvé le type que tu cherchais ? »

Je secouai la tête en guise de réponse et commandai une pinte de bière.

Jonsson fit un signe de sa grosse main vers le journal, indiquant une photo du président Carter au moment où il avait reconnu sa défaite. « Regarde ce pitoyable crétin ! Et c'était lui qui allait gouverner notre pays ! Enfin, les States, quoi ! Pendant encore quatre ans, si Ronald ne l'avait pas doublé dans le virage. Un cultivateur de cacahuètes stupide et naïf de Géorgie !

— Bon. Je ne peux pas dire qu'ils font partie de mes héros, que ce soit l'un ou l'autre. »

Le barman me servit ma bière. « Ah non ? fit Jonsson avec sarcasme. Alors dis-moi qui est ton héros, Veum. Le cavalier solitaire ? »

Je réfléchis en regardant le fond de mon verre. « S'il fallait en choisir un, ça serait quelqu'un comme — je ne sais pas — Lasse Virén. »

Il me fixa, la bouche entrouverte. « Qui ça ? Le coureur de fond ? Un type qui n'a rien de mieux à faire que de courir quarante à cinquante kilomètres par jour et gagner deux médailles olympiques tous les quatre ans ? Quelqu'un qui renonce à tout ce qu'offre la vie — les filles, le vin, la fête — pour courir comme un con à travers les forêts finlandaises ou sur les plateaux des montagnes colombiennes ? Putain, mec ! À ton avis, qu'en aurait dit Philip Marlowe ?

— Non. Pas forcément pour ces raisons-là. Mais parce qu'il est tombé — ou a été poussé, plus exactement — lors de la finale du dix mille mètres à Munich, et qu'il s'est relevé et s'est remis à courir après un ou deux jurons bien appropriés ; et parce que, non seulement, il a rattrapé le peloton de tête, mais il a fini par gagner la course après un sprint impressionnant. Parfois, j'aimerais bien avoir un peu de cette qualité-là.

— Ouais, ouais, ouais ! fit-il, presque agacé. Je vois que tu as la langue bien pendue. Mais certains d'entre vous ici... vous pensez comprendre tout tellement mieux que nous. Mais n'oublie pas que sans l'OTAN, vous seriez une province de la Mongolie orientale ou quelque chose comme ça ! Il ne faut pas l'oublier, ça, Veum !

— Je ferai de mon mieux », répondis-je avant de prendre une autre gorgée de bière.

Pour me prouver qu'il n'était pas rancunier, il leva son verre pour trinquer. « Santé ! dit-il avec un grand sourire.

— Au fait, qu'est-ce que tu fais ici, à cette heure-ci ? C'est ton bureau en dehors du bureau ? » Je jetai un regard éloquent sur les différentes substances embouteillées qui couvraient les murs.

« On n'a pas d'horaire de bureau quand on est chef de sécurité pour une société pétrolière, Veum. Il faut que je sois sur le terrain. C'est ici qu'on apprend ce qui se passe. Des endroits comme celui-ci — et quelques autres.

— Qu'est-ce que tu sais... Qu'est-ce que tu sais sur cette boîte gérée par un type qui s'appelle Ole Johnny ?

— Ole Johnny ? Pas plus que ça. C'est justement un de ces endroits où tu peux rencontrer des gens. Des gens qui ont perdu quelques milliers de couronnes deviennent assez bavards. Il peut se révéler utile de faire un tour dans ce genre d'établissements de temps en temps. D'ailleurs, là d'où je viens, on est un peu plus ouvert quand il s'agit de ce type de loisirs que vous ne l'êtes dans ce pays.

— C'est dans des endroits comme ça qu'un pauvre gamin peut se retrouver avec des dettes de jeu considérables, hein ? »

Il secoua lentement la tête. « Je ne crois pas. Ils ne prennent pas ce genre de risques. Tu joues tant que tu as encore du liquide. Ou, au pire des cas, des objets de valeur. Et après, c'est terminé, et tu peux te bourrer la gueule, ou envier ceux qui ont eu les moyens et la chance de tirer leur coup dans le grenier, ou t'en aller. La partie est finie.

— Il y a peut-être d'autres endroits où on te prête de l'argent ?

— Bien sûr. Il y en a partout. Tu peux passer sur Skagenkaien et te trouver un emprunt de cent mille couronnes dans la demi-heure, si tu veux — et si tu es en mesure d'en rembourser deux cent mille la semaine d'après.

— Cent pour cent d'intérêt à la semaine ?

— Eh bien, ça varie, bien sûr, mais en moyenne — oui.

— Il faut que je mange quelque chose, fis-je en prenant ma bière pour m'installer à une table.

— Ça te dérange si je t'accompagne ? » me demanda Jonsson.

Je haussai les épaules pour lui signifier qu'il était libre de faire ce qu'il voulait. Nous commandâmes chacun un steak. Il relança la conversation pendant que nous attendions nos plats. « Tu n'as pas… Vu que tu poses toutes ces questions… Est-ce que tu as trouvé quelque chose sur ce… Samuelsen… qui te fait croire que c'est une possibilité ?

— Des usuriers ? Non. Non, je me renseigne sur… les conditions, c'est tout. Apparemment, il se passe pas mal de choses maintenant, qui étaient impensables à Stavanger il y a dix ans.

— C'est inévitable. Le progrès, la croissance et — la criminalité. Le taux de toxicomanie est heureusement resté faible, jusque-là, mais c'est grâce aux règlements stricts appliqués sur les plates-formes. Il n'y a que les gens qui restent à terre qui en consomment un peu, et c'est surtout du haschisch. Les Américains ont l'habitude d'en consommer à la maison. Et les habitudes s'exportent, malheureusement. »

On nous servit les steaks.

« Dis-moi, dans ton boulot, tu collabores avec la police locale ? »

Il mâcha intensément. « Ah oui, ça arrive.

— Comment les décrirais-tu ?

— Ça dépend de ce que tu veux dire. La plupart d'entre eux sont assez sympathiques, mais du point de vue des compétences… » Il fronça les sourcils. « Aux États-Unis, la plupart d'entre eux se seraient fait botter le cul. Ils sont durs comme des nourrices et courageux comme des grands-mères. Honnêtes, mais naïfs.

— Est-ce que tu connais quelqu'un qui s'appelle Bertelsen ?

— Bertelsen… un vrai fonctionnaire. Il applique la loi dans le moindre détail de chaque paragraphe. Ce n'est pas le genre de la maison de te donner une réponse en moins de trois exemplaires, ça c'est sûr.

— On dirait que les States te manquent ?

— Bof… tout est plus grand là-bas.

— Les prairies à perte de vue, débordant de tours pétrolières ? Tu as peut-être ton chapeau de cow-boy aussi ? »

Il m'afficha son large sourire. « Seulement pour des occasions festives, Veum. Et toi, tu portes le bonnet de lutin ?

— Parfois, et toujours bien enfoncé sur les yeux. »

Nous rîmes poliment. « Que dirais-tu d'un dessert ? Tu te laisses tenter ? Dans ce cas, je te conseille la mousse de noisette au coulis de cognac.

— Rien qu'au nom, je pense que c'est au-dessus de mes moyens.

— Je t'invite ! fit-il, généreusement.

— Eh bien, merci beaucoup, mais… je préfère payer moi-même.

— Le Norvégien parfait — incorruptible, hein ? »

Nous passâmes commande, et le dessert fondit comme du caramel sur la langue, ne laissant qu'un arrière-goût sucré sur le palais et une entaille amère dans mon budget.

J'acceptai qu'il me paye un cognac pour

accompagner le café. Il était toujours aussi bavard, et je n'avais pas vraiment autre chose à faire.

Le bar se remplissait petit à petit. Je cherchai Elsa du regard sans la trouver. Plusieurs connaissances de Jonsson s'installèrent à notre table. Certains étaient des Américains, d'autres des Norvégiens. Je finis par me lever, le remerciai de sa compagnie et remontai dans ma chambre.

La nuit était tombée. L'après-midi était passé comme un battement d'ailes dans l'air. Le soir s'amoncelait comme un mur noir devant moi.

Je me déshabillai et entrai dans la cabine de douche. Je laissai couler l'eau pour qu'elle soit vraiment chaude, me mis sous le jet et y restai longtemps sans bouger. Puis, je me savonnai lentement. Le savon s'échappa de mes mains et tomba par terre. Je me penchai pour le ramasser mais m'arrêtai en plein mouvement.

N'y avait-il pas eu un autre bruit ?

Ou n'était-ce que le savon heurtant le carrelage ?

Je restai un instant le dos voûté à examiner le rideau de douche mat aux rayures blanches et marron. Avait-il bougé ? Y avait-il quelqu'un de l'autre côté — dans la salle de bains ?

Il n'y avait qu'une façon de vérifier. Je me redressai, m'appuyai contre le mur, et essayai de jeter un coup d'œil par la petite fente entre le rideau et le mur. Je ne vis rien.

Je tirai précautionneusement le rideau. La salle de bains était vide.

Protégé par le bruit de l'eau qui coulait, je pus

me glisser à pas feutrés jusqu'à la porte fermée, j'y collai une oreille et me concentrai pour écouter. J'eus à nouveau le sentiment désagréable qu'il y avait un bruit — sans en être sûr. Le jet d'eau de la douche brouillait ma concentration.

Je baissai la poignée de la porte d'un mouvement aussi prudent que possible en m'appuyant de tout mon poids contre la porte. Elle ne bougea pas d'un pouce. J'essayai à nouveau, avec plus de force cette fois-ci, sans me soucier du bruit que je ferais.

Rien n'y fit. Quelque chose bloquait la porte de l'extérieur. J'étais enfermé.

20

Je m'immobilisai, sans savoir quoi faire. Je regardai autour de moi. Tout était fermé à l'exception de quelques trous d'aération. J'allai fermer le robinet. De retour à la porte, je tendis à nouveau l'oreille. Pas un bruit. Personne qui fouillait mes affaires. Personne qui parlait. Rien.

J'attrapai une serviette marron foncé et m'essuyai, puis me l'attachai autour de la taille. Je reculai de quelques pas et courus vers la porte, en y enfonçant l'épaule en premier. Je n'obtins rien d'autre qu'une douleur à l'épaule. Je donnai alors des coups de pied dans la porte avec le même résultat, sauf que la douleur se fit sentir plus bas, cette fois-ci.

Je balayai la pièce du regard. Le seul objet allongé que je trouvai était la brosse à dents, mais elle était trop épaisse et trop arrondie pour passer dans la petite fente entre la porte et l'embrasure.

Je me mis à frapper la porte des poings. « Au secours ! Au secouuuurs ! hurlai-je. Je suis enfermé. Au secouuurs ! »

Je me tus pour écouter. Personne ne vint. Personne ne répondit.

Je me plaçai sous un des conduits d'aération en criant toujours la même chose : « Au secouuuurs ! Je suis enfermé ! » J'indiquai mon numéro de chambre aussi, au cas où quelqu'un m'entendrait, mais je n'eus pour toute réponse que la chasse d'eau de l'étage du dessus.

Je retournai à la porte et la martelai en criant à l'aide jusqu'à en perdre la voix. Je commençai à avoir froid alors que je dégoulinais de sueur. L'angoisse s'accumulait dans mon ventre. Je sentis mon cœur battre fort dans ma poitrine. Puis le téléphone sonna.

Je l'entendis si distinctement qu'il aurait pu se trouver sur le lavabo à côté de moi. « Au secouuuurs ! » hurlai-je, comme si la personne qui téléphonait pouvait m'entendre. J'avais la gorge serrée, et des difficultés à en sortir un son. J'eus envie de casser quelque chose, peu importe quoi, juste casser. Le téléphone continua à sonner, encore et encore.

J'appuyai ma tête lourdement contre la porte. Finalement, je m'assis sur la lunette des toilettes en me disant : détends-toi. Ne t'inquiète pas. Bientôt…

Les murs étaient étrangement proches, comme si la pièce rétrécissait. J'entendis mon pouls battre dans les tempes. La sonnerie du téléphone avait cessé et le silence était deux fois plus imposant. L'absence de bruit résonnait dans ma tête et je commençai à chanter rien que pour entendre le son de ma voix : « *The one I love belongs to somebody else. She…* »

Je m'arrêtai brusquement et réfléchis à la signification des paroles. Puis, j'entendis quelqu'un parler.

Il y avait quelqu'un dans ma chambre. Quelqu'un frappait à la porte de la salle de bains. « Y a quelqu'un ? »

J'étais comme paralysé. Ma voix, cassée et inquiète, rompit finalement le silence : « Oui — y a quelqu'un. » Puis un peu plus fort : « Oui, oui ! Je suis ici. Sortez-moi de là ! »

J'entendis un bruit que je n'arrivai pas à identifier. De l'autre côté de la porte, on poussait quelque chose de lourd qui était posé par terre, puis la porte s'ouvrit. Je sortis de la salle de bains en titubant. Un réceptionniste continua à tirer la petite table basse au plateau massif vers l'intérieur de la pièce.

Il leva les yeux sur moi. « Elle était bloquée entre la porte de la salle de bains et le mur en face, m'expliqua-t-il. Ce n'est pas étonnant que vous n'ayez pas pu ouvrir la porte.

— N'est-ce pas ?! répondis-je sur le ton du sarcasme. Moi, c'est Veum, pas Samson !

— Quelqu'un a dû vouloir vous faire une farce, dit-il en riant pour tenter de faire passer la pilule.

— Ça n'a rien d'amusant, bordel ! » m'exclamai-je.

Il retrouva immédiatement son sérieux : « Non, je suis navré — mais je dois vous dire que nous avons l'habitude de ce genre de choses — de la part de — ces types dans le pétrole, ils se font des farces à tout bout de champ. On vous a entendu jusqu'en bas, dans la…

— Mais je ne suis pas dans ce putain de pétrole, alors merde, pourquoi…

— Ils se sont peut-être trompés de chambre, fit-il timidement.

— Alors comment vous expliquez qu'ils aient pu entrer dans ma putain de chambre ?! La porte était fermée à clef. »

Il regarda la porte avec une expression niaise. « Non, je… » Il se redressa. « Si vous voulez que je fasse un rapport à la direction…

— Au diable ! Je suis désolé — je… Je dois être un peu perturbé. J'ai juste besoin d'un peu de temps pour me calmer. Si vous voulez bien me laisser tranquille. »

Il hocha la tête et se dirigea vers la porte à petits pas. « Bien sûr, bien sûr, s'il y a quoi que ce soit, n'hésitez pas à téléphoner, et je vais en prendre note pour que — la note — vous aurez certainement un rabais conséquent sur… » Il sortit à reculons tout en faisant des révérences, mais j'aurais dû l'arrêter et demander qu'il mette sa promesse par écrit. C'est ce qu'il faut faire dans ce genre de situations.

Je vérifiai que la porte était bien verrouillée avant d'enlever la serviette que j'avais autour de la taille pour m'habiller. Je n'avais eu le temps d'enfiler qu'un slip et une chemise avant que le téléphone sonne à nouveau.

Je décrochai encore à moitié en colère. « Oui ? Allô ?

— Allô ? Veum ? » fit une voix faible et grinçante avec l'intonation reconnaissable de Stavanger.

« Oui ? Qui est à l'appareil ?

— Écoute… Veum — tu as vu à quel point il est facile d'entrer dans ta chambre. » Il se tut.

Je ne dis rien non plus. Je n'entendis que mon pouls qui me sifflait dans les oreilles.

La voix poursuivit :

« La prochaine fois, on viendra peut-être pendant que tu dors. »

L'angoisse se remit à cogner, dans le ventre, et dans la poitrine. Je cherchais un endroit où me poser, mais seul le divan se trouvait à une distance raisonnable. Je m'y affaissai. « Allô ? fis-je. Allô — qui…

— Veum… tu as le bonjour d'Arne.

— Arne ? Arne quoi ? Arne — écoute…

— Il m'a demandé de te dire d'arrêter de le chercher.

— Mais — mais… c'est déjà fait ! Dis-lui, tu ne peux pas… dis-lui d'écrire à sa mère… ou d'appeler…

— Veum… Si tu n'arrêtes pas de fouiner, on vient te rendre visite — la nuit — quand tu dors… »

J'entendis ma propre respiration sifflante et haletante, comme si j'avais remonté une pente escarpée en courant aussi vite que j'en étais capable.

« Bonne nuit, Veum. Passe une très bonne nuit », fit la voix. Le téléphone émit un clic, la ligne était coupée. Je gardai le combiné dans la main en le fixant. La sueur coulait entre mes omoplates et perlait sur ma lèvre supérieure. Je regardai le lit et j'entendis à nouveau la voix, faible et grinçante : on vient te rendre visite — la nuit — quand tu dors…

Je reposai le combiné sur son socle et baissai les yeux sur mes paumes trempées. J'avais l'impression qu'elles picotaient aussi, comme si l'angoisse s'était glissée jusque-là.

Je fixai la vitre. Il faisait noir dehors, et la nuit avait pourtant à peine commencé. Le jour n'allait pas se lever de sitôt.

21

Je finis de m'habiller, sortis ce qu'il me restait de liquide, enfonçai la bouteille d'aquavit dans la poche de mon pardessus et laissai le reste de mes biens dans ma chambre. Je vérifiai d'un coup d'œil rapide que je n'avais rien oublié puis allai à la porte. Je l'ouvris avec précaution et passai la tête dans l'embrasure. Je ne vis personne dans le couloir. Le distributeur de sandwiches le surveillait de tous ses compartiments béants. On ne l'avait pas rechargé depuis la dernière fois que j'étais passé devant. Je jetai un coup d'œil sur la serrure. Il n'y avait pas de rayures autour. Celui — ou ceux — qui était passé dans ma chambre avait la clef. Mais pour un professionnel, il n'y avait rien de plus facile que de faire un double de la clef d'une chambre d'hôtel.

Je descendis par l'ascenseur. Je m'arrêtai à l'entrée du bar, hésitant. Le réceptionniste me regarda attentivement. De l'autre côté de l'entrée, de gros flocons gris de neige fondue tombaient d'un ciel noir comme de la suie. Ce temps facilita mon choix, et je pénétrai dans le bar.

Jonsson en sortait. Je le croisai au niveau du portemanteau qui se trouvait juste à l'entrée. Il passa une grosse main par-dessus mon épaule et en décrocha un chapeau de cow-boy au moment où je suspendis mon imperméable.

Je m'arrêtai et le regardai mettre le chapeau sur sa tête. « Il me semble t'avoir entendu dire : seulement pour des occasions festives. » Je fis un signe de tête vers son chapeau.

Il sourit de toutes ses dents. « Et qui te dit que ce n'en est pas une ? » Ses yeux étincelaient, et il paraissait d'excellente humeur. Puis, il me salua avec assurance et se dirigea vers la sortie de l'hôtel.

Je continuai vers l'intérieur de la pièce sombre, jusqu'au bar. Je cherchai Benjamin Sieverts des yeux, mais il n'y était pas. Je commandai un double aquavit et un verre d'eau. Le barman me lança un regard acide. Il était évident qu'il ne partageait pas mes goûts, et il exécuta ma commande avec autant d'enthousiasme qu'un inspecteur d'hygiène sur un marché aux puces.

Je me rinçai consciencieusement la bouche avec de l'eau avant de laisser l'aquavit ruisseler entre les dents jusqu'au palais. Je me sentais enfin d'attaque pour scruter la pièce.

Je laissai mon regard glisser d'une table à l'autre à la recherche de visages familiers. Je ne fus pas déçu. Madame Anderson était installée à une table au fond, près du mur, accompagnée de deux hommes. L'un était jeune et beau, mais ce n'était pas le même que j'avais vu dans l'antichambre de son bureau. L'autre était Nils Vevang, le bras droit de Jonsson. Vevang était penché par-dessus la table et parlait avec zèle. Il me tournait partiellement le dos, et je ne voyais pas très bien son visage. Lorsque madame Anderson s'aperçut que je les regardais, elle dit quelque chose, et Vevang se retourna dans un réflexe, une expression de culpabilité sur le visage. En se rendant compte qu'il était sur le point de commettre une gaffe, il se mit à balader son regard dans la pièce en ignorant complètement ma présence.

J'en avais assez vu. Je descendis de mon tabouret avec un petit bond pour les saluer. Madame Anderson m'envoya un regard cinglant. Vevang me regarda à contrecœur et de travers sous ses sourcils blonds. Je remarquai que la table était dressée pour madame Anderson et son jeune cavalier. Vevang se cramponna à sa bière, qu'il avait vraisemblablement apportée à la table en se joignant à eux.

« C'est de moi que vous parlez ? » dcmandai-je.

Un long silence embarrassé s'installa autour de la table. Madame Anderson posa délicatement ses couverts, le couteau d'un côté de l'assiette, la fourchctte de l'autre. « De vous ? » fit-elle alors. Elle le dit comme si c'était absolument le dernier des sujets au monde qui pouvait leur venir à l'esprit.

Son compagnon sourit faiblement dans son coin et continua à manger. Vevang grimaça nerveusement : « Pourquoi cette question — hein — Veum ?

— Alors, vous n'avez pas oublié mon nom, aboyai-je.

— Que pouvons-nous faire pour vous, Veum ? demanda madame Anderson, d'une amabilité frappante. Vous avez l'air un peu — agité ? »

Les vibrations d'angoisse tournaient toujours quelque part dans mon ventre. Je l'entendis dans ma voix quand je leur parlai à nouveau : « Je suis navré. Il semblerait que Stavanger commence à me taper sur les nerfs ! »

Je retournai au comptoir. « Prenez un verre, Veum — ça aide ! » dit Vevang d'une voix faible dans mon dos. J'entendis des gloussements. Je retrouvai mes deux verres et m'y agrippai comme à une paire de béquilles. Je n'étais pas dans mon assiette, et je ne l'avais pas été depuis des heures.

« Mon Dieu, on dirait que tu as vu un cadavre ! » me fit une voix basse et agréable à côté de moi.

Elle ne savait pas à quel point elle était proche de la vérité. Je me retournai brusquement vers elle et sentis un parfum rappelant le citron vert, loin d'être désagréable. Il était frais et rafraîchissant. Elle était vêtue de jaune, ce soir-là, ce qui faisait ressortir sa peau bronzée. La robe qui lui moulait les hanches avait une fente généreuse de chaque côté, et une troisième en haut, sur le devant. Vous étiez déjà loin, dans un champ, parmi des citronniers, vous cueilliez des fruits odorants sous un soleil qui faisait vaciller le ciel. Je concentrai mon regard sur son visage : ses grandes dents blanches, sa bouche généreuse, ses joues creuses. Je cherchai son nom et tentai ma chance avec ce qui allait être un sourire. « Elsa — c'est bien ça ? » Ma voix craqua comme un trente-trois-tours rayé.

Elle me renvoya un sourire. « Et toi, c'était — Varg ? » J'aimai la façon dont elle dit mon nom, avec une petite pause juste avant. Une autre femme que je connaissais avait l'habitude de faire la même chose.

Nous restâmes un instant à nous contempler. Elle semblait plus détendue ce soir-là, un peu moins amaigrie. Mais ses grands yeux bleu sombre cachaient toujours quelque chose de mystérieux et d'obscur. Je me demandai ce qu'elle pouvait lire sur mon visage. J'étais persuadé qu'on ne pouvait rien y voir de particulièrement agréable, en tout cas.

« Tu veux boire quelque chose ? » demandai-je finalement.

Elle s'arracha à mon visage, ou peut-être à ses pensées, à ce qui lui donnait cet air distant. « Oui, merci… un verre de vin blanc. »

Je claquai des doigts pour attirer l'attention du barman et passai la commande. Un verre de vin blanc : pas de « comme d'habitude » ce soir.

« Dis-moi… qu'est ce qui s'est passé ? me demanda-t-elle.

— Ce qui s'est… passé ? » Je m'efforçai de me donner un air serein.

« Ça se voit à des kilomètres. Est-ce que tu as retrouvé… celui que tu cherchais ? »

Je secouai la tête. « Non. Mais j'ai trouvé autre chose. Et… on m'a enfermé dans la salle de bains, là-haut, dans ma chambre. » Je lui fis un petit résumé des derniers événements.

Elle me regarda, l'air grave. « Je… je comprends

pourquoi tu es secoué. Stavanger est devenu… » Elle laissa son regard se balader lentement dans la pièce avant de terminer sa phrase : « Une ville de merde ! »

« Tu peux me croire, ajouta-t-elle après une pause. S'il y en a bien une qui doit le savoir, c'est moi ! »

Elle me lança à nouveau ce regard interrogateur et pensif. « Écoute, Varg — pourquoi — tu ne peux pas venir chez moi ? »

Quelque chose de doux et de dangereux remuait dans mon bas-ventre. « Tu… je, c'est gentil, mais… Comme je t'ai dit la dernière fois… »

Une émotion que je n'arrivais pas à identifier passa sur son visage, comme un souffle au-dessus d'un lac calme, presque imperceptible. Elle posa une paume fraîche sur le revers de ma main. « Je ne voulais pas… Tu peux passer la nuit chez moi, on n'est pas obligés, tu n'as pas à… je prends ma soirée, simplement ! » L'idée semblait la réjouir. « Congé ! Tu comprends ? »

J'étais tout de même dubitatif. « Tu veux dire que toi, que moi — nous…

— On va chez moi, j'habite au huitième étage dans l'une des tours à Ullandhaug, et la vue est magnifique… On se prépare un petit quelque chose à manger, on prend un verre de vin, tranquillement et — on discute. Bon Dieu, comme ça pourrait être agréable, Varg. Considère ça, considère ça comme un service entre amis.

— Un… service entre amis ? » fis-je, lentement. Et loin derrière, dans ma tête méfiante, une pensée surgit subitement : Et si… Pas bête du tout ! D'abord, on lui fait peur, et ensuite on se sert d'Elsa comme hameçon et une fois là-bas… « Je…

— Ne dis pas non, Varg ! Je t'en prie. » Ses yeux m'imploraient. Son visage était tout près, ouvert, honnête. Elle ne serait pas capable de me jouer un tour comme ça, ou alors…

L'autre option consistait à me trouver une autre chambre d'hôtel, ailleurs, mais il existe un double pour la plupart d'entre elles, et je ne dormirais pas tranquille. Mais chez Elsa ?

Je tranchai. « D'accord. Marché conclu ! » En le disant, je fus saisi d'un soulagement soudain, et j'examinai la pièce avec un peu plus de légèreté.

L'angoisse était toujours présente, mais elle s'était estompée. Un peu. Un minuscule soupçon aurait suffi pour qu'elle fleurisse à nouveau.

Nous vidâmes nos verres avant de quitter le bar. Quelques types qui semblaient connaître Elsa me firent des clins d'œil complices accompagnés de gestes éloquents. Elsa les ignora, et j'essayai d'en faire autant. Elle jeta un manteau de cuir sombre sur ses épaules, et nous allâmes à la réception commander un taxi. Le réceptionniste fixait le vide juste au-dessus de mon épaule et sifflota un air que je n'arrivai pas à replacer. Ce ne fut qu'une fois dans le taxi que je reconnus la chanson : *Can't buy me love…*

22

Les trois tours à Ullandhaug étaient placées juste à côté des habitations basses qui dataient de l'âge de fer à Hafrsfjord, classées monuments historiques, comme la concrétisation de l'imagination absurde d'un urbaniste quelconque. Ou c'était peut-être simplement l'ironie du sort — que personne n'avait songé à l'emplacement des trois tours avant qu'elles se dressent vers le ciel pour happer quelque chose, comme trois dents esseulées dans une bouche à demi ouverte.

Nous ne parlâmes pas dans l'ascenseur. J'en sortis après elle, mais personne n'attendait sur le palier. Elle déverrouilla la porte et alluma en entrant. L'appartement était douillet — paisible. Personne ne nous attendait, rien de surprenant n'arriva. L'angoisse dans mon ventre se dissolvait petit à petit.

Le salon était dominé par des meubles chromés aux coussins de velours moelleux. Des tableaux aux couleurs chaudes ornaient les murs beiges, et les grandes fenêtres qui donnaient sur la mer étaient comme de petites lucarnes sombres ouvrant sur l'éternité.

J'allai regarder la vue et éprouvai une légère sensation de vertige. Hafrsfjord et le paysage plat du littoral qui ondulait à l'infini vers Jæren au sud-est. À l'ouest gisait la mer du Nord, immense et noire. Un bateau aux phares allumés tanguait sur l'eau et me rappelait les diamants éclairés et étincelants qui flottaient quelque part au loin : les installations pétrolières, la nuit quand vous passez à côté, en bateau, ou au-dessus, en avion.

Hafrsfjord et la mer du Nord. C'était comme si je me trouvais face à face avec les deux éléments les plus impressionnants sur cette terre : l'Histoire et la Mer.

Huit étages en dessous, la précipitation était plus blanche, plus semblable à de la neige. Mais contre les vitres, il n'en restait que des gouttes d'eau.

Elle s'agitait derrière moi. Dans le reflet de la vitre, je la vis dresser la table basse : de petits plats garnis de sucré et de salé, des verres à vin, des assiettes et des couverts. Puis, elle disparut.

En revenant, elle était différente, et je me retournai pour la contempler. Elle avait mis un pantalon en velours côtelé brun et un large pull de velours un peu plus clair. Et elle était myope. Elle portait des lunettes aux verres légèrement teintés avec une monture sombre. Le changement de tenue l'avait transformée en simple femme au foyer sympathique affairée à préparer une petite gâterie pour son mari épuisé et stressé. Et c'était à peu près l'état d'esprit dans lequel je me trouvais.

« À quoi tu penses ? demanda-t-elle.

— J'ai toujours le même sentiment quand je me trouve comme ça : en hauteur et près de la mer. Quand tu atteins une sorte de sommet près du littoral, tu te rends compte de l'immensité de l'océan. Ça me donne une idée claire de notre insignifiance — c'est comme regarder l'écorce terrestre, tranchée. Comme on est petit sur cette couche fine qui sépare le feu et l'éternité.

— Tu es un vrai petit philosophe, toi », sourit-elle.

Je haussai les épaules. « Non. J'ai vu un peu trop de films de Woody Allen.

— Elle n'est pas magnifique quand même ? »

Je la regardai, embrouillé.

« La vue, fit-elle toujours en souriant.

— Si, bien sûr, la vue...

— Détends-toi, Varg. Débarrasse-toi de ton manteau, assieds-toi, regarde ici... » Elle avait débouché une bouteille de vin rouge et en versa dans un verre. « Maintenant, tu ne bouges plus, et moi, je vais aller nous faire cuire chacun un gros steak savoureux et faire une petite salade, et après, on peut... discuter. Se détendre. »

Je lui obéis presque mécaniquement. Je m'assis, sirotai le vin, regardai les zones noires qui donnaient sur l'Histoire et la Mer et me forçai à décontracter mes épaules et calmer mon ventre.

Et elle fut de retour, silencieuse comme une geisha, des pantoufles de cuir marron aux pieds. Et le steak était tout aussi délicieux que je l'avais imaginé.

Pendant le repas, je sentis à quel point je m'étais détendu. Nous discutâmes de nourriture. Des loyers élevés, en particulier à Stavanger. Nous parlâmes du pétrole et de son importance pour la ville, de quelle façon il l'avait changée, en bien et en mal. Nous nous demandâmes où étaient partis les fonds générés par cette industrie, et en quoi elle avait modifié quelque chose, en tout cas pour le Norvégien moyen. C'était une conversation normale, on ne peut plus banale, qui n'évoquait en rien ni les événements bouleversants de mes dernières vingt-quatre heures, ni la vie qu'elle devait mener tous les autres soirs de la semaine.

Lorsque nous eûmes terminé de manger, elle nous resservit du vin, remonta ses pieds dans le fauteuil pour s'asseoir sur ses jambes repliées, se recroquevilla autour de son verre et leva les yeux vers moi : « Parle-moi… Parle-moi d'elle. De celle envers qui tu te sens obligé d'être fidèle. »

Voyant que je tardai à répondre, elle poursuivit : « Ce n'est pas ta… femme ?

— Non… je ne suis pas…

— Non, parce que les hommes ne sont pas fidèles envers elles, en général.

— Non, je vois. Mais, elle, elle l'est. Mariée, je veux dire. »

Elle me fit un sourire triste. « D'accord.

— C'est toujours la même histoire, fis-je.

— Oui.

— Tu l'as déjà entendue.

— Pas celle-ci. Toutes les histoires sont un peu

différentes — parce que les personnes sont différentes.

— Peut-être. » Je haussai les épaules.

« Comment s'appelle-t-elle ?

— Solveig », répondis-je, perdu dans mes pensées. Je la voyais devant moi. Elle traversait la place du marché hâtivement, toujours des mouvements vifs, toujours fiévreusement active. Je me levais derrière mon bureau et allais à la fenêtre. Elle levait les yeux et agitait sa main. J'allais dans la salle d'attente pour la voir arriver. Elle entrait et tombait dans mes bras, nous nous embrassions.

« Tu… l'aimes… beaucoup ? »

J'acquiesçai lentement. J'avais déjà préparé le café. J'avais acheté une nouvelle cafetière, en son honneur. Nous étions chacun assis dans un fauteuil dans le bureau, très près l'un de l'autre, les tasses sur la table et, à côté, un sac en papier éventré contenant des pâtisseries. Elle n'avait qu'une demi-heure pour manger le midi, mais elle pouvait prolonger à trois quarts d'heure. Souvent, elle restait une heure. C'était seulement après avoir fait l'amour pour la première fois que nous prenions le déjeuner à mon bureau. J'étais assis à côté d'elle et je lui caressais les cheveux pendant que nous discutions en buvant le café.

« Comment l'as-tu rencontrée ?

— J'étais sur une affaire, il y a deux ans, ou trois. Mais il ne s'est rien passé… je veux dire, ce n'était qu'une personne parmi d'autres, qui a attiré mon attention — mais une année s'est écoulée avant que je la revoie par hasard, et après…

Nous… on est devenu de bons amis, c'est-à-dire, d'un point de vue platonique, si on veut. Avant de… Il y a une cafétéria au premier étage du bâtiment où j'ai mon bureau, et on a fini par se voir là-bas, une fois par semaine, voire deux, cinq à six fois par mois, pas plus. Nous nous trouvions une table dans un coin et nous prenions le café ensemble. Elle y mangeait son casse-croûte — c'est comme ça que les gens apprennent à se connaître, n'est-ce pas ? En discutant.

— Oui. Et ensuite ?

— Ensuite ?

— Oui, parce qu'il y a une suite, non ?

— Ouais. Un jour, elle m'a demandé si je voulais bien lui montrer mon bureau qui se trouve au-dessus. » Son regard vif avait parcouru la pièce : les murs, le sol, le plafond, la table, l'armoire à archives, le lavabo dans le coin, les verres à eau transparents — comme si elle avait voulu graver cette image dans son esprit, pour s'en souvenir à jamais. Je l'avais guidée tout doucement vers la fenêtre où j'avais contemplé son visage pendant qu'elle regardait la vue. Certains diraient peut-être que son nez était un peu trop grand, que son menton était trop imposant. Mais la lumière du jour n'était pas impitoyable avec elle : cet éclairage nu soulignait la finesse de ses traits, les contours voluptueux de ses lèvres, le bleu profond de ses yeux, le surprenant reflet roux de ses cheveux. Elle avait levé son visage vers le mien, et pendant quelques longues secondes nous étions restés ainsi — face à face. Puis, je l'avais embrassée avec autant de douceur et de tendresse que si elle était faite de toile d'araignée, une fleur qui s'émiette au moindre contact, un rêve… Mais elle n'avait pas disparu. Elle avait répondu à mes baisers. « Je… j'avais presque le sentiment d'être indécent en l'embrassant là, à la fenêtre. Comme si toute la ville pouvait nous voir. »

Elle sourit mélancoliquement, et je savais pourquoi. Tout le monde garde en lui la réminiscence de baisers comme ceux-là. Tout le monde a des souvenirs qui surgissent brutalement quand on raconte une histoire autour de ce genre de baisers. « Et… ensuite ? fit-elle.

— Eh bien. Ce n'est pas comme si on était tombés dans les bras l'un de l'autre et comme si on avait fait l'amour là, sur la moquette — ou le lino, je devrais plutôt dire. Nous… on ne s'est pas dit grand-chose à ce moment-là, tout de suite après. Nous nous sommes séparés comme deux ados éperdument amoureux, et la fois d'après, nous nous sommes encore vus à la même cafétéria, et nous… il s'est encore passé pas mal de temps…

— Si je te demande…, m'interrompit-elle soudain, c'est parce que les relations homme-femme m'intéressent… particulièrement. »

Je hochai la tête.

« On croirait peut-être — vu ma situation — que tout ça m'est égal, continua-t-elle. Mais… je ne me lasse jamais de ces histoires… des débuts. Peu importe à quel point une relation amoureuse peut pourrir, peu importe ce qu'elles peuvent apporter de merdique, il y a toujours eu un début, elles ont toutes été… comme ça. Comme tu me l'as raconté. Et — bon… »

Je la scrutai par-dessus le bord de mon verre. Qu'est-ce qui avait conduit la conversation dans cette direction ? Pourquoi étions-nous en train de parler de ces choses-là ? « Raconte un peu, toi… parle-moi de ta vie. »

Elle leva brusquement les yeux. « De ma vie ? » La lumière de la bougie sur la table vacillait sur son visage, adoucissant ses traits. « Qu'est-ce que…

— D'où viens-tu par exemple ? »

Elle regarda le fond de son verre, comme si elle pouvait y voir le passé, et son visage se durcit à nouveau. « Je viens de Fredrikstad, répondit-elle. J'ai grandi dans une maison qui se trouvait dans une rue qui s'appelle aujourd'hui Mads W. Stangs gate, mais Onsøygata quand j'étais petite. C'est tout près du stade. J'allais souvent regarder les matchs de foot, lors de la grande période de Fredrikstad — la plus récente. » Soudain, son visage fut celui d'une adolescente. « Est-ce que tu as déjà vu Bjørn Borgen jouer ?

— Oui.

— Tu as vu quelqu'un dribbler comme lui ? Un ailier aussi gracieux que lui, comment il se frayait un chemin dans la défense adverse et passait la balle parfaite à Snæbbus, et puis — bang ! — dans le filet.

— Nous, on avait un certain Kniksen*…, fis-je prudemment.

* Footballeur mythique de Brann, la fierté de Bergen, dans les années 60 et 70.

— Oui, oui, oui, m'interrompit-elle. Mais Bjørn Borgen, il était comme un danseur de ballet… Ils ont dit — tu te souviens la fois où on a perdu cinq à deux contre l'Union soviétique et Bjørn Borgen a mis les deux buts pour la Norvège ? Ils ont dit que c'était le meilleur attaquant que la Norvège avait vu depuis… oui, depuis…

— Kniksen a joué quand on a battu les Suédois. »

Elle me jeta un regard agacé, et j'écartai les bras. « Mais qu'est-ce qu'on est en train de faire là, bordel ! Se disputer à propos de foot ? »

Elle gloussa. « Ça m'énervait tellement. Les filles n'étaient pas censées s'intéresser au foot, ce n'était pas accepté. Quand on parlait de foot avec les garçon pendant la récré, c'était toujours eux qui avaient raison. Et pourquoi ? Nous, les filles, on regardait les mêmes matchs qu'eux !

— Je vais te dire une chose en tout cas, et tu peux le voir comme un compromis. Le meilleur match que j'aie jamais vu, c'était la demi-finale de la coupe, lorsque Fredrikstad a battu Brann un à zéro. C'était un match génial, sauf que Brann aurait dû gagner, si seulement Fredrikstad n'avait pas eu un ange gardien entre les poteaux, et tu as vu comment s'est terminée la finale ! Brann aussi aurait écrasé Haugar, à l'époque.

— Très bien, fit-elle, et elle rit de nouveau. Tchin-tchin, Varg. Tu sais quoi ? J'aime bien être comme ça à parler avec toi. De football. »

Elle reposa son verre. Il était vide. Elle leva la bouteille. Elle était vide aussi. Elle haussa les épaules et se releva avec un petit rire. « Je vais en chercher une autre. » Elle s'arrêta près de la porte et se tourna vers moi. « En fait, viens avec moi. Je vais te faire visiter l'appartement. »

La lumière de l'entrée tombait en biais sur son visage et dessinait distinctement ses traits. Elle m'attendait près de la porte et m'attrapa par la main. « Viens. »

La cuisine était propre et rangée, peinte en blanc et aurait pu être celle de n'importe quelle famille norvégienne moyenne. Elle posa le cadavre vert sur le plan de travail en formica, à côté de l'évier, et sortit une nouvelle bouteille d'un placard. Le réfrigérateur était marron, et je fis comme si je ne l'avais pas vu.

Elle me conduisit dans une longue chambre étroite qui rappelait une cellule de couvent. « La chambre d'amis, fit-elle. Je n'ai pas souvent des invités.

— Ça me suffit amplement. »

Elle ne répondit pas.

La salle de bains était un peu moins ascétique avec ses murs marbrés dans des tons verts et blancs. La baignoire était vert clair et une rangée de serviettes hautes en couleur pouvait laisser croire qu'elle s'attendait à une invasion de visiteurs.

De la salle de bains, nous entrâmes directement dans la chambre à coucher. Je m'arrêtai sur le seuil tandis qu'elle continuait presque jusqu'au lit. Il était grand et spacieux, bordé d'un couvre-lit bordeaux.

La moquette était couleur rouille. Un papier peint fleuri habillait les murs.

Je la voyais de profil, debout à côté du lit. J'entrevis les contours de ses seins sous son pull. Les courbes sensuelles de son ventre et de ses fesses sous le tissu de son pantalon. « La chambre à coucher… mon lit », fit-elle en faisant tournoyer la bouteille. Sa voix était haletante, sa bouche mi-ouverte, ses yeux sombres. Elle avait un certain talent.

« D'accord », dis-je d'une voix enrouée et ressortis, un sourire bête aux lèvres, pour retourner tant bien que mal dans le salon.

Elle me rejoignit, aussi détachée qu'elle aurait pu l'être en me montrant la vue. Je m'installai sur le bord du canapé, et elle changea de place pour se mettre à côté de moi, sans faire de commentaire.

Nous restâmes un moment sans parler, avant qu'elle ne rompe le silence : « À l'époque, à Fredrikstad, quand j'étais ado… Il y avait une usine près de la maison. Elle s'appelait Sleipner. Sleipner motorfabrikk. C'était le cheval de Thor ou d'Odin, quelque chose comme ça, et il avait huit pattes. Je me disais souvent — que j'aurais bien voulu avoir un cheval comme ça, à huit pattes, peut-être pour pouvoir fuir tout ça. Aller loin, loin. » Elle but une gorgée. « Mais je ne suis pas arrivée plus loin qu'Oslo. Dans un premier temps. »

J'acquiesçai.

Elle levai le visage vers moi. « Écoute — je peux venir contre toi ? »

Je ne lui répondis pas, mais lui fis de la place.

Elle s'installa confortablement, si près de moi qu'elle paraissait toute petite et dut lever la tête pour me regarder.

« C'est… c'est agréable d'être assis comme ça, avec un homme, et de boire un verre de rouge, ou deux…

— Cinq, pour l'instant.

— … et juste discuter, sans être obligée de coucher après. »

Un ange passa, et son visage afficha l'expression de quelqu'un effrayé par ce qu'il venait de dire. Elle me serra brièvement le bras. « Je ne veux pas dire… tu es le bienvenu, si tu en as envie ! »

Je lui répondis par un sourire en coin.

« Écoute… ne sois pas si triste. Ça va sûrement s'arranger.

— Qu'est-ce qui va s'arranger ?

— Tout. »

Je promenai mon regard dans son salon. Tout semblait si loin. Solveig, Arne Samuelsen, Benjamin Sieverts — Bergen, Stavanger — tout. Nous étions deux personnes qui s'étaient rencontrées par hasard à un croisement de chemins et qui avaient fini par se raconter leur vie.

« À Oslo, j'ai rencontré Ivar, dit-elle tout à coup. Il était mon aîné de quelques années, et j'étais jeune, pas complètement sans expériences, mais quand même. En fait, j'avais commencé à étudier à l'université, mais au bout de deux ans, on s'est mariés, j'ai interrompu mes études, et on s'est installés dans un bled — au nord d'Oslo. On a eu un petit garçon. Pål. »

J'attendais la suite. « Vous vous êtes installés où ?

— Tu en as peut-être entendu parler dans les journaux. Un des nombreux bouts de route qu'on a nommé la voie de la mort. Parce qu'un ou deux enfants y trouvent la mort chaque année. Sur l'E-6. Et que ce soit la municipalité ou l'État, la volonté d'y remédier n'y est pas.

— Mais…

— Ivar faisait partie du conseil municipal. Il était membre d'un parti politique, allait à droite et à gauche pour assister à des réunions à toute heure du jour et de la nuit, était sur des centaines de dossiers, et en même temps, c'était un jeune chef d'entreprise dynamique comme disaient les journaux, alors que moi… J'étais mère au foyer. Et Pål était ma responsabilité. »

Elle avait posé son verre, se contentant d'emmêler et démêler ses doigts en parlant. « Je… j'aurais tellement voulu avoir un travail, mais l'entretien de la maison me prenait beaucoup de temps, et il fallait que je m'occupe de Pål. Je n'osais pas le faire garder par quelqu'un. Les voitures — les enfants qui étaient morts — on les connaissait ! Une année, c'était un garçon qui avait joué sur l'aire de jeu avec Pål l'après-midi même de sa mort. L'année d'après, c'en était un qui habitait juste de l'autre côté de la route. J'ai dit à Ivar, je lui ai dit qu'il fallait qu'il fasse quelque chose, lui qui était quand même… membre du conseil municipal. Mais il haussait les épaules en disant : on fait ce qu'on peut, mais un tracé alternatif — eh oui, il avait appris le jargon politique ! — ça coûterait trop cher, alors… — Et les enfants ?! je lui ai dit. — Bon, il ne pouvait pas argumenter sur ce plan-là… Et puis, un jour…

— Pas… ton fils ? » demandai-je après un long silence pesant.

Elle me regarda les larmes aux yeux. « Non. Il ne s'est pas fait renverser par une voiture. Ça aurait vraiment été l'ironie du sort. Mais — je n'osais pas le laisser dehors seul, pour jouer, et quand je ne sortais pas avec lui, il fallait qu'il soit à la maison, alors que moi… j'avais des choses à faire. Et ce jour-là… J'étais en train de préparer le dîner, et il jouait dans le salon. Il n'avait que cinq ans, et tout à coup, il n'y a plus eu un bruit, et je… »

Elle se battait avec les souvenirs, et nous étions plongés dans le silence, un silence tel que j'entendis ma respiration, au plus profond de ma poitrine.

« On finit par tellement les aimer ces — ces petits êtres, n'est-ce pas ? Quand mes sentiments pour Ivar s'éteignaient c'était comme si tout mon amour et toute ma tendresse étaient portés sur Pål et… et de le trouver là-dedans, par terre, sans vie. Son petit corps — quel désespoir ! Tellement plein de vie quelques minutes plus tôt, actif, en train de jouer — et puis, tout à coup, mort, parti… » Elle leva les bras vers le ciel. « Un ange ! Si on croit à ce genre de chose…

— Mais qu'est-ce qui…

— Il avait enfoncé deux aiguilles à tricoter dans une prise électrique. Le… le courant est passé dans tout son corps. Après, Ivar m'a tenue pour responsable, bien sûr, prétendant que je ne l'avais pas surveillé correctement, que j'avais été tellement mère poule que je n'avais pas osé le laisser jouer dehors — si près de la voie de la mort ! Je lui ai hurlé dessus, vraiment hurlé, que je ne voulais plus le voir, qu'il pouvait aller se faire foutre avec l'intégralité du conseil municipal, qu'il... Mais ça n'a pas d'importance. Nous avons demandé le divorce, puis ça s'est concrétisé, parce que la seule chose que nous partagions alors, c'était Pål. Mais — une partie de moi est morte au moment où je suis entrée dans le salon et où j'ai vu Pål étendu immobile sur la moquette, Varg. Quelque chose a gelé en moi, et je... plus tard, quand je suis partie vivre à Oslo et que j'ai repris mes études... C'était facile de tomber dans une situation comme celle-ci... celle dans laquelle je me trouve actuellement. Je n'avais plus rien à donner à personne ! C'est en tout cas ce que j'ai ressenti quand j'ai commencé. Ensuite... » Elle haussa les épaules et fixa le vide d'un regard sombre. « Alors, si tu demandes pourquoi... J'aurais pu être une femme au foyer tout à fait ordinaire quelque part dans l'est du pays. Au lieu de ça... » Elle leva les yeux et me regarda en souriant. Je ne me demandais plus pourquoi elle avait toujours cet air triste lorsqu'elle souriait. J'avais l'impression de la connaître un peu mieux.

Elle se leva. « Mais il est... tard. Allons-nous coucher ! »

Ma peau se mit à brûler. Je me sentis penaud comme un écolier. « Oui... je... Tu préfères que je dorme ici ou dans la chambre d'amis ? Ça ne me dérange pas de dormir ici, sur le canapé. »

Elle secoua la tête avec un sourire taquin. « Ni l'un, ni l'autre.

— Mais…

— Tu vas dormir… dans mon lit.

— Mais je… »

Elle m'interrompit par un long rire, comme une cascade de perles. « Mon Dieu, tu aurais dû voir ta tête ! Ne sois pas si bonne pâte ! Décompresse ! Tous mes invités dorment dans le bon lit. Moi, je vais dormir dans la chambre d'amis.

— Écoute ! Ce n'est vraiment pas nécessaire.

— J'insiste.

— Bon, O.K. », fis-je sans m'efforcer de la faire changer d'avis.

Nous allâmes dans l'entrée. « Si tu as envie, n'hésite pas à prendre un bain. Vas-y en premier, je passerai après…

— Eh bien, ça ne serait… d'accord. »

Nous nous arrêtâmes devant la porte de la salle de bains. « S'il y a quoi que ce soit, alors… » Elle me fit un sourire tendre.

« À quelle heure veux-tu prendre le petit déjeuner ?

— À huit heures ? neuf ? Quand tu veux. C'est toi qui dois aller travailler… Tôt, je veux dire.

— À huit heures alors ?

— Vendu. »

Je posai mes mains sur ses épaules et les serrai légèrement. « Bonne nuit, Elsa. Merci… pour tout.

— Bonne nuit. »

Nous restâmes un instant ainsi, comme si nous nous demandions si nous allions nous embrasser. Mais aucun de nous deux n'arriva à trancher, et j'entrai dans la salle de bains.

Après mon bain, je me retrouvai dans l'immense lit. Les draps étaient imprégnés de son parfum et je n'arrivai pas à me détendre. Tu penses vraiment leurrer quelqu'un — à part toi-même ? me demandai-je.

Et j'entendis des bruits de la salle de bains : l'eau qui coulait dans la baignoire — et puis des clapotis. J'eus encore plus de difficultés à me détendre. Impossible de ne pas l'imaginer en train de se savonner, lentement, consciencieusement, le corps entier. Elle vida la baignoire et l'eau s'évacuait par le tuyau de décharge avec un grondement grossier. Mon pouls battait fort dans mon cou. J'entendis ses pieds nus sur le sol. La porte qui menait à l'entrée s'ouvrit puis se referma, et je me trouvai dans un silence complet. Silence inquiétant.

Je tournai dans le lit. La pièce inconnue me rendait anxieux : les imprévus de la journée avaient été un peu trop nombreux à mon goût. J'avais le même sentiment oppressant d'être enfermé qu'à l'hôtel. En même temps, je n'osais pas aller ouvrir la porte. J'avais peur de voir son fils de l'autre côté, étendu par terre. C'était un cauchemar à l'état de veille, et je dus me pincer le bras pour m'assurer que je ne dormais pas vraiment.

J'essayai de me détendre. Je me tournai sur le dos, fermai les yeux et respirai longtemps, profondément. Lorsque je rouvris les yeux, la porte qui menait à la salle de bains était ouverte.

Elle se tenait dans l'entrebâillement. « Varg ? Tu dors ? » demanda-t-elle d'une voix faible.

Je me redressai à moitié dans le lit. « Non — je...

— Toi non plus ? »

Elle portait une robe de chambre d'un tissu léger qui l'enveloppait amplement. Ses cheveux étaient en désordre, sa silhouette nette et sombre contre la lumière crue de la salle de bains.

« J'ai été tellement... tellement secouée par... Ça me fait toujours de la peine de parler — de Pål. Mais visiblement, je n'apprends jamais. Est-ce que... est-ce que je peux m'allonger un peu ici, à côté de toi ? S'il te plaît ! »

Je repliai la couette sur le côté, glissai vers le bord opposé du lit : « D'accord... O.K... »

Elle repoussa la porte derrière elle, et un fin rai de lumière passait dans la chambre par la petite fente, comme la trace d'un coup de fleuret, ou un tout petit espoir de pardon. Un bruissement pressé de soie emplit la pièce. Elle laissa la robe de chambre tomber par terre lorsqu'elle atteignit le bord du lit. J'entrevis les cercles sombres sur ses petits seins pointus. Son sexe était comme un nuage noir contre la peau blanche de son ventre. Elle s'allongea sous la couette et fut tout à coup si près, si chaude et si douce — beaucoup trop près.

Elle m'enlaça en se glissant tout près de moi. Il fit soudain terriblement chaud. J'avais du mal à respirer normalement, je m'agitai dans le lit. Ses lèvres étaient fraîches comme du satin contre ma joue : « Oh, mais… Tu as envie finalement, chuchota-t-elle. Tu n'es pas un saint, n'est-ce pas ? »

Elle avait raison. Je n'étais pas un saint.

Nous nous retrouvâmes ensuite étendus sur le dos, en sueur, à regarder le plafond. Sa voix était transparente dans l'obscurité. « De retour à la fac, après ce qui s'était passé avec Pål, j'ai repris les études de sociologie que j'avais interrompues presque dix ans auparavant. J'ai commencé une thèse sur la sexualité des hommes.

— Ah oui ? Et qu'est-ce que tu as découvert ?

— Que les hommes se livrent plus facilement au lit, après l'acte. Que je pouvais en fait me servir de ma propre… indifférence pour me rapprocher de vous, pour vous faire vider votre sac.

— Les hommes bluffent, au lit aussi.

— Mais vous êtes beaucoup plus vulnérables quand même. Et le bluff, c'est assez facile à démasquer.

— Mais les hommes ne sont pas tous pareils… »

Elle glissa sa langue dans mon oreille. « Bien sûr que non ! Si c'était le cas, ma thèse n'aurait pas grand intérêt.

— C'est vrai. » Je poursuivis après une petite pause : « Tu es toujours sur cette thèse.

— Oui.

— Mais quand tu interviewes ces hommes — si je peux dire ça comme ça… Tu n'es tout de même pas allongée à côté d'eux en train de prendre des notes ? »

Elle hésita avant de répondre. « Non. Je fais des enregistrements. »

Je me tournai sur le côté et m'appuyai sur mon coude. « Des enregistrements ? Ici ?

— J'avais un... ami, les premiers temps à Oslo. C'était un Américain qui travaillait pour les renseignements généraux à Kolsås. Pour que je n'aie pas à démarrer l'enregistrement manuellement, il m'a équipée d'un microphone hypersensible qui le déclenchait automatiquement, au moindre bruit.

— Ça a l'air impressionnant.

— C'est impressionnant. Je me retrouve avec pas mal de bla-bla inintéressant, bien sûr, mais ensuite — en transcrivant les enregistrements, je les rédige pour en garder uniquement l'essentiel.

— Dis-moi... il tourne maintenant ? »

Elle me regarda, l'air contrit. « Je suppose. »

Mes yeux se promenèrent dans la pièce.

« La table de nuit. De ton côté. »

Je me retournai machinalement vers la table de chevet. Je n'y vis rien de suspect, mais j'étais loin d'être un expert en la matière.

Une pensée me vint tout à coup à l'esprit. « Écoute... ces enregistrements, ils doivent contenir... des informations pour le moins brûlantes, non ?

— C'est sûr. Pas mal. Si je voulais me faire de l'argent facile...

— Tu les stockes ?

— Oui, mais pas ici.

— Tu as conscience à quel point ça peut être... dangereux ?

— Pourquoi ? Aucun d'entre eux n'en a la moindre idée. En fait, tu es la première personne à qui je le dis.

— Et pourquoi me le dis-tu, à moi ?

— Je ne sais pas, Varg. C'est venu naturellement, comme ça. J'avais l'impression que tu étais touché par ce que j'ai raconté — de Pål. Je ne sais pas... je t'aime bien. »

Elle bougea dans le noir, et ses mains me caressèrent le corps comme des battements d'ailes légers. Elle s'approcha de moi avec tout le poids de son corps et m'embrassa. Et nous ne dîmes plus rien, pendant un bon moment.

Je me réveillai tôt avec une image ensoleillée dans l'esprit. J'écoutai sa respiration qui était tout près de moi. Ses cheveux étaient comme une écume sombre contre l'oreiller blanc. Une petite tache humide s'était formée au coin de sa bouche, et elle dormait avec une main retournée, posée sur le front, un avant-bras à l'air libre laissant voir la repousse sombre des poils sous les aisselles. Ses paupières vibraient légèrement.

Je pensai à la dernière fois que je m'étais réveillé à côté d'une femme. Cela remontait au mois de mai, six mois plus tôt, après la seule et unique nuit que j'avais passée avec Solveig. Elle avait été seule à la maison, et nous avions eu toute la nuit rien que pour nous.

Le matin, nous étions restés couchés dans son lit tandis que des rayons de soleil perçaient les voiles fins qui couvraient la fenêtre de la chambre. Et au travers, on pouvait voir les toits de l'autre côté de la ruelle, plus haut, l'école de Rothaugen derrière, et tout en haut, le coteau qui était vert clair du feuillage printanier. Avec ses murs blancs, ses meubles en bois naturel et ses rideaux légers, la chambre claire nous avait enveloppés dans un torrent de lumière que l'on peut connaître un certain nombre — très peu — de matins dans sa vie. Il avait fait tellement chaud que nous étions allongés sur la couette, nus et blancs, la peau fragile, dans la lueur dorée du matin. Et depuis, il m'était impossible de me réveiller avec une autre femme à mes côtés sans penser à ce matin-là.

Elsa remua, murmura quelque chose dans son demi-sommeil et posa des yeux somnolents sur moi. Elle resta à me regarder ainsi, sans gêne et sûre d'elle, jusqu'à ce que nous nous mettions d'accord pour nous lever et préparer le petit déjeuner.

Nous prîmes notre temps à table et mangeâmes en discutant. Ce matin-là manquait de lumière, il était sombre et gris, et des cendres tombaient lentement du ciel comme emportées d'un incendie quelque part ; et je ne ressentais pas pour elle ce que je ressentais pour Solveig.

« Si tu veux, Varg… Je peux te prêter une clef, comme ça tu auras au moins un endroit où aller. »

Je la regardai, attablée en face de moi. J'avais l'impression que sa proposition était sincère. Et elle tombait bien. Je lui serrai le revers de la main : « Je veux bien. Merci. »

Après le petit déjeuner, je pris une douche et m'habillai.

Elle me donna la clef au moment où je partais. Je pris son visage entre mes mains et y plongeai le regard. « Ce que tu m'as raconté, Elsa… Ces enregistrements. Il faut que tu fasses attention à toi. »

Elle se contenta de hocher la tête, puis elle se mit sur la pointe des pieds et m'embrassa délicatement sur la bouche. « Nous ne pourrions pas nous voir… plus tard ? »

J'acquiesçai. « Là-bas. À l'hôtel ? »

Elle acquiesça à son tour. « À six heures ?

— Je vais essayer.

— À plus tard, alors.

— Oui. À plus tard. En attendant, passe une bonne journée — et merci malgré tout pour, tu sais…

— Je t'ai séduit ? me demanda-t-elle sur un ton taquin.

— On dirait que oui. Si je ne me suis pas séduit tout seul, comme un con. »

Elle sourit et referma la porte silencieusement derrière moi.

Je pris l'ascenseur, remontai le col de mon manteau et rentrai la tête dans les épaules avant de sortir rejoindre la matinée froide de novembre. J'entendis la grosse voiture avant de l'apercevoir.

23

Le puissant moteur aboya. Je jetai un coup d'œil sur le côté. Un gros break approchait de moi à une telle vitesse qu'il semblait figé. Comme un rapace immobilisé dans l'air avant de fondre sur sa proie, il flottait pour ainsi dirc au-dessus du goudron. Lors d'une longue seconde gelée, j'entrevis deux visages derrière le pare-brise.

Je n'avais pas le temps de revenir sur mes pas pour me tirer d'affaire. Par pur réflexe, je me jetai en avant, et l'énorme engin passa à toute allure en m'efflcurant l'arrière des mollets. Au moment où il passait à ma hauteur, j'entendis le vilain hurlement des freins. Par-dessus mon épaule, je vis le large visage livide d'un des pingouins d'Ole Johnny se retourner pour voir comment je me portais. L'homme derrière le volant enclencha la marche arrière ct me visa dans son rétroviseur.

Je continuai à avancer, pris de l'élan et sautai par-dessus la petite clôture qui se trouvait devant moi. Je traversai en courant une pelouse irrégulière. En me retournant, je constatai que la voiture était arrêtée. Un des deux en bondit. Je lançai un regard scrutateur vers la tour, mais il m'était impossible de déterminer s'il y avait des témoins à ce qui m'arrivait.

Je m'approchai des anciennes habitations. La pente me permit d'accélérer. Je le devançai de cent mètres. Il courait la tête baissée, d'un pas lourd, mais avec l'efficacité d'un buffle. Heureusement, il n'avait pas son troupeau avec lui. Il était suffisamment menaçant tout seul. J'entendis le moteur rugir à nouveau. L'autre allait vraisemblablement faire le tour pour essayer de me couper toute retraite.

Je passai à côté des basses maisons préhistoriques, sautai par-dessus une petite muraille et me trouvai sur la route. L'homme qui s'était lancé à ma poursuite était toujours à une centaine de mètres. Je courais le long de la route. Le bruit d'un véhicule qui montait la pente me parvint de loin derrière. Je me retournai pour voir si c'était le gros break mais à la place, je vis une voiture plus petite, une Mazda bleu verdâtre.

L'homme que j'avais à mes trousses était arrivé sur la route, à son tour. La Mazda fit un écart vers la gauche pour le contourner et au moment où elle arriva à ma hauteur, je lui coupai le chemin en agitant les bras. Le conducteur me regarda, effaré, et se jeta sur les freins en déviant dans la file de gauche. À plat ventre sur le capot, je glissai vers la portière et l'ouvris violemment. « Je suis désolé, mais… il y a quelqu'un qui me poursuit. »

Un rouquin avec un gros nez et de grosses lunettes se pencha avec énervement sur le côté.

« Qu'est-ce que tu fous, bordel ? aboya-t-il. Tu ne vois pas que j'aurais pu te tuer ? »

J'étais à bout de souffle. Derrière moi, l'autre s'approchait de plus en plus. « Tu veux bien m'emmener ? demandai-je pantelant. C'est… c'est… le KGB ! »

Son visage s'éclaircit tout à coup. « Qu'est-ce que tu racontes ? Grimpe ! »

Je montai d'un bond dans la voiture. Il écrasa le champignon. Je me retournai. L'autre était juste derrière la voiture à présent. Il tendit une main comme s'il voulait la retenir, et à en juger par son physique, il en aurait été capable. Mais la Mazda sautilla vers l'avant tandis que la boîte de vitesse toussotait vilainement. Le break n'était toujours pas en vue.

L'homme derrière le volant se pencha vers le pare-brise. « Bon, où vas-tu ? Je suis prof à l'École supérieure de la région, et je donne un cours dans une demi-heure. » Il avait une petite trentaine, et j'eus du mal à situer son dialecte, avant de me rendre compte qu'il parlait un néonorvégien mêlé du dialecte de Bergen.

« D'où viens-tu ? demandai-je.

— Ça ne s'entend pas ? Je suis de Stend. Et de Bergen. Mais…

— Peu importe où on va, mais prends des petites rues, passe par un chemin un peu biscornu. Les types qui me poursuivent sont en voiture, eux aussi. Je vais en centre-ville, mais si tu peux me laisser à un arrêt de taxi, ça serait…

— Fais pas chier ! Je t'emmène où tu veux.

Accroche-toi ! » Il tourna brusquement le volant vers la droite et nous prîmes en dérapant un virage serré pour monter le coteau, vers le nord. « S'ils sont vraiment du KGB…

— Quelle explication donner sur le coup ? Ce sont des mastodontes qui viennent d'un des tripots en ville, je suis…

— Ne dis plus rien. Moins je sais, moins je risque. »

Je me retournais sans cesse. Nous nous approchâmes du centre-ville par des détours, un coup à droite, un coup à gauche. Je finis par ne plus trop savoir où nous étions. Je ne voyais toujours pas le break. Nous avions dû finir par les perdre.

Ce ne fut qu'alors que je me permis de réfléchir à ce qui venait de se passer. Comment avaient-ils su où j'étais ? M'avaient-ils suivi ? Pouvait-il y avoir un lien entre Ole Johnny et Elsa ?

J'avais un goût de sang dans la bouche. La sueur séchait sur ma peau, et je commençais à avoir froid.

J'étais persuadé que c'était Ole Johnny ou un de ses collaborateurs qui m'avait menacé par téléphone la veille. Savaient-ils réellement où se trouvait Arne Samuelsen ? Connaissaient-ils l'identité de la femme dans le frigo ? Les questions s'accumulaient. Et Carl B. Jonsson ? Ou Vivi Anderson ? Étaient-ils impliqués ?

Logiquement, je n'avais plus rien à faire dans cette histoire, mais on m'avait enfermé et menacé — et deux types avaient essayé de me renverser en voiture. Et je n'appréciais rien de tout cela. Un certain nombre de questions m'accablait l'esprit et je ne voyais qu'une personne qui pouvait peut-être m'en donner les réponses… Laura Lusken.

Je me tournai vers mon chauffeur, lui indiquai l'adresse de Laura Lusken et lui demandai s'il voulait bien me déposer quelque part dans le quartier de la prostituée. Il fit oui de la tête. Nous étions arrivés dans le centre et passâmes le théâtre de Rogaland, sur la droite. La grande tour récente avait poussé comme une excroissance en béton sur le toit. Le bâtiment ne serait plus jamais le même.

L'eau de Breivatn scintillait plus bas, et les cimes des arbres étendaient leurs branches nues vers le fameux néon : Jésus — la lumière du monde.

« Il faut que je retourne à l'École.

— D'accord. Je retrouverai mon chemin. Merci beaucoup — sincèrement ! Tu m'as…

— Il n'y a pas de soucis. » Il sourit de toutes ses dents. « Et bonne chance… avec le KGB ! » Il me fit un signe de la main et quitta le bord du trottoir. Je restai là un moment, en face d'une cour d'école. Je jetai des regards nerveux tout autour de moi. On aurait dit un jeudi matin tout à fait ordinaire. La vie grouillait en bas, sur la place du marché, et Alexander Kielland, le dos tourné, cherchait vainement les vieux voiliers du regard. Il n'y avait que la plate-forme Statfjord B à l'horizon.

Aucune grosse voiture ne m'avait dans sa ligne de mire. Personne ne s'approchait de moi à pas lourds. Le vent se dressait comme un mur dans le fjord et soufflait vigoureusement dans mes cheveux. Je rentrai la tête dans les épaules et traversai la rue.

J'arrivai dans la petite ruelle où se trouvait l'appartement de Laura Lusken, abrité du vent par les grandes tours.

Personne n'avait enlevé la carcasse du camion dans la cour. Je le fixai d'un regard soupçonneux, comme s'il allait se mettre à rugir et avancer vers moi en dansant. Les dernières vingt-quatre heures m'avaient rendu nerveux. Je regardai à droite et à gauche dans la cour en m'appuyant contre la porte d'entrée brute.

Elle s'ouvrit un peu avant de coincer. J'hésitai. Je posai à nouveau l'épaule contre la porte et la poussai vers l'intérieur. Elle céda, légèrement. Il y avait quelque chose par terre à l'intérieur qui bloquait la porte. Ce quelque chose n'était pas dur et massif, mais souple et mobile.

La fente était suffisamment large pour me laisser entrevoir la dernière marche de l'escalier.

Je jetai un dernier regard autour de moi. Le chat tigré était à sa place, sous le camion. Il me suivait d'un regard fixe. J'étais mal à l'aise. Les chats avaient toujours eu cet effet sur moi. Je lui tournai le dos, poussai la porte, encore quelques centimètres vers l'intérieur, enfonçai l'épaule dans la fente et passai la tête dans la cage d'escalier.

Laura Lusken était étendue par terre. Elle n'était pas vêtue de grand-chose, rien d'autre que la nuisette rose que je l'avais vue porter la veille. Elle était couchée en bas de l'escalier le cou tordu de façon bizarre. La nuisette était enroulée autour de sa taille. Ses cheveux blonds ébouriffés pointaient dans tous les sens, et elle avait une couronne sombre derrière la tête rappelant une tache de vin.

Lorsque je me penchai en avant pour chercher son pouls, je m'aperçus qu'elle était glacée.

24

Je me redressai et balayai la cour du regard. La vieille épave évoquait autre chose à présent. Elle me fit penser à l'épave qui se trouvait dans la cage d'escalier.

Le chat se leva, s'étira et sans m'accorder la moindre attention quitta la cour, la queue pointant vers le ciel, comme pour souligner davantage l'aspect sinistre de l'endroit.

Je ne pouvais rien pour elle. Je suivis l'exemple du chat et quittai à mon tour les lieux.

Deux femmes avaient été retrouvées mortes en l'espace de deux jours : c'était deux de trop ! Stavanger était méconnaissable. Les maison que je voyais en passant, les murs de bois moisis des grands entrepôts, les troncs d'arbres gluants, les pavés usés — l'ensemble était imprégné de pourriture et de mort. Je me surpris à guetter des bruits de pas derrière moi. Les voitures se faisaient rares dans les rues étroites de ce quartier de la ville, et j'entendis l'écho de mes propres pas — ou était-ce ceux de quelqu'un d'autre ? Je m'arrêtai brusquement pour tendre l'oreille. L'écho se tut, mais je ne fus pas rassuré pour autant.

Ceux qui avaient tenté de m'écraser en voiture essaieraient certainement à nouveau, si l'occasion se présentait. Et ils auraient peut-être plus de chance la prochaine fois. Autant de chance — peut-être — qu'ils en avaient eu avec Laura Lusken ?

Je me rapprochai du centre. Je trouvai une cabine téléphonique et composai le numéro de la police. En parlant, je gardai un œil vigilant sur ce qui se passait à l'extérieur. Sans me présenter, je leur donnai l'adresse de Laura et leur conseillai d'aller y faire un saut. Puis je raccrochai, avant qu'ils ne me posent les habituelles questions.

Ensuite, je cherchai une cafétéria où me poser en me demandant si j'avais bien fait. Quelqu'un m'avait peut-être vu entrer dans la cour — ou en ressortir. J'aurais certainement mieux fait de jouer cartes sur table vis-à-vis de la police. Mais dans ma ville, personne ne me tenait pour particulièrement futé, et Stavanger n'avait pas réussi à améliorer ce trait de ma personnalité.

Je commandai un thé et on me servit une théière dans laquelle trempaient deux sachets. Je les en sortis après une infusion expresse. Il n'y a rien de tel que le thé léger pour calmer des nerfs à fleur de peau.

Donc Laura Lusken était morte. Sa peau était glacée, mais au moins, elle avait encore tous ses membres, et personne n'avait pris la peine de la cacher dans un réfrigérateur.

Avaient-elles quelque chose en commun — Laura Lusken et la mystérieuse inconnue du frigo ? Peut-être avaient-elles été témoins de quelque chose ? Avaient-elles entendu quelque chose qu'il ne fallait pas qu'elles sachent ?

Deux femmes avaient été tuées. Arne Samuelsen avait-il des liens avec le meurtrier ? Et lui, où était-il ?

Je regardai par la fenêtre sans y penser. Il faisait sombre dehors, bien qu'il fût encore tôt. De l'ouest, les nuages planaient sur la ville comme des détritus de plomb. Les premières gouttes de pluie s'écrasaient contre les vitres. Le soleil avait oublié Stavanger.

La cafétéria était on ne peut plus norvégienne, depuis les galettes de blé sèches et rigides qui garnissaient le comptoir en verre jusqu'à la caissière et son regard de douanier. Elle trônait derrière sa caisse enregistreuse cliquetante, et elle avait des yeux qui pouvaient voir au plus profond de votre âme, dans la moindre petite pièce secrète. L'endroit sentait le café, et l'air y était humide et froid. Les malins gardaient leur manteau. Les autres pouvaient être sûrs de tomber malades.

Elsa — devais-je l'appeler ? Lui raconter l'épisode qui avait eu lieu devant son immeuble ? Mais — pouvais-je lui faire confiance — vraiment ?

Une pensée désagréable me vint à l'esprit. Et si elle… ? Je baissai les yeux sur mes mains, pensai à la peau qu'elles venaient de caresser, aux cheveux qu'elles avaient touchés. Même si je pensais à elle, il m'était difficile de visualiser ses traits. Je ne la connaissais pas.

Je sirotai mon thé léger. La caissière ne me lâchait pas du regard. Je n'avais pas beaucoup contribué à faire augmenter leur chiffre d'affaires, et elle saurait certainement me remettre à ma place si je tentais de verser un petit quelque chose dans ma tasse. Était-ce l'image que je donnais ? Je me passai discrètement une main sur le menton. Je n'étais pas rasé.

Au loin, j'entendis une sirène hurlante. Qu'est-ce que cela pouvait être ? Une ambulance ? Trop tard, dans ce cas. La police ? À quoi bon ?

Je ne tenais pas en place, ne sachant quoi faire. J'avais le net sentiment de ne pas avoir exploré toutes les hypothèses, que je devais voir une logique dans tout cela, trouver un chemin dans les broussailles.

Il était évident en tout cas que je ne risquais pas d'avancer en restant à la cafétéria.

Et si je retournais à l'hôtel ? M'y attendaient-ils ? Ou me chercheraient-ils en ville ? Si Ole Johnny avait envoyé tous ses culturistes à la chasse au renard, j'allais sûrement me retrouver dans un traquenard en moins de deux.

J'avais intérêt à rentrer à Bergen avec le premier bateau, que cela plaise ou non à la police. Ils n'auraient qu'à me faire revenir, ainsi j'aurais quelqu'un pour veiller sur moi. Mais il fallait que je passe par l'hôtel — pour chercher les affaires que j'y avais laissées la veille.

Je ne pouvais faire autrement. Je finis le thé,

laissai cinq øre sur l'assiette, comme une sorte de blague — et me replongeai dans la foule. Je marchai vite en regardant régulièrement à droite et à gauche.

Une fois à l'hôtel, je ne dépassai pas la réception. Deux hommes vêtus de pardessus clairs m'attendaient chacun dans son fauteuil. En me voyant arriver, ils se levèrent simultanément. Ils faisaient à peu près la même taille, mais leurs visages étaient différents : l'un rond et jovial, l'autre maigre et ascétique. Avant qu'ils ne se présentent, je les avais nommés Abbott et Costello. Ce fut le maigre qui prit la parole. « Agent Iversen. Veuillez venir avec nous, s'il vous plaît. »

Je portai mon attention vers lui. « Cette ville me rend nerveux. Est-ce que vous auriez vos pièces d'identité ? »

Ils me les montrèrent. Je les suivis.

25

L'hôtel de police à Stavanger est stratégiquement situé de l'autre côté d'une rue où se trouvent une église, un Vinmonopol et une boîte de nuit. Les désirs de l'esprit et de la chair peuvent y être assouvis et la police peut garder un œil éveillé sur l'ensemble.

Bertelsen ne se leva pas de sa chaise derrière sa table de travail et s'exprima brièvement, de façon formelle, lorsque l'on me conduisit dans son bureau. Il me jeta un regard acide par-dessus le bord de ses lunettes avant de continuer à lire la feuille dactylographiée qu'il avait devant lui.

Je sifflotai tout bas — une version à peu près blues de *I can't get started*. Je contemplai la vue. Il n'y avait rien à dire quant à l'affluence de clients vers le Vinmonopol. Fort rares étaient ceux qui passaient les portes de l'église. Une femme blonde passa lentement devant la boîte de nuit, en baladant un caniche d'une façon qui laissait croire que c'était son ange gardien qu'elle avait en laisse.

Bertelsen fit fougueusement cliqueter ses lunettes en les repliant — pour faire remarquer qu'il avait terminé sa lecture. Ses yeux bleu glacé me transpercèrent, et sa bouche était un fin trait de crayon presque effacé. « Où avez-vous passé la nuit, Veum ? demanda-t-il de sa voix sèche et grinçante.

— Eh bien…

— Nous savons que ce n'était pas à l'hôtel, alors n'essayez pas de me raconter des bobards.

— J'étais chez — une amie. »

Je regardai par la fenêtre. Un type sortait du Vinmonopol, un sac d'au moins cinq litres dans chaque main. Quelqu'un s'apprêtait à passer un week-end bien arrosé.

« Chez — une amie, répéta Bertelsen sur un ton sarcastique. Et comment s'appelle-t-elle, cette amie ? »

Je revins vers lui. « Ce genre d'information n'appartient-il pas à la vie privée ?

— Aucune information n'appartient à la vie privée, aboya-t-il. Pas quand on enquête sur un meurtre.

— Dois-je me considérer comme un suspect dans cette affaire ?

— Tu peux te considérer comme le dernier des Mohicans, pour ma part, si seulement tu réponds à mes questions.

— Si seulement vous pouviez me donner une justification qui me contenterait. »

Il me fusilla du regard. « Un cadavre, ça te suffit comme explication ? »

Je me penchai en avant sur ma chaise. « Qui ? »

demandai-je comme si je ne connaissais pas la réponse.

Ses yeux étaient fixés sur moi. « C'est nous qui posons les questions ici. Ce n'est pas notre boulot de donner les réponses.

— Oui, ça, j'ai bien compris, fis-je sur un ton insouciant. C'est ce qu'on appelle les Relations Publiques, n'est-ce pas ?

— Tu es passé voir une femme qui s'appelle Laura Ludvigsen hier, n'est-ce pas ? »

J'écartai les bras. « Je vous l'avais déjà dit, ça.

— Quand l'as-tu revue ? » Les questions étaient directes, posées de façon militaire.

« Je ne l'ai pas revue. Plus du tout.

— Ah oui ? » Il n'avait pas l'air de me croire. Et je dus avouer que sa méthode était efficace. J'étais sur le point de répondre : Pas avant… — puis de me mordre la langue.

« Plus du tout ? » Il accentua chacun des mots, comme pour souligner le double sens de l'énonciation. « Qu'est-ce que ça signifie ? Que c'est trop tard à présent ?

— Je…

— D'où as-tu téléphoné ?

— Téléphoné ? »

Il ne répondit pas, mais appuya furieusement sur quelques boutons de son interphone. « Iversen. Lauritzen. Entrez ! » Ce n'était pas une demande. C'était un ordre. Abbott et Costello se trouvèrent sur le tapis en moins de trente secondes.

Bertelsen leur désigna deux chaises qui étaient disposées contre l'un des murs. « Asseyez-vous là-bas. Observez ce type. Voilà à quoi ressemble un putain de menteur ! Observez-le attentivement. »

Ils étaient alignés ainsi : à gauche, le visage livide de Bertelsen, à l'image d'un vrai bureaucrate, celui d'Iversen au milieu, ascétique comme un moine, et le chérubin joufflu de Lauritzen à droite.

« Je te demande encore une fois, Veum. D'où as-tu téléphoné ? »

Mes yeux glissèrent d'un visage à l'autre. J'avais commencé à transpirer. Leur expression ne me plaisait pas. Ils avaient l'air de savoir quelque chose que j'ignorais. Ou peut-être n'était-ce qu'une impression. « Lequel d'entre vous est mon avocat ? demandai-je.

— Tu n'as pas besoin d'avocat pour mener une conversation civilisée, hein, Veum ? »

Mon regard s'arrêta sur lui. Je sentais saillir les rides sur mon front comme des muscles crispés. « J'ai plus le sentiment de subir un interrogatoire que de converser, et si, par-dessus le marché, on parle de conversation civilisée — ce concept doit avoir une tout autre signification à Stavanger qu'à Bergen — ou peut-être devrais-je dire à l'intérieur de ces murs qu'à l'extérieur. »

Les trois policiers affichèrent trois expressions complètement différentes. Lauritzen avait l'air de ne pas suivre ma logique. Son regard était confus. Iversen semblait cent pour cent indifférent, comme s'il pensait à la pêche aux truites, aux bougies de sa voiture ou à un mode d'emploi pour changer un ruban encreur. Bertelsen me regarda froidement : « Si tu n'acceptes pas une conversation normale, on te met en garde à vue, et tu parleras à ton avocat demain, à un moment ou un autre, si c'est ce que tu veux.

— Je…

— Raconte à Veum ce qu'on nous a dit, fit Bertelsen dans le vide. Pour lui faire comprendre qu'on ne plaisante pas. »

Ce fut Iversen qui répondit à l'invitation lancée par leur supérieur. « Un témoin a déclaré avoir vu une personne qui correspond au signalement de Veum quitter la cour où demeurait la décédée. »

Ce fut à mon tour d'avoir l'air confus. Je m'adressai directement à Iversen. « Vous voulez bien répéter, s'il vous plaît, en ajoutant un point par-ci, par-là ? Tout ça est un peu trop compliqué pour moi.

— Compliqué ! aboya Bertelsen. On n'a pas toute la journée, Veum ! Nous avons l'intention d'élucider cette affaire, et nous avons déjà deux avis de recherche sur lesquels plancher. On n'a pas de temps à perdre à écouter tes conneries, bordel de merde ! Alors, maintenant, tu nous donnes une réponse claire à cette question — ou bien je te coffre — et je t'y laisserai les vingt-quatre heures réglementaires jusqu'à ce que la dernière seconde soit écoulée, ça, je peux te le garantir ! » Il reprit son souffle avant de poursuivre. « Laura Ludvigsen est morte, et tu le sais parfaitement. C'est toi qui as téléphoné pour signaler le décès. Non seulement on t'a observé en train de quitter les lieux, mais si tu as envie d'écouter l'enregistrement de ton propre coup de fil, j'en serai ravi. On enregistre tous les appels dans la maison, c'est une règle qui se révèle parfois utile. » Il s'arrêta un instant sans reprendre son souffle cette fois-ci. « Rien n'indique que Laura Ludvigsen soit morte de causes naturelles. Autrement dit : Où as-tu passé la nuit, Veum ? Et je veux une réponse maintenant ! »

C'était un K.-O. sans rappel. J'étais mollement adossé aux cordes, les bras pendants et la vision brouillée. « Chez — une femme, une femme qui s'appelle… Elsa.

— Elsa, mais encore ? »

Je le regardai, bêtement. « Pour être honnête, je ne sais pas.

— Une amitié proche autrement dit ? Dis-nous où elle habite. »

Je leur expliquai.

« Dans quelle tour ?

— Celle qui se trouve le plus près des… bâtiments préhistoriques. »

Bertelsen braqua les yeux sur Lauritzen, qui se leva dans un sursaut. « Allez vérifier ! » fit-il — et nous ne fûmes plus que trois.

Je regrettai malgré de tout ne pas avoir téléphoné à Elsa.

Bertelsen porta immédiatement son attention vers moi. « Et tu as passé toute la nuit — avec cette Elsa ?

— Oui.

— De quelle heure à quelle heure ?

— Nous y sommes allés — de l'hôtel — hier soir, vers les sept, huit heures. Et je suis reparti ce matin, vers neuf heures et demie.

— Toute la nuit, autrement dit. Et ça t'a coûté combien ?

— Rien.

— Ah oui ? Et qu'est-ce que tu as, toi, que nous autres n'avons pas ?

— De la musique.

— De la musique ?! »

Je commençai : « *I got...* »

Lauritzen rentra. Bertelsen leva les yeux. « Elle est dans nos registres, fit le premier. Elsa Bakketeig. Pro. Classe de prix : A. Elle opère principalement...

— Oui, oui... ça suffit. » Le regard de Bertelsen se tourna vers moi. « Tu as entendu, Veum ? Classe de prix A. Ça te semble si étonnant que je te demande ce que tu as qu'on n'a pas. Tu penses vraiment que nous allons croire ce que tu avances ?

— Je...

— Musique ou pas — peu importe la putain de signification de cette remarque... un crétin comme toi ! Pas sans... » Il s'interrompit. « Envoyez-y deux hommes, Lauritzen. Et allez-y avec eux. Il se peut que ça urge. Peut-être que Veum... a sa façon bien à lui de se payer des plaisirs. Peut-être trouverons-nous encore un cadavre.

— Écoutez..., commençai-je.

— Détends-toi, Veum. Tu as le sens de l'humour, non ? » Mais rien dans son visage n'indiquait qu'il allait sourire, et je n'aimais pas sa façon de raisonner. Je n'aimais pas non plus l'idée qu'il avait fait germer dans mon esprit.

Peut-être allaient-ils y trouver un corps inerte. J'aurais dû appeler.

Je jetai un coup d'œil résigné sur le téléphone.

« Il y a quelqu'un à qui tu as envie de passer un coup de fil, Veum ? » Bertelsen me jeta un regard digne d'un inspecteur des impôts.

« Non », fis-je en secouant la tête avec découragement. Ce serait trop tard, de toute façon.

26

J'entendis les gyrophares faire chorus dehors. Leur sonorité violente me filait des sueurs froides. On aurait dit les trompettes du Jugement dernier, comme si on convoquait une toute dernière assemblée générale.

Bertelsen ne me lâcha pas des yeux. « Qu'allais-tu faire chez Laura Ludvigsen, Veum ? me demanda-t-il lorsque les sirènes se turent.

— Je ne me souviens pas, répondis-je en le regardant droit dans les yeux.

— Tu avoues donc être allé la voir ? »

Je haussai les épaules. Mon esprit était ailleurs.

« C'est un oui ? » Sa voix était montée d'une octave.

« Si vous voulez ! » répondis-je. Il se tourna vers Iversen qui renvoya un bref regard de triomphe à son supérieur.

« Alors, j'exige une réponse à ma question, Veum. Qu'allais-tu faire chez Laura Ludvigsen ?

— Je… Lui demander si elle s'était souvenue d'autres choses — de ce soir-là.

— Autrement dit — tu as continué ton enquête !

Tu avais l'intention de découvrir quelque chose que ces crétins de policiers seraient incapables de trouver, c'est ça ? J'ai eu des renseignements on ne peut plus clairs à ton sujet, Veum — de mes collègues à Bergen. Je connais parfaitement tes méthodes. — Alors dis-moi, qu'est-ce que tu espérais découvrir ? »

Je m'étais décidé à répondre aussi calmement que possible. « Je n'ai pas continué mon enquête, répondis-je sur un ton qui pouvait presque sembler blasé. À mon arrivée, la femme était déjà morte — avant toute question. Celui qui ne pose pas de questions n'enquête pas. Donc…

— Donc Socrate est un chien ?! Je pourrais t'enfermer, Veum. Je le répète, je pourrais… » Il se mordit la langue. Avec des mouvements fougueux, il déplaça quelques feuilles de papier qui étaient empilées sur son bureau. Il s'était calmé lorsqu'il leva les yeux. « Mais nous ne sommes pas aussi stupides que tu as l'air de le croire, Veum. On a bien sûr interrogé Laura Ludvigsen, pas plus tard qu'hier après-midi. On sait tout ce qu'il y a à savoir sur cette soirée…

— Ah oui ?

— Ce qu'elle savait.

— Très bien, mais alors pourquoi sommes-nous ici ?

— Parce que Laura Ludvigsen est morte. Parce que tu as fureté dans le coin — où on a retrouvé son corps.

— Alors, elle a été tuée ?

— On l'a — retrouvée. Le cou brisé. Il se pourrait qu'elle ait eu un accident, en état d'ivresse. Ou… bon. » Il parcourut la pile de feuilles qu'il avait devant lui et en sortit une grande enveloppe marron. Il en tira deux photos de ses doigts longs. Il regarda les photos un moment avant de m'en passer une.

Je l'examinai à mon tour. C'était le portrait d'un homme aux cheveux clairsemés. Il était rasé de près et ses sourcils très blonds étaient épais et touffus, comme une version scandinave de Brejnev. Ses yeux étaient sombres et mélancoliques. Les soucis avaient creusé leurs rides, et il n'avait pas l'air particulièrement heureux.

« Alors ? fit Bertelsen. Tu le reconnais ?

— Je ne l'ai jamais vu de ma vie. Qui est-ce ? »

Ses yeux froids ne donnèrent pas de réponse. Sa bouche restait fermée.

« Sourire Hermannsen ? » demandai-je.

Il tendit une main pour récupérer la photographie, sans répondre. Je la lui rendis après y avoir jeté un dernier coup d'œil.

Il me donna l'autre photo. Elle était plus jeune et plus belle que l'homme de la première, et si on plissait bien les yeux, elle pouvait peut-être même avoir l'air heureux. Un petit sourire s'esquissait sur sa grande bouche aux lèvres charnues, mais ce sourire n'avait jamais atteint ses yeux, qui étaient gris clair, comme deux petits cailloux. Ses cheveux étaient blonds et ses épaules dénudées. Rien sur la photo n'indiquait quels vêtements elle pouvait porter. Peut-être ne portait-elle rien du tout, et c'était peut-être exactement ce qu'elle voulait faire croire.

Son visage était un peu trop large et un peu trop plat, mais c'était peut-être dû à l'éclairage cru. Ce n'était pas une bonne photo, ils l'avaient certainement trouvée au fond d'un tiroir, quelque part. Même la copie portait la trace d'une pliure qui avait corné l'original.

« Alors ? fit Bertelsen.

— Ce n'est pas…

— Tu la connais ? » jappa-t-il.

Je secouai lentement la tête en tenant la photo un peu à distance.

« Mais ça ne t'aurait pas déplu, hein ? C'est ton type, non ? Comme… l'autre.

— Mais vous êtes vraiment sûrs que… »

Même le plus inébranlable lâche prise de temps à autre. Il ne put s'empêcher de briller. « Irène Jansen, affirma-t-il d'une voix posée. Prostituée. Vingt-huit ans. Habite à Stavanger depuis six mois. Nous avons perquisitionné son appartement. Il est vide. Il apparaît que personne ne l'a vue depuis mercredi dernier… » Il leva les yeux pour s'assurer que j'avais saisi son sous-entendu. « Nous avons averti la police à Oslo.

— Oslo ?

— Elle est de là-bas. La brigade criminelle fouille l'appartement qu'elle a là-bas, essaie de trouver un médecin ou un dentiste qui pourra identifier…

— Dentiste ? Ce n'est pas un peu… à côté de la plaque ? Je veux dire… Ou peut-être que vous avez aussi retrouvé la tête ?

— Non, dit-il froidement. Nous n'avons pas

retrouvé la tête. Pas encore. Mais dès qu'on la trouvera, ça sera plus qu'utile d'avoir le nom de son dentiste. En plus des informations qui se trouveront dans les archives du médecin. On anticipe un peu dans notre métier, tu vois, Veum — un peu, tu comprends.

— Et elle a… disparu ?

— Elle a… fait comme Arne Samuelsen. Et c'est aussi le cas pour Sourire Hermannsen.

— Putain, ça alors !

— Bref, tu es à peu près le seul qui sois toujours dans les parages. Et toi, tu es muet comme une carpe.

— Mais…

— Ah oui, j'ai failli oublier, on a un avis de recherche sur tous les trois. À l'échelle internationale, même. Arne Samuelsen, Irène Jansen et Sourire Hermannsen. Mais j'ai bien peur que… oui. »

Iversen nous interrompit tout à coup. « On a vu Sourire. »

Je me retournai sur mon siège. « Ah oui ?

— Plusieurs témoins déclarent l'avoir croisé, complètement ivre, en ville, ces derniers jours, et qu'il… »

Bertelsen l'interrompit, sur un ton sévère : « Ça suffit, Iversen. On ne distribue pas de bonbons. Pas aujourd'hui. On en a suffisamment révélé comme ça. » Il poursuivit sans transition : « Est-ce que tu as des nouvelles de lui, Veum ?

— De… qui ?

— D'Arne Samuelsen.

— Pourquoi en aurais-je ? Il ne sait pas du tout qui je suis, que je suis là, que sa mère…

— Alors, qui t'a téléphoné à l'hôtel hier ? »

J'eus tout à coup chaud. « Hier — à…

— Le réceptionniste nous a dit que quelqu'un t'a téléphoné — et qu'il y a eu une espèce d'intermezzo dans ta chambre.

— Je vois.

— Pas trop tôt !

— Je vois que vous n'êtes pas feignants, en tout cas. Mais pourquoi cet intérêt pour ma personne ? Il y a des gens qui n'ont pas apprécié ma présence à Stavanger. Ça ne serait pas vous, par hasard ? Ils m'ont enfermé dans la salle de bains, ils m'ont passé un coup de fil en me demandant de me tenir à l'écart de ce qui touche de près ou de loin à cette affaire, et plus particulièrement que je me désintéresse d'Arne Samuelsen. On aurait vraiment pu croire que c'était vous.

— Trêve de plaisanteries. On commence enfin à aller quelque part. Pourquoi ne nous as-tu pas parlé de tout ça avant ? Pourquoi ne pas avoir téléphoné à la police ?

— Je… ne pensais pas…

— Que ça nous intéresserait ? Tu fais peut-être partie de ceux qui aiment se faire séquestrer dans la salle de bains et recevoir des menaces par téléphone ? Ou est-ce que tu viens de tout inventer pour dissimuler que c'est vraiment Arne Samuelsen qui a appelé…

— Je viens de vous le dire, m'emportai-je. Pourquoi Arne Samuelsen me téléphonerait-il, bordel, quand il ne se doute même pas de mon existence — admettons que je sache où il se trouvait, lui, eh bien… »

Bertelsen se pencha en avant vers son bureau. Il me foudroya du regard, et son visage était livide. « J'ai l'intime conviction qu'Arne Samuelsen se trouve tout près. Qu'il est ici, à Stavanger, et qu'il est en train de nous jouer un tour… une espèce de jeu de colin-maillard. Si nous ne le retrouvons pas avant que lui ne retrouve… » Il fit un large geste des mains. « Irène Jansen. Laura Ludvigsen. Et Sourire Hermannsen ? Et les autres invités ? » Je le regardai et il poursuivit. « Oui, les autres, Veum ? Qui étaient-ils ? Tu l'as découvert, toi, peut-être ?

— Il y en avait encore deux — n'est-ce pas ? Deux hommes ? Et l'un d'entre eux portait un chapeau de cow-boy ?

— D'accord.

— La seule personne que j'ai croisée à Stavanger qui se coiffe d'un chapeau comme ça, c'est un type qui s'appelle Carl B. Jonsson, le chef de sécurité dans la société qui emploie Arne Samuelsen. »

Il semblait dubitatif. « Tu es ici depuis peu, Veum. Parfois, j'ai l'impression que la moitié de la ville porte un chapeau de cow-boy. Et ce Jonsson, que vient-il faire là-dedans ? »

J'écartai les bras. « Je n'en ai pas la moindre idée. Demandez-lui. »

Il me regarda, pensif. « Sous prétexte qu'il porte un chapeau de cow-boy. S'il vient accompagné d'un de ses avocats ridicules, ils vont se foutre de notre gueule jusque sur la plate-forme Frigg. Il me faut quelque chose de concret, Veum — ça, tu dois bien le comprendre, non ? »

Je haussai les épaules. « C'est tout ce que je peux vous dire. »

Nous entendîmes des pas rapides dans le couloir. Quelqu'un frappa énergiquement à la porte et l'ouvrit sans attendre qu'on l'invite à entrer. C'était Lauritzen qui était de retour. Il avait l'air excité. « Elle… elle…, bégaya-t-il.

— Oui ? » demandâmes Bertelsen et moi, en chœur.

Il avala difficilement et chercha son souffle. « On y est allé. Personne n'a répondu. Le gardien de l'immeuble… nous a fait entrer dans l'appartement. Il n'y avait… personne là-dedans.

— Personne là-dedans ? » répétâmes Bertelsen et moi du tac au tac, comme si c'était un numéro de revue que nous avions longuement répété.

Lauritzen poursuivit, avec des phrases complètes cette fois-ci. « On a fouillé l'appartement. L'état du salon indiquait qu'il a pu y avoir une lutte. Les chaises étaient en désordre, et il y avait un vase vide par terre. Et dans la salle de bains…

— Oui ? répétèrent d'un ton monotone les Frères Brothers.

— On avait écrit sur le miroir avec du rouge à lèvres, dans le coin en bas à gauche… Sir. En majuscules : SIR.

— Sir ? répéta Bertelsen, seul cette fois-ci. Rien d'autre ?

— Le R se terminait par une boucle. Elle a certainement été interrompue.

— Sir ? tenta Bertelsen pour lui-même. SIR ? »

Ses yeux glissèrent à nouveau vers moi.

Je lui renvoyai un regard muet et pensif.

27

Des pensées traversaient mon esprit comme des éclairs. Le souvenir de son corps y vivait encore. Avait-ce été la dernière fois — pour elle ? Je pensai aux types qui m'avaient attendu devant la tour. Y étaient-ils retournés — l'avaient-ils emmenée par dépit ? Ou peut-être était-ce elle qu'ils étaient venus chercher ?

Je vérifiai l'heure à la dérobée. J'étais censé la retrouver à six heures. J'avais encore quelques heures à tuer. Peut-être viendrait-t-elle, finalement ? Peut-être n'était-ce qu'une coïncidence ? Peut-être avait-elle l'habitude d'écrire SIR sur son miroir ? Peut-être ce mot lui évoquait-il des souvenirs ?

Bertelsen me demanda de donner une description d'Elsa et rédigea un nouvel avis de recherche. J'éprouvais une drôle de sensation, comme si c'était mon propre signalement que j'entendais.

Je me tournai vers la fenêtre. Les gens continuaient à défiler vers le Vinmonopol. Le fait d'y entrer et d'en sortir, de ramener une bouteille à la maison, vers un quotidien gris et ordinaire où ce qui pouvait arriver de plus catastrophique, c'était de renverser du café sur la nappe, me semblait à la fois étranger et anodin.

Bertelsen toussota pour s'éclaircir la voix. « Bon. Tout a été dit, Veum. Pour l'instant.

— Est-ce que ça veut dire que je peux m'en aller ?

— Oui. Tu t'attendais peut-être à autre chose ?

— Eh bien, je... » Je haussai les épaules en guise de réponse. Avant que je n'arrive à la porte, il m'arrêta avec un nouveau toussotement.

« Et — Veum... »

Je me retournai.

« Pas d'investigation de ta part. N'essaie pas de retrouver ta nana, de ton côté.

— Je...

— Tu ne saurais rien en ce qui concerne ce tour de passe-passe ? Un détail que tu aurais par hasard oublié de nous donner, dans la précipitation ? »

Les deux pingouins parurent brièvement devant mes yeux. « Demandez à Ole Johnny, répondis-je.

— Ole Johnny ? Pourquoi ?

— Il est le seul lien possible qui me vienne à l'esprit. » Cela devrait lui suffire. Si je lui parlais des deux types qui avaient essayé de me renverser, il perdrait les pédales. Ça serait peut-être la goutte qui ferait déborder le vase et qui le pousserait à m'enfermer — pour ma propre protection. Et s'il y avait bien un endroit où je ne souhaitais pas me retrouver pour le moment, c'était entre quatre murs, derrière une porte blindée. J'avais un rendez-vous, à six heures. Et moi, en tout cas, j'avais l'intention d'y être.

J'avançai vers la porte. Elle s'ouvrit, et un agent entra à fond de train. Il apportait une bande de télex. « C'est important », fit-il à bout de souffle, en tendant la bande à Bertelsen.

Au lieu de sortir, j'observai Bertelsen qui parcourut rapidement le contenu. Ses yeux s'élargirent et sa bouche s'affina. Je ne bougeai pas. Ma curiosité avait pris le dessus.

Il leva des yeux qui s'arrêtèrent directement sur moi. « Ça vient de Las Palmas. La police locale a arrêté Irène Jansen. Un touriste norvégien l'a reconnue, d'après l'avis de recherche.

— Irène Jansen ? Mais est-ce qu'ils disent… Est-ce qu'elle a raconté… »

Il jeta un autre coup d'œil rapide sur le bout de papier. « Elle déclare avoir quitté l'appartement seule. Qu'elle ne sait rien. Que son voyage aux îles Canaries était prévu depuis longtemps, et qu'elle est partie le lendemain de la soirée. On sera prévenus de l'heure exacte de son retour. Ils la mettent dans un avion demain, direction nord. Mais peu importe ce qu'elle pourra bien nous dire : ça nous laisse un nouveau mystère à résoudre.

— Exactement, fis-je. On dirait qu'il y a deux principales questions dans cette affaire : non seulement qui a commis le meurtre — mais aussi, et surtout, qui a réellement été tué.

— Qui peut-elle bien être, bordel, la femme dans le frigo ? »

Il me lança un regard presque désespéré.

Je souris précautionneusement, un sourire en coin. « Si tu as besoin d'aide, n'hésite pas à me passer un coup de fil. J'y vais. J'ai un rendez-vous à six heures. »

Son regard s'emplit brusquement de soupçons. « Ah oui ? Avec qui ?

— Avec moi-même, répondis-je en quittant rapidement la pièce.

— Veum ! » cria-t-il derrière moi.

Je m'arrêtai dans le couloir pour l'attendre.

Il passa le torse dans l'entrebâillement. « Tiens-toi à carreau, Veum.

— Bien sûr », fis-je avec un petit signe de tête avant de continuer mon chemin vers la sortie.

Il y avait une accalmie dans les averses et la ville baignait dans une lumière blanche. Je voyais les contours des bâtiments, les reliefs des murs, les fentes dans le bois et les coins de briques cassés aussi distinctement que l'on peut voir les rides sur un visage qui est à portée de main. Elsa — elle n'avait pas tellement de rides, pas encore. Mais je l'avais eue si près de moi, à un moment qui me semblait déjà éternellement lointain.

Je longeai le lac de Breiavatn pour aller aux télégraphes qui se trouvaient dans Kanniksgate. Je changeai quelques billets en pièces et me trouvai une cabine téléphonique libre. J'avais deux numéros de téléphone sur la tablette devant moi, les deux à Bergen.

Je téléphonai d'abord à madame Samuelsen. Elle mit longtemps à décrocher, et sa voix était faible et accablée à l'autre au bout du fil. « Allô ?

— Bonjour. C'est Veum.

— Oh. » Elle ne semblait pas particulièrement enthousiaste. « Quelque chose de nouveau, finit-elle par me demander.

— Non, je… Vous n'auriez pas eu de ses nouvelles ? »

Toujours sur le même ton accablé. « D'Arne ? Non.

— Mais la police… ils sont venus vous voir, n'est-ce pas ? On vous a tenue au courant de ce qui s'est passé ?

— Oui. »

Un ange passa.

Je rompis le silence : « Pourriez-vous… Vous permettez que je vous pose une question ou deux, madame Samuelsen ? Cela… ça peut être important pour l'évolution — de l'affaire.

— La police m'a donné la consigne de ne répondre à aucune question. De personne.

— Ils ont dû penser aux journalistes.

— Ils vous ont nommé tout particulièrement, Veum.

— Tiens donc ? Mais, écoutez, je vous en prie, de quoi est mort votre mari ?

— Mon mari ? Pourquoi… il… » Elle se tut.

« Allô ?

— Oui, je suis là. Je ne vois vraiment pas pourquoi, mais si vous tenez absolument à… d'un cancer.

— Je comprends que ce soit difficile d'en parler, mais — votre fille, vous m'avez bien dit qu'elle est morte six mois plus tard ?

— Oui, répondit-elle d'une voix hésitante.

— Comment…

— Elle a été tuée ! m'interrompit-elle sèchement.

— Tuée ? Comment ?

— Dans un terrible accident de voiture. Elle n'avait aucune chance de survivre. Elle est morte sur le coup, et son — ami — est mort sur le chemin de l'hôpital. C'était entre Øystese et Kvanndal, ils allaient prendre un ferry. Ils roulaient beaucoup trop vite. C'était horrible — de la perdre, si peu de temps après…

— Oui, je comprends, je…

— Je ne peux plus parler, Veum. S'il vous plaît — ne me contactez plus. Je ne reverrai plus Arne, j'en suis certaine ! » Elle éclata en sanglots et raccrocha. J'avais ses larmes dans le creux de ma main, et je fixai le combiné d'un regard vide. Puis je le reposai, tout doucement, comme pour ne pas la blesser davantage.

Je réfléchis un moment, debout dans la cabine. Aucun des deux décès n'avait quoi que ce soit de mystérieux. Que ce soit le père ou la sœur d'Arne Samuelsen, ils étaient tous les deux décédés de mort naturelle. Le cancer et les accidents de la route faisaient partie des causes de mortalité les plus fréquentes dans le pays. Alors pourquoi avais-je l'impression que quelque chose clochait ?

Je composai le deuxième numéro. C'était celui de ma copine à l'état civil. Nous avions un ton très particulier. « Tu ne devineras jamais qui c'est, fis-je joyeusement en entendant sa voix au bout du fil.

— Le génie dans la lampe.

— Ni d'où j'appelle.

— Alors, d'où appelles-tu ? » Elle ne semblait pas spécialement intéressée.

« De Stavanger. Est-ce que tu veux bien vérifier une ou deux choses pour moi ?

— Pourquoi est-ce que tu m'appelles toujours quand je suis dans le jus, Varg ? Tu ne peux pas m'appeler quand je suis en vacances ?

— Écoute… En fait, c'est une affaire assez sérieuse. Ça ne te prendra pas beaucoup de temps.

— Bon, d'accord… Qu'est-ce que tu veux que je fasse ? » demanda-t-elle, résignée.

Je lui demandai de vérifier les informations que j'avais à propos de la famille Samuelsen. « Tu peux me rappeler ? lui demandai-je.

— Donne-moi une heure.

— Je suis dans une cabine, et ils ne servent ni à boire ni à manger, ici. On ne peut pas plutôt dire dans cinq minutes ?

— Moi aussi, j'ai autre chose à faire, tu sais.

— Tu es une femme extraordinaire.

— Ne te fatigue pas et garde tes louanges pour quelqu'un qui en a besoin. Je vais essayer. Salut. » Elle rejeta violemment le combiné.

J'attendis dans la cabine. En réalité, nous étions bons amis. Elle avait une sœur, de cinq ans sa cadette, et qui avait été une de mes rares clientes, du temps où je travaillais pour la protection de l'enfance, et qui s'en était sortie. Elle me rappela dix minutes plus tard.

« Écoute, commença-t-elle. Je n'ai pas toute la

journée. J'ai plein d'autres choses à faire, et les informations que tu m'as données sont plus qu'incomplètes.

— Ah oui ?

— Tout d'abord. On n'a rien sur un Arne Samuelsen dans cette famille-là. C'est vrai que le mari est mort, mais la fille est toujours vivante et doit se porter comme un charme.

— Ah oui ? » La tête me tourna. « Mais écoute — qu'est-ce que… À quelle adresse la fille est-elle enregistrée ?

— Son domicile. Le même que la mère.

— Et c'était leur seul enfant — c'est sûr ?

— Oui, si je te le dis !

— Alors, qui est ce type que la mère appelle Arne, nom de Dieu ?

— C'est toi ou moi, le détective ? Ça, à toi de le trouver. Peut-être que la bonne femme s'est pris un amant.

— Si jeune. Ça m'étonnerait. Bon, d'accord, merci beaucoup. Tu n'as pas d'autres atouts dans ta manche ?

— Non — et passe un bon été, Varg. Un très bon été !

— Bon été… ? »

Je raccrochai, complètement perdu. Je ne quittai pas la cabine tout de suite, mais m'appuyai contre un mur dans la boîte close. J'avais la vue trouble et la nausée.

Je finis par sortir de la cabine, puis du bâtiment, pour me retrouver sur le trottoir où je restai un instant à respirer profondément l'air frais. Puis je descendis lentement vers le port en passant devant le théâtre et la zone en éventail de la gare ferroviaire jusqu'aux feux tricolores, les passerelles souterraines et Alexander Kielland.

Une foule de gens se formait sur un des quais. J'entendis une sirène de police se déclencher non loin. J'allongeai le pas et descendis rapidement, un pressentiment désagréable dans la poitrine.

J'y arrivai à peu près en même temps que la voiture de police. Elle monta précautionneusement sur le trottoir et s'arrêta en bordure de la foule. Je profitai de l'occasion qui s'offrait à moi, et traversai la foule jusqu'au bord du quai en suivant de près deux policiers. Dans la mer, on avait jeté une bouée de sauvetage rattachée à une corde. C'était un acte absurde, car l'homme qui se trouvait dans l'eau ne serait plus jamais en mesure d'attraper le cercle rouge et blanc.

Il flottait sur le dos, la tête à la surface. Son visage était gris, livide, et les vagues sales le balayaient, encore et encore. Je n'eus cependant aucun doute quant à son identité. Sa bouche béante cherchait désespérément et en vain à inspirer de l'air et il ne souriait pas. Mais ce n'était pas non plus à son sourire que Hermannsen devait son surnom.

Je restai immobile à le fixer, la tête baissée, tandis que l'angoisse grandissait dans mon ventre. Hésitant, je me retirai du bord et traversai la foule à reculons. J'évitai les regards, et une fois à l'extrémité du troupeau, je me retournai pour monter, à moitié assommé, vers la ville. Lentement d'abord, puis en accélérant.

28

Au bout de Vågen, j'empruntai le quai qui longeait la rive ouest du fjord, traversai une rue et me dirigeai rapidement vers le nord par des rues étroites qui zigzaguaient dans la ville, me rappelant le Bergen de mon enfance. Finalement, je m'arrêtai et m'adossai à un mur pour reprendre mon souffle. Je ressentais une douleur intense au niveau du front et mes oreilles sifflaient. Des petits flocons noirs tombaient devant mes yeux comme des parachutistes, et j'avais un goût de sang dans la bouche.

Je jetai inconsciemment un œil derrière moi, mais personne ne me suivait. Pas encore.

Une femme âgée s'arrêta pour me demander si je me sentais bien. Je lui fis ce qui devait être un sourire assurant que non, juste un peu mal au cœur. Pour ne pas attirer plus l'attention sur moi, je me remis à marcher, toujours vers le nord, comme pour m'éloigner le plus possible du centre.

Près du conservatoire à Bjergsted, les arbres dépouillés dessinaient leurs silhouettes sombres de novembre contre le ciel blanc. Je contournai le bas bâtiment rouge brique, et m'appuyai contre la muraille qui entourait la terrasse orientée vers la mer. De pâles visages m'observaient à travers les fenêtres comme de l'intérieur d'un aquarium. Leurs regards ne lâchaient pas mon dos, ce qui accentua mon sentiment d'être poursuivi.

Je fixai le vide de l'autre côté de Vågen. Trois morts. Cela commençait à faire beaucoup. La femme dans le frigo. Laura Lusken. Et maintenant, Sourire Hermannsen. Elsa avait disparu, et on avait essayé de me renverser en voiture plus tôt dans la journée. Et où était Arne Samuelsen ? Et qui était-il ?

Si madame Samuelsen n'avait pas de fils, alors qui habitait dans cet appartement ? La fille à Bergen pouvait certainement m'aider — si elle y était encore. Je pouvais rappeler madame Samuelsen, mais toute cette histoire était trop incohérente, trop absurde. Pourquoi tous ces mensonges — sur sa fille, et sur son fils ?

J'essayai de visualiser Arne Samuelsen, mais son image était brouillée. Flottait-il quelque part dans le port, comme Sourire Hermannsen ? Était-il étendu en bas d'un escalier, la nuque brisée, comme par accident ? Ou rôdait-il dans l'obscurité à la recherche de quelqu'un ?

Il était évident qu'il s'était passé quelque chose dans son appartement ce mercredi-là. Des six qui avaient été présents, au moins deux étaient morts en plus de la femme dans le frigo. Restaient Arne Samuelsen lui-même — et les deux hommes non identifiés. L'homme au chapeau de cow-boy — et un autre.

Mais que s'était-il passé exactement ? Qu'est-ce qui avait pu arriver pour causer cette épidémie de morts violentes ?

Je restai ainsi, debout, les coudes contre la muraille et le regard flou, jusqu'à ce que je commence à avoir froid. Une pénombre bleu-gris tombait sur la ville. À l'est, la nuit tissait ses premiers fils noirs dans la couverture nuageuse. La température chutait.

Je frissonnai, remontai le col de mon manteau et fis lentement le tour du bâtiment. Je passai le portail en compagnie d'une poignée d'étudiants en musique aux visages blafards comme un après-midi d'automne. Certains traînaient des housses d'instruments alors que d'autres ne portaient que des sacs en bandoulière.

Il fallait que je retourne à l'hôtel pour retrouver Elsa, comme convenu. Si on voulait absolument me trouver, je pouvais être sûr que mon hôtel était surveillé de près. Et s'il était réellement arrivé quelque chose à Elsa, je n'aurais plus aucune raison de me présenter au rendez-vous.

Je pouvais éventuellement surveiller l'entrée de l'hôtel pour voir si elle venait. Mais ils allaient vraisemblablement se rendre compte de ma présence dans ce cas de figure aussi. Et les rues autour de l'hôtel étaient sombres et sinueuses, alors qu'à l'intérieur, il y avait de la lumière, tamisée, certes, mais tout de même, et surtout : il y avait des gens. Des personnes qui n'étaient pas impliquées dans cette affaire, des innocents.

J'optai pour un détour astucieux et arrivai à l'hôtel par la rue perpendiculaire la plus proche. Je montai les marches à pas précipités et entrai. Personne ne m'intercepta. Le réceptionniste me donna la clef avec un regard qui n'exprimait rien. D'un signe de la main, je coupai court à toute discussion et pénétrai dans le bar. Je quittai mon manteau et balayai la pièce des yeux. Il était encore tôt et la plupart des tables étaient inoccupées.

Benjamin Sieverts était seul au bar, perché sur un tabouret. Les deux mains autour de son verre de whisky et une expression inquiète sur le visage, il pouvait faire penser à un quidam à son vingtième jour d'une tentative de record du monde de l'épreuve « assis sur un mât de drapeau ».

Je grimpai sur le tabouret voisin et le saluai d'un signe de tête : « C'était sympa la dernière fois, vieux. Ça bouge bien ici, hein ! »

Il tourna la tête brusquement vers moi. Sa peau était grise, et la lèvre supérieure moite. Son regard erra dans la pièce, dans mon dos, avant de finalement se tourner vers moi. « Qui — êtes-vous ? » me demanda-t-il d'une voix faible.

Je le regardai avec étonnement.

« Vous devez vous tromper, poursuivit-il. Vous me confondez avec quelqu'un d'autre. »

Je ris, ébahi. « Écoute, Sieverts, je… »

Il m'interrompit, d'une voix plus tranchante, si sèchement qu'il était évident que sa réplique était désignée à un public. « Vous vous trompez, je vous dis ! Vous êtes sourd ? Vous vous trompez. Je ne vous ai jamais vu de ma vie, ni parlé, et je n'ai jamais entendu parler de vous ! » Ses yeux sautaient sans arrêt, ses pupilles étaient étonnamment resserrées. La sueur perlait sur son front. Il attrapa son verre et le vida d'un trait. Il descendit prestement de son tabouret et se dirigea vers la sortie sans m'accorder ne serait-ce qu'un mot d'adieu. Il avait abandonné sa tentative de record, désireux d'une bonne nuit de sommeil.

Je regardai son dos s'éloigner. « Benjamin Sieverts, dis-je pour moi-même. L'homme qui n'oublie jamais un visage. »

Je ne tentai pas de le rattraper. Cela ne l'aurait pas aidé, et moi non plus. Après m'être remis, je commandai un verre de jus d'orange. Je m'installai en travers sur le tabouret, la porte d'entrée dans le coin de mon champ de vision, un coude sur le comptoir.

Un type en surpoids, dangereusement proche de l'obésité et de la quarantaine, monta tant bien que mal sur le tabouret à côté. Il avait dépassé de loin l'état d'ébriété dit « soûl comme une barrique », et il commanda un double whisky et une pinte de bière sur un ton qui laissait croire qu'il assistait aux obsèques de son meilleur ami.

Il resta penché en avant, une main autour de la bière et l'autre autour du verre de whisky. Il but alternativement dans l'un et l'autre, comme s'il se payait une dégustation.

Je vérifiai l'heure. Il était cinq heures et quart.

« Qu'est-ce que tu bois, mon pote ? » Les yeux humides de mon voisin se levèrent du verre pour nager vers mon visage sans pour autant trouver de point d'ancrage.

Ses cheveux étaient clairsemés et de longues mèches blond doré étaient remontées d'un côté pour dissimuler sa calvitie, et elles se collaient sur son crâne en sueur. Sa lèvre supérieure était beaucoup plus charnue que l'inférieure, ce qui lui donnait l'apparence d'un crapaud jovial. Il avait l'air un peu perdu, ce qui lui donnait un aspect presque familier. Son apparence correspondait à peu près à ce qu'était mon état d'esprit au quotidien.

« Jus d'orange », répondis-je.

Il me regarda, incrédule. « Quoi ? » fit-il. Il agita les bras. Ils étaient courts et se terminaient par deux mains calleuses. « Je pensais te payer un verre... », commença-t-il, comme pour sous-entendre que la lavasse que j'ingurgitais ne méritait pas sa générosité.

« Merci, c'est très gentil, mais — ça ira. »

Il porta à nouveau son attention vers les deux verres qu'il avait entre les mains. Peu de temps après, on lui resservit la même chose. Le barman lança un regard mordant sur mon verre encore à moitié plein en m'ignorant totalement.

Mon voisin se pencha une nouvelle fois vers moi. « Plus jamais, mon pote ! »

Je répondis par politesse : « Plus jamais quoi ? »

Il pointa un doigt courtaud vers l'un des murs, en direction de la mer du Nord. « Plus jamais, j'y retournerai. *Never !* »

J'acquiesçai.

Il revint à la nage vers mon visage. « J'étais sur la plate-forme Alexander Kielland, mon pote. »

J'acquiesçai à nouveau.

« Heureusement, je ne dormais pas. J'étais en train de faire une réussite, je n'arrivais pas à dormir, tu sais comment c'est, lessivé, mais... » Il jeta un bras dans le vide derrière lui, comme pour illustrer quelque chose. « Je ne me rappelle pas... Mais tout à coup, un éclat a retenti, et la plate-forme s'est brusquement mise à prendre du gîte. Au début, je n'ai rien capté. J'ai cru que c'était moi, que j'avais la tête qui tournait — que j'allais tomber dans les pommes. Ensuite, j'ai compris — et je me suis précipité à la porte, je suis monté à l'échelle, et à l'air libre juste à temps pour constater que le ciel était à ma gauche et la mer à ma droite, et que l'horizon était une ligne verticale devant moi. La seule chose dont je me souviens après, c'est de m'être retrouvé à danser sur la mer glacée comme le flotteur d'une ligne, à avaler de l'eau salée au milieu des cris. Un type battait des mains juste à côté. Et il a sombré, et je n'ai plus rien entendu. J'ai continué à nager, gagné par le froid et engourdi. Les mains qui m'ont sorti de là étaient — invisibles. Je suis incapable de m'en souvenir. On m'a dit que j'étais inconscient. Lourd comme une roche. Mais quand je suis sorti de l'hélicoptère à l'héliport, je me suis tourné vers l'océan et j'ai dit : "Plus jamais ! *Never !*" et j'ai envoyé un crachat sur le goudron. »

Il semblait moins ivre à présent. Ses yeux étaient de moins en moins fiévreux. « Depuis, c'est l'enfer. Je me remplis à ras bord de gnôle pour pouvoir dormir, et elle clapote dans mon corps. Je me réveille en sueur, persuadé que je suis en mer. Je me débats sans cesse dans mon lit. Ma femme s'est installée dans la chambre des enfants. Elle me dit qu'elle n'arrive pas à dormir parce que j'ai le sommeil trop agité. Je la comprends. Quand je me réveille le matin, j'ai l'impression de ne pas avoir fermé l'œil de la nuit, moi non plus. Et l'angoisse du matin dure jusqu'à ce que j'aie pris la première gorgée de bière dans la cuisine. Et ça continue comme ça, vingt-quatre heures sur vingt-quatre. Tu sais ce que c'est, l'angoisse ? »

Je pris mon temps avant de répondre. « J'imagine que nous avons tous nos petites...

— Je ne parle pas des petites angoisses, mec. Je parle de la vraie Angoisse, celle qui te serre comme un poing et qui ne lâche jamais prise, de jour comme de nuit. La seule chose qu'il te reste à faire, c'est t'assommer, avec des cachets ou de l'alcool, ou Dieu sait quoi encore. »

Il vida son verre de whisky d'un trait et le fit passer avec une bonne gorgée de bière. Il fit signe au barman qu'il revoulait la même chose. « Si je n'avais pas eu Mari — ma femme. Elle me comprend, me console, elle est le meilleur soutien qu'on puisse imaginer. Mais elle n'a pas connu l'angoisse, elle n'a pas vécu cette seconde où la terre s'incline sous tes pieds, elle ne s'est pas trouvée au beau milieu de l'univers le plus sombre qui soit, à se débattre, encore et encore. Humide — et froid et... Et c'est là où je te demande, mister... »

Il m'attrapa par le revers de la veste, et je notai la transition de « mon pote » à « mister ». « C'est là où je te demande : À qui la faute ? Hein ? » Il me jeta un regard enragé. « Tu n'es pas un de ces satanés fonctionnaires, hein ? Qui sont posés sur leurs fonds de culotte lisses en train de créer l'enfer sur terre, et le pire boxon pour nous qui travaillons sur les plates-formes — et la sécurité, où elle est passée, bordel, hein ? »

Il était sur le point de me renverser, et je lui pris les poignets pour tenter de le repousser. « Calme-toi, mon pote, murmurai-je. Je ne fais pas partie de ces gens-là. Je te comprends ! » J'essayai de capter son regard. Il retomba sur son siège, lâcha ma veste. Il resta un moment à chuchoter quelque chose dans ses deux verres, comme pour vérifier la portée de l'écho, avant de se retourner vers moi. « Sorry, mon pote. Je... je pense à ce putain de cercueil qu'ils tentent de retourner là-bas, dans le fjord. Je ne peux pas m'empêcher de penser à tous les copains qui y sont encore, à l'intérieur de cet énorme radiateur rouillé. Je les vois se décomposer lentement, se transformer en fantômes livides et pourris, des crabes dans les trous des yeux et des poissons qui nagent dans ce qui autrefois était leur ventre. Je les vois — je les vois ! »

Il conclut son discours sur un ton calme, presque inaudible, mais la répétition renforça la portée du message : « Et à qui la faute ? »

Ses épaules se voûtèrent et il retourna à ses verres, pour de bon cette fois-ci. Il ne me dit plus rien, et je ne trouvai pas d'autre sujet de conversation. Il n'y avait pas de mots appropriés.

Je vérifiai l'heure, encore une fois. Six heures moins le quart.

Je m'infligeai l'humiliation de commander un

autre jus d'orange. À présent, j'avais les deux yeux braqués sur la porte. Je tentai de me l'imaginer, me demandant si elle allait porter la même tenue que la veille, ou bien…

Six heures moins dix. Une femme vêtue d'une fourrure surgit à la porte. J'inspirai profondément. Mais c'était une blonde, et même si elle portait peut-être une perruque, les traits de son visage n'étaient pas ceux de la femme que j'attendais. Elle passa à côté de moi engourdie comme une antilope en laissant derrière elle un parfum de savanes africaines. Elle établit son campement à une table non loin, où la compagnie ne lui manquerait pas.

Six heures moins cinq. Deux jeunes hommes entrèrent, balayèrent la pièce du regard à la recherche de connaissances et restèrent un instant à discuter avant de finalement ressortir.

Six heures. Mon verre était à nouveau vide. Mon voisin était resservi.

Le niveau sonore avait augmenté. Les voix avaient trouvé un registre plus vigoureux, les verres se vidaient plus rapidement, la musique avait dû être montée d'un cran pour ne pas disparaître dans la masse.

Mes doigts jouaient avec le verre vide.

Sir, fis-je dans ma tête. On aurait dit un après-rasage mondain, mais ce n'était évidemment pas une publicité qu'elle avait laissée sur son miroir.

Ou on pouvait croire que c'était le titre d'un magazine pour hommes raffinés, de ceux qui font de la pub pour les voitures les plus élégantes, les plus gros cigares et l'alcool le plus cher, et qui publiaient des pin-up roses sur les pages centrales exagérément imposantes.

Ou…

Ou quoi ?

Le début d'un mot. Sir. Le début d'un nom ? Un endroit à Jæren ? Sirevåg.

Je goûtai le mot. Sirevåg, Sirevåg. Où m'avait-on parlé de Sirevåg ? Qui m'avait parlé de Sirevåg ?

Je réfléchissais avec une intensité telle que je sentis surgir un début de mal de tête, et soudain la réponse me vint, comme un coup de pied au ventre.

Sirevåg ! Benjamin Sieverts m'avait raconté qu'Ole Johnny avait un chalet là-bas, à Sirevåg.

Ole Johnny ! Et c'étaient bien les pingouins d'Ole Johnny qui avaient tenté de me tuer en voiture devant la tour où habitait Elsa. Et ils y étaient probablement retournés.

Je regardai l'heure encore une fois. Il était six heures et quart. Il était inutile d'attendre davantage. Je savais qu'elle ne viendrait pas.

Je bondis du tabouret et allai à la réception. Il y avait une cabine téléphonique, derrière une porte vitrée. Elle était libre. J'y entrai et sortis des pièces.

J'hésitai avant de décrocher.

Je pouvais appeler la police. Je devais appeler la police.

Mais j'étais envahi par le doute. Ce n'était qu'une hypothèse, le résultat d'une devinette. Sir qui pouvait signifier… qui pouvait signifier un tas d'autres choses que Sirevåg. Le prendraient-ils au sérieux ?

Et n’avaient-ils pas des choses plus importantes à faire ?

J’insérai une pièce dans la fente de l’appareil et composai le numéro d’une société de location de voitures qui, dans une crise d’inconscience, avait commis le crime de m’accorder une carte de crédit. Ils avaient une filiale à l’aéroport de Sola qui était ouvert tant qu’il y avait encore des vols. On m’expliqua que je pouvais disposer d’une voiture tout de suite, mais si je voulais qu’elle me soit livrée à l’hôtel, il me faudrait attendre une petite heure.

Je répondis que je prendrais un taxi, informai la réceptionniste que je ne savais pas quand je serais de retour, et quittai l’hôtel.

Je partis pour Sirevåg.

29

Traverser Jæren par une sombre soirée de novembre, c'est comme rouler sur une route qui longe le bout du monde. Les agglomérations éclairées gisaient comme des oasis dans le bas paysage gris foncé où des fermes écrasées se serraient derrière leurs murailles, et où des arbres tordus tournaient le dos à la mer en se recroquevillant sur les maisons comme s'ils avaient froid. Les champs qui bordaient la route étaient déjà blanchis par les premières gelées de l'hiver. La mer formait un vide sombre vers le sud, et le souffle perçant et glacial de l'océan se dressait pour happer la terre ferme. J'avais le sentiment que je disparaîtrais dans une nuit éternelle, un trou sans fond, une nuit sans lendemain si par malheur je perdais le contrôle du véhicule et sortais de la chaussée. Des vaisseaux célestes illuminés volaient sans but apparent, au loin, dans le noir. J'arrêtai la voiture au bord de la route, et lorsque j'en descendis pour prendre l'air et m'étirer les jambes, j'entendis le bruissement incessant de la mer tel un appel de milliers de morts : vieeens, vieeens, vieeens... Je contournai rapidement la voiture, attachai précautionneusement la ceinture de sécurité et continuai à toute vitesse vers le sud-est comme si j'avais le diable en personne à mes trousses.

Le long d'Oknabukta, le ressac blanchâtre frémissait en heurtant la plage de galets. Le camping qui se trouvait entre la route et la mer était plongé dans l'obscurité. Les cabanes éparpillées me rappelaient les pierres tombales. Sirevåg se trouvait de l'autre côté de la baie. Les quelques résidences secondaires étaient toutes construites près de la mer, mais assez haut pour être à l'abri des brisants. Une des maisons était éclairée, symbole de solitude — et elle attirait l'attention, un soir de novembre comme celui-ci.

En faisant le tour de la baie, j'eus un bref instant la compagnie d'un train. Tel un serpent tacheté de lumières, il filait vers l'est et les rails chantaient leur inexorable yakéti-yak à répétition — alors que moi, je quittais la route pour me diriger vers Sirevåg. Un chemin menait aux maisons. Je garai la voiture, le capot tourné vers la grande route. Cinq ou six boîtes à lettres étaient suspendues à un support fiché en bordure du chemin. L'une d'elles portait le nom de Pedersen, rien d'autre, et ce Pedersen pouvait être à peu près n'importe qui, sauf que c'était également le nom de famille d'Ole Johnny. Le chemin qui montait vers les maisons portait de profondes traces de pneus.

Je vis Sirevåg qui brillait tout près de la mer. Quelques bateaux de pêcheurs y étaient amarrés et tanguaient comme des mouettes au repos près des quais. L'air sentait le sel et le pétrole. De la neige fondue tombait du ciel et le vent jouait dans mes cheveux. Le petit bout de chemin était désert, abandonné. Si je disparaissais ici, personnc ne saurait où me trouver, et ma présence ne manquerait pas à grand-monde.

Je verrouillai la portière et soupesai les clefs dans ma main. Je m'accroupis et les posai sur la roue avant, côté conducteur.

Lorsque j'atteignis le point culminant du chemin, le vent s'abattit sur moi avec une telle force que je dus chercher mon souffle. Les flocons de neige fondue me caressaient le visage comme des lambeaux de laine humide. Au loin sur la cime, la lumière brillait par les fenêtres de la maison solitaire, et au bord du chemin, sur un parking privé, était garé un gros break noir qui me sembla familier.

Je vérifiai les alentours. Rien ne bougeait, mais il était cependant difficile de déceler les bruits à cause du bruissement de la mer. J'extirpai un couteau à cran d'arrêt de ma poche, sortis la lame et crevai les quatre pneus. J'étais d'humeur à prendre mes précautions, et j'avais peur. Un goût aigre me vint à la bouche.

Le chemin qui franchissait la colline était parsemé de cailloux glissants. Je marchai prudemment, attiré vers la lumière comme un papillon de nuit.

En approchant, jc distinguai clairement les contours de la maison, un L tourné vers la mer avec vue imprenable. Le soubassement était composé de pierres brutes et devait faire trois ou quatre mètres sur un côté, puisque le terrain descendait en pente raide vers la mer. L'aile qui se trouvait à l'abri des embruns avait trois portes mais aucune fenêtre, ce qui me fit penser qu'elle contenait des débarras et peut-être des toilettes extérieures. Je me concentrai sur les fenêtres illuminées de l'aile principale. Je contournai la maison en un grand arc hors de portée de la lumière. Une baie vitrée couvrait l'essentiel du mur tourné vers la mer. La lumière en tombait en cascade vers l'étendue écumante, mais elle était placée beaucoup trop haut sur la façade pour me permettre de regarder à l'intérieur. Je me dirigeai à nouveau vers l'intérieur des terres, le regard braqué sur la maison. La plupart des fenêtres étaient éclairées, mais je ne vis aucun autre signe de vie.

J'essayai de me faire une idée de la disposition de la maison. La seule porte de l'aile principale donnait sur l'arrière. Les fenêtres étaient petites et placées haut sur le mur.

Je me trouvai à présent tout près. Le soubassement était aussi parsemé de petites lucarnes, mais elles étaient protégées des regards indiscrets par de solides volets en bois boulonnés à l'extérieur.

J'allai jusqu'à la petite terrasse qui occupait le coin du L. Une caisse à poissons vide gisait à droite de la porte. Je la plaçai verticalement contre le mur sous une des fenêtres.

Je posai un pied prudent dessus avant d'y monter de tout mon poids. Les doigts cramponnés à l'appui de la fenêtre, je m'élevai centimètre par centimètre jusqu'à avoir les yeux au niveau de la vitre.

Mon regard tomba sur un long salon étroit. Trois pièces, vraisemblablement des chambres à coucher, étaient dissimulées par des portes sur la gauche. Le salon, lui aussi en forme de L, s'élargissait devant la baie vitrée. On pouvait y jouir d'une vue à retourner le ventre, assis à une robuste table en bois naturel, un verre tranquille dans une main, un bon cigare dans l'autre, en compagnie d'une femme agréable. L'homme qui se trouvait là-bas, dans l'un des fauteuils, avait le verre et le cigare. En revanche, il semblait seul.

C'était un type imposant aux cheveux coupés très court et au cou de taureau. Je ne voyais pas son visage, mais j'étais certain de l'avoir déjà rencontré.

Je me demandai une petite seconde pourquoi il était seul. La seconde d'après, on me fournit la réponse.

J'entendis le bruit d'un mouvement rapide derrière moi. Puis des bras puissants m'enlacèrent et me descendirent de ma caisse comme si j'étais une crevette.

L'homme me retourna violemment sur moi-même et me colla contre le mur. Derrière lui, j'aperçus l'ouverture béante d'une des portes de l'autre aile. La lunette ouverte des toilettes me fixa d'un regard vide : aussi vide que les yeux du visage brutal et tassé que j'avais en face. Il scruta mon visage avant d'exhiber ses dents, de m'écraser contre le mur de l'avant-bras gauche et de me cogner violemment le visage du poing droit.

En m'effondrant, le dos contre le mur, je tirai de façon absurde la langue, comme pour attraper un flocon de la neige fondue qui tombait du ciel.

30

Un objet dur et plat appuyait sur mes lèvres. Ça avait un goût rance de vernis. Ma tête me donnait l'impression d'être une bonbonne de verre farcie de billes de plomb.

J'avais le visage collé au sol. Les voix qui pénétraient mon cerveau étaient traînantes et dénaturées, et il me fallut du temps pour distinguer les mots.

« … maintenant ?

— Non. Il faut qu'on en parle au patron d'abord. Il ne faut pas prendre de risques.

— Mais ce matin, il nous a bien dit de nous en débarrasser.

— Je sais, mais quand même. Tu veux être tenu pour responsable, toi, si jamais il a changé d'avis ?

— Non, non — mais…

— Il vient demain matin. Il ne nous reste qu'à l'attendre.

— À ton avis, qu'est-ce qu'on va leur… Je veux dire, comment ?

— Regarde là-bas, dehors. Tu vois la mer ? Elle a faim. Un simple accident, rien de plus. Ils se sont noyés, tous les deux. » Le type qui parlait ricana faiblement sur un ton rauque. « Suicide probable, après une dernière nuit de passion. Du romantisme pur et dur, ça, Kalle.

— Elle aussi alors ?

— Pourquoi on l'aurait emmenée ici, sinon ? Elle en sait trop, a dit le patron. »

J'avais la nuque engourdie et je sentais les poils s'y dresser. Mes bras étaient pliés dans mon dos. Quelque chose de métallique, certainement des menottes, me serrait les poignets.

Ma langue était enflée et sèche, et j'avais un goût amer de sang dans la bouche.

Les voix revinrent. L'une était hésitante et indolente, l'autre revêche, fougueuse.

« Écoute — Jolle ? » fit la voix indolente.

L'autre grogna.

« On va tout de même pas laisser cette friandise en bas sans y goûter ? »

Un vide se creusa dans mon ventre.

« La pute ? Non, t'as de ces idées. Cela dit, si on la traite bien…

— Comment ça, bien ?

— Le patron veut la retrouver — indemne, qu'il a dit.

— C'est qu'il veut sa part du gâteau, l'enfoiré !

— Tu m'étonnes ! Elle est pas mal du tout — pour une pute. »

Il n'eut qu'un claquement de langue comme réponse.

Des pas lourds traversèrent la pièce. Ils s'arrêtèrent à côté de moi. Une botte arrondie me caressa les côtes. « Hé, fouille-merde ! Ça boume ? »

Je restai immobile.

« Oui, on ferait mieux de l'enfermer quelque part avant — les câlins. S'il s'échappe, on n'aura plus qu'à émigrer en Amérique tous les deux. »

Des grognements. Un nouveau coup de botte dans le flanc.

Je ne bougeai toujours pas. Il introduisit son pied sous mon corps et me retourna. Ma tête tapa mollement contre le sol. Mes bras se trouvaient coincés sous mon poids. Les menottes s'enfoncèrent dans ma peau, et je gémis faiblement.

J'ouvris les yeux.

Vu d'en bas, l'homme qui se penchait sur moi ressemblait à un cauchemar carré. Il était massif et lourd de partout, des pieds à la tête. Il avait les cheveux très courts, une coupe qui frôlait la boule à zéro. Son torse transpirait les protéines. Il n'était pas en blanc et noir, ce soir-là, mais nul doute, il appartenait bel et bien à l'écurie d'Ole Johnny.

« Tiens, tiens, fit-il. Notre ami s'est réveillé, Kalle. »

De nouveaux pas lourds traversèrent la pièce : une nouvelle silhouette menaçante.

« Il n'a pas l'air de péter la forme.

— Et ça serait pire s'il essayait de nous causer des ennuis.

— Tu entends ça, la fouine ? »

Ma voix grésilla comme des graviers que l'on écrase.

« Vous faites une méga-gaffe, les mecs. »

Kalle me donna un coup de pied vicieux bien ajusté dans le flanc. Je leur fis savoir qu'il me faisait mal. « Ta gueule ! Tais-toi, Ducon.

— Alors, arrêtez de me poser des questions », couinai-je.

Encore un coup de pied, moins puissant cette fois-ci, plus pour rappeler qui d'entre nous avait le dessus.

« Allons-y, Jolle. »

Ils me soulevèrent comme un sac de linge sale. Le plafond tanguait au-dessus, et j'avais la nausée.

Ils me portèrent hors du salon et descendirent un étroit escalier. Je reniflai l'air froid d'une cave. Kalle lâcha mes pieds lorsque nous arrivâmes devant une porte. Jolle enserrait mes avant-bras.

Kalle ouvrit un lourd verrou d'acier, sortit une clef et déverrouilla une porte de bois massif. Elle s'ouvrit en grinçant sur ses gonds. Jolle me plia en deux et me donna un bon coup de pied dans le coccyx. Une douleur aiguë remontait ma colonne vertébrale et s'éparpillait comme une pluie d'étincelles dans ma tête. Je trébuchai en avant à l'aveugle, me cognai la tête contre un mur en brique et je finis par m'effondrer, en glissant désespérément jusqu'à ce que je touche brutalement le sol humide de la cave. Je devinai une présence à côté de moi, entendis un faible bruissement de vêtements, sentis un parfum de femme presque imperceptible, avant qu'elle me fût enlevée. Sa main m'cffleura la nuque, et je l'entendis prononcer mon nom, sur un ton mi-interrogatif, mi-exclamatif : « Varg, oh… »

Et la voix fougueuse l'interrompit. « Tu viens avec nous, petite. Notre pote a besoin de repos. On…

— On a tout notre temps. Et une pêche d'enfer, fit la voix indolente.

— Ne me touche… » Elle ne put terminer sa phrase. Une grosse main la muselait et on l'attira au-dehors. Je l'entendis frapper des pieds et des mains, mais elle était beaucoup trop légère, bien trop petite. Les bruits s'éloignèrent petit à petit tandis qu'ils avançaient dans le couloir.

Je me roulai par terre pour me retourner, couinant de douleur.

Kalle attendait à côté de moi. Il se pencha sur moi et me souleva contre le mur granuleux. Il me remit sur pattes et me cogna le dos contre le mur, deux fois, trois fois, quatre fois. « Ne fais pas le malin, fouille-merde. Tu es mieux surveillé ici qu'au pénitencier d'Ullersmo. Tiens, un calmant ! » D'un mouvement étonnamment rapide, il me lâcha simultanément des deux mains, et me gifla de la main gauche, puis de la droite avant de me laisser m'affaisser par terre comme un sac à moitié vide de patates pourries.

La porte claqua. La clef tourna dans la serrure et le lourd verrou fut remis à sa place. Et ses pas lourds résonnèrent dans le couloir, de l'autre côté de la porte. Ce ne fut qu'à ce moment-là que je levai la tête : « Comme disait Groucho Marx… Je n'oublie jamais un visage, mais pour toi, je suis prêt à faire une exception », dis-je alors à la porte.

J'étais trop vieux pour dire ce genre de choses en face, et les occasions où l'on me fermait la porte au nez se faisaient rares.

31

Je me surpris à prêter l'oreille, guettant le moindre bruit. Je ne pouvais m'empêcher de penser à Elsa et à ce qu'ils devaient lui faire à ce moment précis. Peu importe son gagne-pain, elle le faisait de son plein gré et pas — comme ça. De temps en temps, je distinguais des bruits lointains : un gémissement, un cri joyeux, et un bruit sourd contre le sol. Mais je n'y décelai aucune logique, et il était impossible de deviner où ils en étaient dans le programme.

Mes yeux souffraient le martyre mais s'habituaient progressivement au noir. J'étais étendu par terre dans un débarras, un carré presque parfait. La pièce était complètement vide : aucun banc, aucune étagère. Une petite lucarne se trouvait tout en haut du mur. L'embrasure était massive et recouverte d'un solide grillage à l'intérieur. De l'autre côté de la vitre, j'entrevis les volets que j'avais remarqués en faisant le tour de la maison. La porte était en face de moi.

Il faisait froid et humide, et je sentis le givre qui couvrait le mur. Je m'étais tourné sur le côté. Les menottes me serraient terriblement les poignets. Je tentai doucement de m'en extirper sans forcer. J'avais l'impression de tenter l'impossible.

Je me recroquevillai et tendis les bras tout droit derrière moi. En faisant passer une jambe après l'autre dans l'espace qui s'y formait, je réussis à faire passer les menottes sur le devant. C'était plus confortable ainsi. Je portai les mains à mon visage. J'avais déjà des écorchures aux poignets et les menottes me paraissaient désespérément étroites et solides.

Je me mis à genoux, puis debout. Je laissai glisser le bout de mes doigts sur la porte. Elle s'insérait parfaitement dans son chambranle. Les gonds étaient accrochés à l'intérieur de la pièce. Il aurait peut-être été possible de crocheter la serrure, si j'avais été en possession d'un quelconque outil, mais seule la force d'un éléphant aurait pu faire péter le verrou de l'extérieur.

Il fallait se rendre à l'évidence. J'étais bel et bien séquestré, sans issue, comme un papillon épinglé sur un bout de carton, sans pitié, comme une souris blanche dans un laboratoire. Je n'avais plus qu'à attendre le retour de mes gardes.

J'étais accablé par une immense envie de dormir, de m'allonger tout simplement par terre et d'essayer de tout oublier : dériver vers un sommeil clément…

Mais ce n'était vraiment pas le moment de sombrer. Il fallait se maintenir en mouvement, empêcher les muscles de se raidir, se préparer à ce qui couvait inexorablement, pour avoir ne serait-ce qu'une toute petite chance de survivre jusqu'au lendemain.

Je pensai à Ronald Reagan. Ce serait un véritable soulagement d'échapper à sa présidence, mais… je n'étais pas prêt à le payer de ma vie.

Et je pensai à Solveig. Je posai la tête contre le mur avec un soupir amer et laissai mon esprit divaguer vers le souvenir de ses caresses affectueuses, ses doigts qui effleuraient mon visage, ses lèvres douces contre mon cou, ma poitrine et mon ventre…

J'avais les larmes aux yeux.

Je me mis à faire les cent pas. Des allers-retours, d'un mur à l'autre. Je pensai aux lieux où je m'étais baladé, à la belle étoile… Aux coteaux qui entouraient Bergen, à la plaine du Hardanger que j'avais traversée une quinzaine d'années auparavant, aux rues de Paris dans lesquelles j'avais flâné, et à Nordnes dont j'avais fait le tour, des milliers et des milliers de fois. Je cherchai à me représenter la pointe de Nordnes par une nuit hivernale de novembre semblable à celle-ci. Les arbres dans le parc sont presque nus, seules les dernières feuilles marron s'y accrochent encore. La piscine découverte est déserte et paisible, et un voile de brouillard glacé plane sur la pelouse jaunie. De l'autre côté du Byfjord, les lumières d'Askøy scintillent, et la toute première neige forme peut-être un trait juste en dessous des étoiles. Le fjord est noir et calme, et on entend l'eau ruisseler sur les grappes d'algues du rivage. Depuis Laksevåg, on entend un vif klaxon, et de

Sandviken l'arrivée du dernier bus en provenance de Lønborg. Et on se sent vivre. C'est novembre, mais tu verras d'autres nuits, et tu ne vas pas mourir. Tu es à Nordnes, Nordnes…

Je regardai les murs sinistres qui m'entouraient et la porte de bois massif sans bien les voir. Varg, Varg — c'était ici que je verrais la fin de mes jours ? La fin de tout ? Solveig allait-elle lire le journal dans quelques jours et apprendre que le corps qui avait été jeté sur la grève quelque part à Jæren, c'était moi ? Allais-je… mourir ?

Je tournai en rond. Je ne voyais pas le temps passer, je ne comptais pas les minutes. L'obscurité était toujours aussi noire, et le froid peut-être encore plus mordant.

J'entendis un rire rauque au loin, mais plus près qu'auparavant. Ils descendaient l'escalier. Je ne distinguai pas la voix d'Elsa, seulement celles des deux autres. La voix indolente était presque somnolente à présent, la fougueuse avait perdu de sa pointe. On aurait dit des chevaux rassasiés après leur repas.

Je me recroquevillai par terre dans un coin tout au fond de la pièce. Je fermai les yeux et m'efforçai de respirer régulièrement pour feindre le sommeil.

On tira le verrou. La clef entra par à-coups dans la serrure puis y fit un tour. La porte s'ouvrit lentement jusqu'à toucher le mur. « Il est là-bas, fit l'un d'entre eux. Je crois qu'il dort.

— Vas-y, petite… Tu peux aller consoler ton copain si tu veux. Et souviens-toi — il ne verra pas d'autres nuits. » Un éclat de rire.

« Et s'il aime quand ça râpe, fit l'autre.

— Tiens, regarde… Il a réussi à mettre les menottes sur le devant !

— Et puis merde, ça n'a pas d'importance, il n'arrivera pas à les enlever de toute façon. Viens, on a besoin de coincer un peu la bulle.

— C'est clair, après tous ces efforts… Merci beaucoup, petite… Un dernier baiser, hein ? »

J'entendis des bruits que je n'arrivais pas à identifier et un sanglot étouffé. Et elle entra dans le débarras en titubant. Elle se pencha en avant et s'assit péniblement d'un mouvement lent, les mains appuyées sur le sol, comme une vieille femme. La porte claqua derrière elle, et j'entendis aussitôt l'inexorable rituel de la clef et du verrou qui se refermait. Les pas lourds s'éloignèrent et s'évanouirent en haut de l'escalier.

Un petit sanglot rompit le silence. Je levai la tête.

Elle était assise, adossée au mur. Elle avait les coudes posés sur les genoux, le visage dans les mains, caché derrière sa chevelure qui tombait en avant, et les jambes écartées. Elle ne portait qu'une chemise et une culotte. Le reste de ses vêtements — un pantalon de velours côtelé et un pull — se trouvait en tas à côté d'elle. Ses épaules tremblaient faiblement.

Je me mis à genoux, et rampai jusqu'à elle. Je ne pouvais pas la prendre dans mes bras, mais je posai mes mains enchaînées contre une de ses joues, et mon visage contre l'autre. C'était humide.

« Ne sois pas triste, ma petite… Ne sois… »

Elle s'appuya lourdement contre moi, mit ses bras autour de mon cou et éclata en sanglots.

Je la laissai pleurer. « Est-ce qu'ils ont été… Ils t'ont fait mal ? » lui demandai-je finalement.

Sa voix était étouffée, comme si elle parlait dans une boule de coton. « Non, non, pas tant que ça… Mais c'était, c'est tellement — tellement humiliant ! » Le dernier mot sortit de sa gorge comme une exclamation et en le prononçant, elle fondit en larmes.

Les pleurs finirent par se calmer. Elle s'essuya le visage de ses mains. Et elle leva les yeux pour trouver les miens, me scruta. « Comment — comment tu vas, toi, Varg, tu as l'air… » Elle ne termina pas sa phrase, mais elle toucha de ses doigts légers mes lèvres enflées. « Ohhh, soupira-t-elle.

— Comme si je m'étais fait renverser par le tram, deux fois de suite. »

Elle se rhabilla, avec des gestes las.

Nous restâmes un instant sans bouger et sans parler. Elle avait la tête posée sur mon épaule. Puis une pensée me frappa. « Tu n'aurais pas… un tube de rouge à lèvres, par hasard ? »

Elle se tourna vers moi, l'air surpris. « Tu trouves que je devrais me refaire une beauté ?

— Non, mais j'aimerais bien me débarrasser de ces menottes. »

32

« Ils m'ont laissé mon sac, murmura-t-elle en trifouillant dans le noir. Tiens… »

Elle tenait son petit sac à la main et la fermeture cliqua. Et elle me tendit le rouge à lèvres, sans comprendre.

« Non, fis-je. Fais-le, toi. Regarde. » Je levai mes poignets vers elle. « Étale tout ce qui te reste de rouge à lèvres ici, à l'intérieur des menottes, sur mes phalanges. Ça glissera mieux… » J'avais toujours mal à la tête, et c'était comme si ma mâchoire était faite de verre brisé, mais le zèle était sur le point de réveiller mon corps, d'y mettre de la chaleur. Je ne faisais plus attention à la pièce gelée, j'oubliais presque les douleurs.

Elle tint mes poignets d'une main délicate et étala le rouge à lèvres rose translucide sur ma peau en mouvements lents, presque sensuels. Le pouls battait dans mes veines, et mon cœur dans ma poitrine. « Voilà », entendis-je prononcer ma voix, tremblante et exaltée. Je n'osai pas encore essayer.

« Il n'y en a presque plus, fit-elle. Comment… »

Le tube de rouge à lèvres était vide. Je me penchai en avant et crachai sur mes poignets, mais ma bouche était trop sèche. « Crache dessus ! » lui ordonnai-je.

Elle ne protesta pas. Elle cracha.

« Étale le tout, commandai-je. Mélange la salive avec le rouge à lèvres, autant que tu peux. »

Son corps dégageait un parfum salé, étranger. Nous étions face à face, à genoux, comme sur le point d'entreprendre un rituel amoureux. Je vis la salive et le rouge à lèvres luire sur ma peau. « Ça suffit », dis-je.

Je tentai de retirer une main, les joignis et tentai de les recroqueviller au maximum. Les menottes me serraient trop. Je gémis de déception.

Elsa suivait mes gestes d'un regard attentif, le dos voûté comme un vautour, tendue comme un sprinter sur la ligne de départ.

« Merde ! jurai-je. Putain de bordel de merde ! » Rien n'y fit.

Je me redressai. Plié en deux, je posai les mains par terre et essayai de placer les pieds sur la chaîne qui reliait mes mains. Le dos courbé, je mis tout mon poids sur les menottes en tirant vers le haut de toutes mes forces. J'eus l'impression que ma main droite glissait un peu. Je cachai le pouce dans ma paume, pris de l'élan pour me relever. Ce fut comme si quelqu'un me plantait un couteau dans la main. La peau quitta mes phalanges et la douleur fut telle que j'aurais juré qu'une partie de l'os s'était détachée par la même occasion. Je continuai à tirer, un dernier effort douloureux, je tirai aussi violemment et brutalement que j'en étais capable. Ma main glissa, mon bras fut projeté en arrière, la menotte claqua contre le sol, je perdis l'équilibre et tombai par terre.

J'étais étendu sur le sol, la main endolorie contre la bouche. Je serrai les dents de douleur, respirai lourdement contre le revers de ma main. Elsa était penchée en avant, le torse entre mes jambes et le visage sur mon ventre. « On a réussi, on a réussi ! » jubila-t-elle, comme s'il y avait de quoi jubiler.

Nous étions toujours séquestrés, et nous venions de faire le plus facile. La suite serait bien plus pénible.

33

Je tenais son visage dans mes mains. La menotte qui pendait de mon poignet tintait faiblement. « Ça risque d'être dur, Elsa. Et il ne nous reste pas beaucoup d'espoir. Mais c'est notre seule possibilité. Sinon… »

Ses pupilles étaient grandes dans le noir. « Je sais bien, fit-elle calmement. Sinon, on sera morts tous les deux, demain à cette heure-ci. » Sa voix se brisa seulement lorsqu'elle prononça ce dernier mot, et elle se mordit la lèvre.

Je regardai ma montre. Il était presque six heures. La nuit était à son heure la plus froide. Je la serrai rapidement contre moi. Et la lâchai. Je m'allongeai par terre le long du mur, dans le coin qui se trouvait le plus loin de la porte. Je me recroquevillai, en enlaçant des bras mes jambes repliées, la chaîne des menottes dans ma main libre pour qu'ils ne voient pas que je m'en étais libéré. « O.K. Tu peux commencer », lui chuchotai-je.

Elle alla à la porte. Je remarquai qu'elle serrait et ouvrait les poings, voûtée devant la solide porte.

Une fillette qui venait de sonner à la porte de chez elle et qui se préparait à l'engueulade qui l'attendait.

Elle se mit à marteler la porte des mains et des pieds tout en criant à tue-tête : « Au secouuuurs ! Au secouuuurs ! Au secouuuurs ! » Elle prêtait l'oreille de temps à autre en retenant le souffle.

Mon ventre se transforma en un nœud dur. S'ils venaient ensemble, nous n'aurions aucune chance de réussite. Un seul — alors peut-être…

« Au secouuuurs ! Au secouuuurs ! » Elle se tourna vers moi, désespérée. « Et merde, Varg ! Ils n'entendent rien.

— Continue, murmurai-je. C'est le seul…

— Je sais ! » m'interrompit-elle, vivement. Elle se reprit : « Oh, je suis désolée — je…

— Moi aussi, j'ai peur Elsa, répondis-je d'une voix faible. Vas-y, continue. »

Elle s'y remit. « Au secouuuurs ! Au secouuuurs ! »

Au-dessus de nos têtes quelqu'un traversait la pièce d'un pas lourd. L'instant d'après, nous entendîmes une personne descendre l'escalier.

« À l'aide ! couina-t-elle. À l'aide ! »

Les pas s'arrêtèrent de l'autre côté de la porte, et j'entendis la voix brusque de Kalle à travers le bois : « Qu'est-ce que c'est ce bordel ? Ta gueule, salope ! »

Elle gémit. « Je saigne…

— Quoi ? Parle plus fort !

— Je perds tout mon sang ! hurla-t-elle d'une voix de fausset. Je meurs, je meurs, je meurs !

— Bordel de merde », bougonna-t-on à l'extérieur. Le verrou fut relevé, la porte déverrouillée. Une faible lumière tomba dans le débarras, mais Kalle n'y entra pas. Je savais qu'il m'avait à l'œil. Je remuai légèrement tout en essayant de couiner de façon convaincante. « Sortez-la d'ici, bordel. Elle perd tout son sang… Vous…

— Ta gueule ! » aboya-t-il en entrant dans la pièce à pas lourds.

La porte se referma partiellement derrière lui et ses yeux ne s'étaient pas encore habitués au noir. Il la chercha à l'aveugle. « Où es-tu, bordel ? » demanda-t-il. Et il poussa un cri. Elle lui avait donné un coup de pied à l'entrejambe, dans le mille. Je me mis à genoux — puis debout — en un mouvement fluide. Elsa se jeta sur le côté. Kalle se tenait le bas-ventre des deux mains, le dos courbé. Je n'avais aucune raison de me montrer charitable. Je soulevai la main de laquelle pendaient les menottes et lui frappai la tête, juste derrière l'oreille. Il grogna faiblement et toucha le sol comme un taureau abattu. J'attrapai Elsa par la main et la tirai derrière moi hors du débarras. Nous claquâmes la porte derrière nous et repoussâmes le verrou.

Nous entendîmes que la curiosité de Jolle était éveillée. « Là-bas — la porte, la sortie ! » sifflai-je.

Je cherchai désespérément un objet qui ferait office d'arme. Jolle traversa lourdement la pièce. Kalle était sur le point de se remettre du choc. Elsa luttait avec la serrure. La clef était dedans de son côté, mais la serrure était rouillée et la clef coincée. Des bûches étaient empilées dans un coin du sous-sol. À côté de la pile de bois, trônait un billot. « Kalle ! » cria Jolle en haut de l'escalier. Et au milieu du billot était plantée une hache.

Jolle descendit pesamment l'escalier, et je me jetai en avant et empoignai la hache.

Elsa réussit à déverrouiller la porte qui s'ouvrit lentement, avec un grincement. Jolle s'immobilisa à mi-chemin dans l'escalier. Il nous regarda, incrédule.

Je tenais la hache des deux mains. La menotte pendouillait. J'étais légèrement penché en avant, comme un gorille agacé, et mon air meurtrier dut être convaincant car il resta sur place — un instant.

« Vas-y, Elsa. Cours ! Je te rejoins. La bagnole est garée au croisement. Une Kadett rouge. La clef est sur la roue gauche de devant. Installe-toi et mets la clef de contact, si tu… »

Jolle ne voulait plus attendre. Il descendit les dernières marches avec prudence et s'arrêta en bas de l'escalier.

« Cours, bordel ! hurlai-je à Elsa. Cours ! »

Elle s'éloigna de la maison en trébuchant. La fraîcheur matinale soufflait par la porte ouverte que j'avais derrière moi. Elle me raidit les muscles, et mes cheveux se dressèrent dans la nuque.

Jolle se dirigea vers moi. Sa carrure était effrayante — mais sa souplesse l'était tout autant compte tenu de son gabarit. Il ne dit rien, se contentant de me surveiller attentivement du regard. Nous entendîmes Kalle ululer dans le débarras. Il tambourina vivement sur la porte de ses poings : « Jolle ! Jooooolle ! »

J'avais pris position devant la porte et n'avais pas l'intention de la quitter. Je ne lui laisserais pas la possibilité de relever le verrou, pas tout de suite.

Je pesai la hache dans mes mains. Elle n'était pas particulièrement lourde, et je l'avais bien en main. Tout le monde sait qu'une hache peut être une arme fatale. Jolle y compris.

Soudain il se mit à se déplacer comme un danseur de claquettes qui aurait poussé trop vite. En même temps, il leva les poings à la hauteur de sa poitrine : des poings fermés, lourds. Il se mit à battre l'air de ses mains, presque imperceptiblement : des coups légers, confus, comme s'il s'engageait dans un match de boxe à vide. Un souffle lourd s'échappait de sa poitrine. Il n'était pas au meilleur de sa forme physique.

Je contractai mes muscles, et serrai la hache des deux mains. Je le surveillai sans cligner des yeux. J'étais parfaitement conscient que son attaque pouvait arriver à n'importe quel moment.

Puis il explosa. Il émit un rugissement à faire fuir un troupeau de rhinocéros, avança rapidement de quelques pas et lâcha un poing qui m'aurait transformé en bœuf miroton s'il avait atteint sa cible. Mais je l'esquivai en me baissant. Je poussai brusquement la hache vers le ciel, le côté plat en premier. Elle atteignit son menton avec un bruit sourd, et il partit à reculons en rugissant de douleur. Il glissa contre le mur avant de s'affaisser sur la première marche de l'escalier. Il secoua la tête et se releva. Il revint à la charge en agitant les bras. Il saignait du coin de la bouche.

Je contre-attaquai encore unc fois avec la hache. J'aurais pu le tuer si je m'étais servi de la lame de cognée comme on le fait traditionnellement, mais je préférai le frapper au front avec le côté plat encore une fois, et je vis ses yeux se croiser et son visage perdre toutes ses couleurs. Je retournai rapidement la hache et enfonçai le manche dans son ventre. Il se plia en deux, tomba par terre et ne se releva pas.

Je gardai un œil sur ce tas par terre. « Jolle ? Jolle ? » hurla Kalle derrière la porte.

Je me dépêchai de sortir par la porte qui menait directement dehors. La roche était verglacée par la gelée nocturne, et mes pieds dérapèrent. Je heurtai violemment le sol.

Au loin, j'entendis la hache heurter la roche avec un bruit métallique.

34

Je me réveillai avec un mal de tête épouvantable. Loin au-dessus, je vis les étoiles s'éparpiller sur la voûte céleste noire, comme des moustiques agressifs par une nuit d'été. Derrière moi, j'entendis des gémissements fougueux et les bruits sourds que produit un corps lourd sur le point de se relever.

Et je sus où j'étais. Je me remis sur mes pieds si brusquement que la douleur m'explosa le crâne. Des taches lumineuses dansaient devant mes yeux, et je clopinai en avant comme un vieillard arthritique. Un rugissement furieux me parvint depuis l'entrebâillement de la porte.

Je dérapai le long du coteau escarpé, tombai en avant et poursuivis mon chemin à quatre pattes. Les roches arrondies de la falaise luisaient sournoisement autour de moi. Je jetai un œil en arrière. Jolle était sorti de la maison, mais je ne vis Kalle nulle part.

Je continuai en trébuchant. Je me trouvais à présent sur la colline, et mon souffle était douloureux et violent. Un nouveau coup d'œil, et je constatai que Jolle s'était lancé à ma poursuite. Et les rôles étaient inversés. Il tenait à la main l'arme dont je m'étais servi pour l'assommer. La lame de cognée luisait faiblement dans la nuit.

Je courus — ou dansai — d'un bout à l'autre du soubassement rocheux, du plus vite que je pouvais. J'étais plus léger que lui, et il devait avoir plus de difficultés à tenir sur ses jambes. Pourtant, j'avais l'impression qu'il se rapprochait.

J'étais arrivé au chemin caillouteux. Je vis leur voiture noire, juste devant moi, et je m'estimai heureux d'en avoir crevé les pneus.

Le type à mes trousses se rapprocha davantage. Mais j'entamai la descente. J'allongeai le pas.

Elle m'attendait dans ma voiture. La portière gauche était ouverte. Ellc se pencha sur le côté et me fit signe de prendre la place du conducteur.

J'étais à bout de souffle. J'entendis des pas lourds dans le gravier derrière moi. Je me jetai dans la voiture, cherchai un instant la clef de contact en tâtonnant avant de la trouver. L'embrayage, l'accélérateur, un coup d'œil dans le rétroviseur : le voilà qui arrivait, énorme, sombre et inexorable, une arme fatale dans une main agitée. Le moteur démarra, et la voiture bondit en avant. La portière de mon côté se ferma violemment.

L'arrière de la voiture dérapa sur le verglas, puis glissa un moment en crabe en menaçant de faire un tête-à-queue. Je réussis finalement à tourner le volant et la Mazda se redressa. Je n'avais pas allumé les phares et me collai au pare-brise pour mieux distinguer le bord de la route. Les pneus mordirent sur la chaussée et nous jaillîmes en avant. Je changeai de vitesse, tentai de contrôler le mouvement de mes jambes. Un de mes genoux était comme bloqué. L'accotement de la route s'approchait de plus en plus. Je parvins enfin à lever le pied, braquai le volant à gauche, et vis le bord de la chaussée passer à toute vitesse. Je vis Jolle se rapetisser dans le rétroviseur, avant de disparaître complètement de ma vue au moment où nous entrâmes dans un virage.

J'allumai les phares, et nous arrivâmes à toute vitesse sur la route principale. Je me glissai dans la file de droite et sentis le bourdonnement régulier du moteur envoyer des ondes de calme et de bien-être à travers mon corps moulu et tendu. Le macadam était flou et vacillait devant mes yeux, comme s'il pleuvait. Mais ce n'était pas le cas, et je dus me rabattre sur le côté. Je m'agrippai au volant tandis que les pleurs me secouaient le corps. Elsa me prit dans ses bras et me chuchota quelque chose, me parla. Un semi-remorque passa à côté de nous comme une tempête. J'essayai vainement de dire quelque chose à mon tour.

Je finis par me calmer, et nous continuâmes vers Stavanger. Derrière nous, le ciel s'était insensiblement éclairci et les étoiles étaient grosses et étincelantes comme un feu d'artifice sur fond bleu-gris.

« Qu'est-ce qu'on fait, maintenant ? » demanda Elsa.

Je haussai les épaules, une seule fois. Ça faisait mal.

35

Je dus m'arrêter encore une fois au bord de la route. Je me sentais à peu près comme une vieille femme dans un salon de thé au moment où son masque de poudre éclate en mille morceaux : elle tape son gâteau mousseline d'une main, la crème éclabousse et elle hurle au serveur qu'elle le hait, elle le hait, elle le hait. Elsa posa une main discrète sur mon avant-bras : « Écoute, je connais un motel pas loin d'ici. Ils — me connaissent. Je crois que nous avons besoin de dormir… »

J'acquiesçai. J'avais rempli ma part du contrat. J'étais exténué.

« Je peux conduire si tu veux », fit-elle, et j'étais soulagé de pouvoir laisser l'initiative à quelqu'un d'autre.

Pour dissimuler les menottes qui pendaient de mon poignet, je retirai mon bras de la manche et le pliai sous ma veste pour faire croire qu'il était plâtré.

Elle sortit un peigne de son sac. « Changeons de côté », me dit-elle. Je descendis de la voiture et fis le tour. Elle se glissa sur le siège du conducteur sans quitter la voiture. L'air était frais et limpide, le ciel broyé d'orange dans l'horizon à l'est. Elle s'était déjà coiffée lorsque je m'installai sur l'autre siège. Elle passa rapidement le peigne dans mes cheveux aussi. Son visage s'approcha du mien et elle m'embrassa délicatement sur les lèvres. « Tu m'as sauvé la vie cette nuit, Varg. Elle ne vaut peut-être pas grand-chose, mais... Merci. »

Je lui souris bêtement. Je n'avais pas l'habitude d'être loué. J'étais gêné, et n'avais qu'un bras de libre pour l'enlacer. Je lui caressai doucement les épaules.

Elle me sourit à son tour : un sourire éclatant. Son maquillage s'était estompé. Elle avait le visage de la fille qu'elle devait être jadis, et que j'aurais aimé connaître.

Nous poursuivîmes notre chemin.

Ce qu'elle avait appelé motel était en réalité un hôtel assez récent qui se trouvait près de la route, enfoncé dans le paysage, un bâtiment gris bétonné équipé d'une alarme à cellule photoélectrique qui nous ouvrit la grille et qui annonçait notre arrivée d'un long « piiiiiip-piiiiip » inquiétant. Le réceptionniste nous montra un visage blafard et ensommeillé et leva à peine les yeux. Il reconnut Elsa et me gratifia d'un regard peu amène. Nous eûmes une chambre de l'aile ouest, et il nous donna une carte en plastique en guise de clef. Une fois devant la porte, elle inséra la carte dans une fente et tourna. Je regardai la carte de plus près. Elle était percée de trous : j'étais arrivé au stade où je m'intéressais plus aux détails qu'aux grandes lignes. Elsa se déshabilla, tout près de moi.

Elle garda ses sous-vêtements et m'aida à quitter mes habits. Finalement, je ne portais plus que les menottes. « On dormira mieux comme ça, chuchota-t-elle. Nus. » Elle laissa les derniers vêtements tomber par terre. Le jour se levait lentement. Je crois m'être endormi avant de toucher le matelas. Je ne me rappelle pas en tout cas m'être couché.

Au loin, très loin, j'entendis un grondement sourd et chantonnant. Je rêvais que je me trouvais au beau milieu d'une piste d'atterrissage au moment où un gigantesque appareil allait se poser. J'ouvris les yeux et constatai que c'était le bruit de la circulation routière que j'entendais.

Je tournai lentement la tête vers la fenêtre. Ma nuque grinça de façon alarmante. Dehors, la lumière était éclatante et blanche, le ciel pâle et bleu.

J'étais allongé sur le dos. Elsa était recroquevillée contre moi. Scs cheveux me chatouillaient le visage.

Son corps doux et chaud reposait lourdement contre le mien. Elle couina légèrement dans son demi-sommeil, les yeux toujours fermés. Son visage était entièrement nu, comme celui d'un nouveau-né en quclque sorte.

Je remuai un peu. J'avais des fourmis dans un bras, et des douleurs dans l'autre. Elle sursauta et ouvrit brusquement les yeux. Ses pupilles faisaient de grands trous noirs, puis elles se rétrécirent, et je compris qu'elle m'avait reconnu, qu'elle se souvenait où elle était. Sa tête retomba sur ma poitrine et son souffle me caressa la peau.

Un calme total avait accaparé mon esprit, comme à l'intérieur d'une botte de foin dans laquelle personne n'a encore commencé à chercher l'aiguille.

« Quelle heure est-il ? » demanda-t-elle.

Je regardai ma montre. « Deux heures et quart. C'est incroyable qu'ils ne nous aient pas réveillés.

— J'ai payé pour un jour et demi. On a toute la journée et toute la nuit. »

Je m'assis dans le lit. « Mais il faut que nous...

— Pas du tout ! » Elle étendit une main pour me saisir. « Allonge-toi. Du calme, tu as besoin de repos... »

J'étais bien tenté de me noyer dans les draps à nouveau, de retrouver la chaleur à côté d'elle, de tout oublier. Mais il y avait des gens qui avaient payé de leur vie dans cette histoire — dans un frigo, en bas d'un escalier, dans le bassin du port... Peut-être y en avait-il davantage. Peut-être bien — Arne Samuelsen.

Elle me tira énergiquement vers elle et le lit, écarta ses doigts sur ma peau, enfonça son visage dans le creux entre mes côtes. « Varg...

— Écoute, Elsa, je... »

Je l'attrapai par les épaules et la recouchai sur le côté, en me penchant sur elle, appuyé sur un coude. Je regardai son visage, ses yeux. « Écoute. Ce qui s'est passé — avant-hier... Ça doit avoir l'air con, comme ça, après — mais, ça a à voir avec une sorte de fidélité... »

Elle me regarda gravement. « Ça n'a pas l'air

con, Varg. » Elle me caressa le visage d'une paume légère, hésita un moment quand elle arriva à mon menton avant de laisser retomber sa main sur l'oreiller.

Je cherchai les mots adéquats. « Ce n'est pas tellement histoire de lui être fidèle, à elle. Mais à moi-même.

— Je comprends. » Elle me sourit difficilement.

Je m'allongeai à côté d'elle. Les expériences de la veille, et de la nuit tout particulièrement, passèrent devant mes yeux en images floues et vacillantes. « Mais… Qu'est-ce qu'ils te voulaient à toi, Elsa ? Tu n'allais pas simplement servir d'appât, car c'est toi qui as essayé d'écrire Sirevåg sur le miroir, n'est-ce pas ?

— Oui. Je les ai entendus parler de la maison là-bas. Mais je croyais que personne n'allait saisir. Ils m'ont interrompue avant que je puisse terminer.

— Ils ne pouvaient donc pas savoir que j'allais te retrouver. Ce qui doit vouloir dire que c'était sur toi qu'ils voulaient mettre la main. »

Elle acquiesça, les lèvres serrées. « Ils ont parlé de…

— Des enregistrements ? »

Elle acquiesça à nouveau. « Quoi d'autre, sinon ? Ils m'ont dit que le patron voulait savoir où je les avais cachés. Que si je ne les leur donnais pas, ils allaient m'abîmer le visage et me casser les bras, et faire en sorte que je ne puisse plus jamais… » Elle porta son petit poing fermé à la bouche. « Mon Dieu, Varg — si j'avais su !

— Le patron ? » Je me redressai dans le lit. « C'est tout ce qu'ils ont dit ?

— Oui.

— Pas de nom ?

— Non, mais tu sais très bien à qui elle est, cette maison.

— Ole Johnny, fis-je, les dents serrées.

— Ole Johnny », répéta-t-elle avec dédain.

La réalité m'apparut lentement, et un poing glacé me serra le cœur. « Mais… mais, est-ce que ça veut dire que — que toi et Ole Johnny, vous avez… »

Elle me regarda d'un air triste. « Tu vois, Varg. Je ne suis pas si sage que ça. Tu ne pourrais jamais m'aimer, hein ?

— Mais je…

— C'est comme ça — dans le métier. Il payait bien. L'argent était le bienvenu, et il constituait un sujet intéressant pour mon étude.

— Je veux bien le croire. » J'avais le corps engourdi, des picotements sur la peau. Je fis une pirouette sur le lit et posai les pieds par terre. Je restai assis sur le bord, me frottant les yeux avec force.

Et je me levai. Me tournai vers le lit. L'édredon lui couvrait le corps jusqu'aux épaules et je vis l'expression inquiète qu'elle avait dans les yeux. Les menottes pendaient de mon poignet comme une obscénité. « C'est donc à Ole Johnny qu'il faut rendre une petite visite, fis-je sombrement.

— Une… une visite ? » La crainte était inscrite sur son visage. « Qu'est-ce que tu veux dire ? Chez…

— Est-ce que tu as la moindre idée de la manière dont on peut pénétrer dans ce bâtiment ?

— Mais tu es fou ? Qu'est-ce que tu penses obtenir — après tout ce qui s'est passé ?

— Je n'en ai aucune idée, pour être honnête — mais il nous faut — des preuves, quelque chose de concret. Au moins trois personnes ont été tuées en une semaine, Elsa, et on aurait pu être… les quatrième et cinquième victimes.

— Et toi, tu veux monter sur l'échafaud de ton plein gré ? »

J'écartai les bras. « On me paie pour ça. Parfois. C'est mon boulot. C'est comme ça dans mon métier, à moi. Pas si joyeux, celui-là non plus.

— Il m'a proposé de bosser pour lui, fit-elle laconiquement. Au deuxième.

— C'est-à-dire — au tripot ? »

Elle hocha la tête.

« Peut-être que nous pourrions entrer dans la cour et… Est-ce qu'il y a un escalier d'incendie ?

— Je n'en ai pas la moindre idée. Je n'y ai jamais mis les pieds.

— C'est le seul moyen que nous avons, Elsa. »

Elle s'assit dans le lit. Ses seins fermes dessinaient des courbes délicates dans la lumière du jour. « J'y vais avec toi !

— Bordel ! C'est hors de… Franchement, Elsa, je ne peux pas t'exposer à ce genre de danger. »

Elle jeta l'édredon sur le côté et bondit du lit, petite et fougueuse, magnifiquement nue. « Je connais l'une des filles qui y travaillent, Varg ! Ça peut peut-être se révéler utile. On peut entrer au deuxième et ensuite descendre. Ou bien tu me laisses venir avec toi, ou bien j'irai à la police. »

Je ne pus m'empêcher de rire. La situation était assez comique. Une femme et un homme, tous les deux à poil. Elle, menue et vivace, lui, une paire de menottes absurdes pendant à un poignet. Et si quelqu'un avait entendu notre discussion…

« Dis-moi, où sont-ils, tes enregistrements ?

— Ce n'est pas une question qu'il faut me poser. Moins tu en sais…

— Il peut y avoir des preuves irréfutables, vu que, tout à coup, ils voulaient absolument les récupérer. Qu'est-ce qu'il t'a raconté ? »

Elle haussa les épaules, l'esprit ailleurs à en croire l'expression dans ses yeux. « Je ne me souviens pas — de ses affaires. Assez détaillé, genre compte rendu d'expert-comptable, si c'est comme ça qu'on dit… Et de sa vie sexuelle, bien sûr. Mais ça, ils le font tous.

— Bon, d'accord… Ils sont en sécurité, j'espère ?

— Tu peux en être certain. Tu ne penses tout de même pas que j'ai fait tout ça sans prendre mes précautions ? Un beau jour, ça sera une thèse. » Elle baissa la tête et balada le regard sur son corps avec une expression proche du dégoût. Elle tourna ensuite l'attention vers moi, l'œil pétillant d'humour. « Toi aussi, tu y es, Varg…

— En tant que quoi ? Homme sensible en pantoufles ?

— Sans, répondit-elle.

— Tu peux me garder pour une note en bas de page. »

Nous nous habillâmes.

« Tu sais quoi, c'est la première fois depuis pas mal d'années que je quitte une chambre d'hôtel — sans avoir… » Elle éclata en un rire franc et libérateur. « Ce n'est pas mal, comme sensation. » Elle vint vers moi et posa ses mains contre ma nuque, appuya son corps doucement contre le mien. « On va d'abord manger quelque chose, qu'est-ce que tu en dis ? »

Je hochai la tête dans ses cheveux. « On a intérêt à attendre qu'il fasse vraiment nuit. »

Nous nous tournâmes vers la fenêtre par pur réflexe. La pénombre estompait les contours. Nous avions perdu une journée.

36

La rue baignait dans l'obscurité. Les néons multicolores qui ornaient l'entrée de la salle de jeu au premier étage vacillaient. Les grandes fenêtres voûtées de la chapelle blanche mitoyenne étaient éclairées, et une mélodie au rythme entraînant flottait dans l'air. Les contrastes étaient bizarres, comme si paradis et enfer se trouvaient côte à côte, comme si un simple faux pas pouvait vous amener à ouvrir la mauvaise porte.

Nous avions traversé la ville en zigzag en empruntant les petites rues les plus sombres, et nous guettions le bâtiment avec suspicion, cachés derrière un coin de rue. Je tendis un bras en arrière comme pour protéger Elsa. « Il y a de la lumière au deuxième », chuchota-t-elle.

Je fis oui de la tête. Il y en avait également au premier, derrière des rideaux baissés. « La question, c'est comment y entrer.

— Par là-bas. » Elle pointa un doigt.

À côté de la chapelle, un grand portail de bois peint en blanc menait directement dans la cour intérieure. Si nous pouvions entrer par là…

« J'y vais en premier, fis-je. Si tout se passe bien, tu me suivras. D'accord ?

— Mmm, acquiesça-t-elle. Mais — fais attention. »

Je serrai brièvement son bras, et jetai un regard scrutateur autour de moi avant de traverser la rue. Les pavés brillaient. Trois ou quatre voitures étaient garées plus bas dans la rue. Un jeune couple s'embrassait passionnément sous une porte cochère, ne se souciant que d'eux-mêmes. J'entendais à présent plus distinctement le chant religieux. Je gardais un œil vigilant sur le bâtiment d'Ole Johnny, mais je ne vis personne. Une machine à sous cliquetait violemment dans la salle de jeu — un bruit qui rappelait celui d'un pistolet automatique.

J'avais atteint le portail. Je baissai la poignée, et le portillon s'ouvrit lentement en râpant le sol. Je jetai un bref regard derrière moi. Pas âme qui vive. J'entrai.

J'inspectai la cour. À gauche, une haute clôture de bois séparait les deux cours. Celle dans laquelle je me trouvais donnait accès à l'arrière de la chapelle, et de ce côté, la clôture était grisée, comme laissée à l'abandon. Le dessus était orné de fil barbelé attaqué par la rouille. Une poubelle gisait dans un coin. Quelque chose, petit et gris, s'enfuit en longeant la clôture et disparut dans le noir.

Je revins sur mes pas et entrebâillai le portail. Elsa se trouvait déjà au milieu de la rue. J'ouvris grande la porte et tirai mon associée à l'intérieur. Nous prêtâmes l'oreille, nous serrant l'un contre l'autre. Le chant avait cessé et une personne prit la parole. Un faible « alléluia » traversait les murs. Plusieurs voix répondirent par un puissant « ALLELUIA » en chœur.

Nous avançâmes dans la cour. Le fil barbelé ne semblait plus très bien tenir. Peu d'efforts seraient nécessaires pour le décrocher sur une petite surface.

Je déplaçai la poubelle vers la clôture et l'escaladai précautionneusement. Elle était haute d'à peu près deux mètres, et la poubelle me permit de jeter un œil de l'autre côté. Un escalier de secours montait en zigzag sur le mur avec un palier à chaque étage. C'était prometteur.

J'extirpai un étui de ma poche intérieure et introduisis une lame de tournevis dans son manche en plastique. En faisant levier sous les fixations, je réussis à décrocher le barbelé sur une longueur d'un mètre et demi. Puis je me laissai tomber de la poubelle avec précaution.

Je serrai les épaules d'Elsa. La chaîne des menottes que j'avais glissée dans ma manche pour ne pas être gêné s'en était échappée et se balançait maintenant en cliquetant. « Tu ne préfères pas attendre ici ? Ça risque d'être…

— Je viens avec toi.

— Mais pourquoi ?

— Pourquoi pas ?

— Ça risque d'être…

— Si c'est dangereux pour moi, ça l'est aussi pour toi, et dans ce cas, il vaut mieux être deux. Il faut qu'on se serre les coudes, Varg ! » Elle me regarda intensément de ses yeux sombres. Il était inutile d'en débattre davantage. Elle était têtue comme une bourrique.

« Bon, très bien. Je passe le premier. » J'attendis un moment avant d'escalader la clôture pour voir si elle allait s'y opposer, mais elle attendit sagement son tour. Je remontai sur mon escabeau de fortune, m'agrippai au sommet de la clôture — et pris une impulsion pour passer de l'autre côté. Les bras tendus, je me laissai doucement tomber dans l'autre cour. Toujours rien.

À son tour, Elsa fit la même chose. Elle passa avec agilité cette épreuve, et son pantalon moulant ne semblait pas trop gêner ses mouvements.

Nous nous approchâmes ensemble du bâtiment. Nous fîmes un détour pour éviter l'éclairage d'une fenêtre, bien que les rideaux y soient fermés, écartant ainsi tout risque d'être vu.

Nous attrapâmes la rampe de l'escalier de secours et montâmes les marches à pas feutrés. Je sentis l'odeur froide de métal rouillé, et le fer forgé grinçait sourdement sous nos pas. Nous avançâmes lentement, marche par marche, et je dus m'efforcer d'inspirer profondément à chaque nouvelle marche.

Nous arrivâmes au premier étage, ni vu ni connu, et nous poursuivîmes notre ascension. « On essayera d'entrer au deuxième ? » chuchotai-je.

Elle fit oui de la tête.

Chaque palier passait devant une porte de service placée entre deux fenêtres. Au premier étage, une des fenêtres était garnie d'épais rideaux rouges — pareils à ceux que j'avais vus dans le bureau d'Ole Johnny.

J'allai tout près de la vitre. Nous entendîmes des voix à l'intérieur. J'examinai la fenêtre de plus près. Elle était fermée, mais les rideaux avaient été tirés à la va-vite, laissant une petite fente par laquelle filtrait un rai de lumière. Les voix étaient fortes et violentes. « Varg, tout à coup, j'ai… peur », me fit Elsa sur un ton inquiet.

Je ne répondis pas. Je collai le visage contre la vitre, devant l'étroite ouverture dans les rideaux. C'était effectivement le bureau d'Ole Johnny.

Je ne voyais pas toute la pièce, mais suffisamment. J'y comptais cinq hommes. Nos deux connaissances de Sirevåg se tenaient devant le bureau comme des élèves qui reçoivent une correction dans le bureau du directeur. Jolle avait un gros bleu sur le front, et sa mâchoire violette était enflée. Kalle était blême. À en juger par leur expression, la punition était sévère.

Assis à son bureau et tourné vers la gauche, Ole Johnny ne mouftait pas. Nils Vevang était debout à ses côtés.

C'était le cinquième homme qui menait la réunion. Il avait la nuque couperosée et gesticulait avec fougue dans tous les sens. Il était dos à la fenêtre, et il ne portait pas son chapeau de cowboy. Mais ça n'y changeait rien. Je le reconnus malgré tout. C'était Carl B. Jonsson.

37

Je fis signe à Elsa de se rapprocher de la fenêtre. Ses traits étaient doux dans l'obscurité et son angoisse l'avait rajeunie, rendue vulnérable. D'un mouvement de tête, je lui indiquai la fente entre les rideaux, et elle s'appuya contre la vitre, hésitante.

Elle tressaillit et jeta un bras dans le vide comme pour s'agripper à quelque chose. Je saisis sa main et la serrai légèrement. Elle s'éloigna de la fenêtre.

« Mais, c'est…

— Ce sont nos amis, oui. Et Ole Johnny. Et…

— Carl Jonsson », m'interrompit-elle.

Je scrutai le visage d'Elsa.

« Tu le connais ?

— Je peux te garantir que c'est Jonsson qui est derrière tout ce qui se passe dans cette maison, fit-elle à voix basse. Ole Johnny n'a pas la carrure nécessaire pour ce genre de projets. Il n'est qu'un paravent.

— Et qui serait le mieux placé qu'un responsable de la sécurité pour une société pétrolière ? Il pouvait tenir Ole Johnny au courant de tout : qui avait de l'argent — et à qui il devait refuser l'entrée.

— Il m'a dit qu'il avait des revenus considérables. Mais il ne m'a jamais donné de détails. Et il était toujours généreux quand il fallait régler la facture. »

Je remarquai que ma voix était désabusée. « Est-ce que ça veut dire — que lui aussi, il a... »

Elle me serra rapidement l'avant-bras et hocha la tête. « Il m'a raconté une histoire étrange », se dépêcha-t-elle d'ajouter.

Je me retournai. Je posai à nouveau le visage contre la vitre. Ole Johnny avait pris la parole. Jonsson avait toujours le dos à la fenêtre. Ses bras puissants pendaient négligemment le long de son corps, et il claqua nerveusement des doigts. « Et elle parlait de quoi, cette histoire ? lui demandai-je sans lâcher des yeux le spectacle à l'intérieur.

— Il... Ça s'est passé aux États-Unis. Il avait pris une fille qui faisait du stop, une des plus belles nanas qu'il ait jamais vues, à ce qu'il m'a dit. Et il avait réussi à la draguer si facilement qu'il en était étonné. Au bout d'une demi-heure, ils ont quitté la route et se sont arrêtés au bord d'un petit chemin pour passer aux choses sérieuses. C'étaient les meilleurs baisers qu'il...

— Attends ! » fis-je soudain.

Jonsson avait interrompu Ole Johnny d'un geste magistral. Il alla vers l'intérieur de la pièce en direction de Kalle et Jolle. Il tourna les talons juste devant eux en gesticulant, un bras devant leurs visages, et gueula sur Ole Johnny. Son visage était rougeaud et excité. L'argent scintillait dans ses cheveux et l'or dans sa bouche. Ses yeux étaient pleins de véhémence. Son regard passa d'Ole Johnny à la fenêtre derrière lui. Je reculai comme par réflexe.

Lorsque je revins vers la fente, Jonsson se dirigeait vers nous. J'entendis ce qu'il dit aussi distinctement que si j'étais dans la pièce. « Regardez dehors ! Elle est à nous, cette ville, Ole Johnny. » Il attrapa un rideau dans chaque main et les tira d'un geste vigoureux pour montrer à Ole Johnny la ville qui était la leur. Comme figés, nous nous regardâmes droit dans les yeux.

38

Un court instant, je pense que c'est son propre reflet qu'il crut voir. Puis son visage vira au cramoisi, et sa mâchoire tomba. Il avait l'air de vouloir passer à travers la vitre.

Je n'attendis pas qu'il me dise ce qu'il avait sur le cœur. Je poussai Elsa brutalement vers les marches, et nous dévalâmes l'escalier.

Les marches métalliques chantaient sous nos pas, et Elsa gémit quand sa hanche heurta la rampe. Nous arrivâmes en bas. En haut, une porte s'ouvrit violemment, et des pas pesants traversèrent le palier. Nous étions arrivés à la clôture. J'attrapai Elsa par les jambes et la jetai pour ainsi dire dans l'autre cour, tout en surveillant le bâtiment du coin de l'œil. Seuls Jonsson et Kalle descendaient l'escalier, ce qui signifiait que les autres cherchaient à nous couper la retraite par la rue. Je sautai et attrapai le sommet de la clôture, m'élevai et réussis à faire passer un pied par-dessus, pour ensuite rouler de l'autre côté. Je tombai lourdement et de travers, et Elsa me prit la main pour m'aider à me lever. Les menottes se balançaient à nouveau librement à mon poignet.

Le chant d'une voix aiguë et criarde me parvint de la chapelle. Quelqu'un arriva en trébuchant vers la clôture dans la cour voisine, et j'entendis des pas précipités dans la rue. J'indiquai une petite porte à l'arrière du bâtiment. « Par là ! » sifflai-je.

Nous nous retrouvâmes à l'intérieur de la chapelle sans avoir eu le temps de réfléchir. La voix résonnait plus fort dans le couloir où nous venions de pénétrer. Nous nous enfonçâmes dans l'obscurité complète et inconnue. Tout au bout, je cherchai une porte à tâtons. Ma main trouva une poignée, je l'abaissai et poussai Elsa par l'entrebâillement en la suivant de près. La lumière tomba en cascade sur nous, et nous restâmes à cligner des yeux.

Nous étions entrés dans la salle principale. Elle était quasiment pleine, et des regards surpris nous dévisageaient depuis les rangées de chaises : jeunes et vieux, femmes et hommes. Nous y étions entrés par une porte qui se trouvait tout près d'une estrade équipée d'une chaire où officiait le prédicateur. C'était un homme d'une petite quarantaine d'années au visage maigre et au regard enflammé, dont les cheveux bruns étaient coiffés en arrière. Il nous fixa intensément sans pour autant se laisser déstabiliser. Sa voix était majestueuse et chantante : « Soyez les bienvenus, frère, sœur ! Il y a de la place pour tout le monde dans la maison du Seigneur. Vous trouverez des sièges au premier rang.

— Alléluia ! Alléluia ! » entendîmes-nous de part et d'autre de l'assemblée. Nous continuâmes en trébuchant, et acceptâmes machinalement son invitation. Au moins, nous y étions entourés de monde, dans un endroit éclairé. Nous respirions lourdement tous les deux. Une femme bien en chair, deux chaises plus loin, me fit un sourire rassurant accompagné d'un signe de tête.

Le prédicateur reprit son discours où nous l'avions interrompu. « Non, nous ne reconnaissons plus Stavanger, frères et sœurs ! N'est-ce pas ? Prostituées et proxénètes, usurpateurs et sybarites ! Nous vivons dans un Sodome et Gomorrhe, dans la confusion des derniers jours. Le Seigneur appelle son troupeau, et tous sont les bienvenus, mais les tentations sont nombreuses. Et qui a le pouvoir dans ce pays, dans cette ville ? Qui jouit de l'adoration des hommes ? Qui est celui qui se repaît du pétrole noir et gras des fonds marins, plus obséquieux que Léviathan ? C'est Mammon, frères et sœurs ! C'est Mammon qui étend ses griffes avides, qui souffle son haleine empoisonnée sur la ville, qui envoie des milliers de personnes vers une mort violente. Et nous n'aurons pas la paix, frères et sœurs, nous n'aurons pas la paix tant que la dernière goutte de pétrole ne sera pas puisée au large de nos côtes... » Il fit une pause éloquente avant de continuer à voix basse, presque en chuchotant : « Ou tant que le Christ, notre sauveur, ne sera pas à nouveau parmi nous.

— Alléluia ! chanta-t-on autour de nous. Alléluia ! »

Puis la porte au fond de la salle s'ouvrit avec fracas, et Kalle et Jolle se propulsèrent à l'intérieur, tout aussi aveuglés qu'Elsa et moi l'avions été. Kalle frappa le sol d'un pas lourd comme un monstre à la Frankenstein, et Jonsson agita un vilain objet noir qu'il tenait dans la main droite. C'était un revolver. « Veum ! rugit-il. Je te tiens maintenant ! »

Le prédicateur était comme paralysé sur sa chaire. Je me levai de mon siège et pris Elsa par le bras, la tirant derrière moi le long de l'allée centrale vers la sortie.

« Veum ! » hurla Jonsson derrière nous. Et il se lança à notre poursuite. J'entendis la voix du prédicateur : « Frères ! Sœurs ! Ayez pitié de votre prochain… »

Je ne saisis pas la suite. Nous arrivâmes à la porte principale après avoir traversé un hall d'entrée. Nous l'ouvrîmes et posâmes le pied dans la rue pavée.

Ole Johnny et Jolle arrivèrent sur nous. Nous leur tournâmes le dos et courûmes vers le coin de rue le plus proche. De l'autre côté de l'angle, nous vîmes surgir des ombres impressionnantes. Nous changeâmes de direction pour nous trouver à l'abri derrière un autre coin de rue. Mais nous tombâmes dans un cul-de-sac. Elsa se mit à pousser des sanglots aigus.

Jonsson aussi était sorti de la chapelle. J'entendis sa voix résonner dans la rue étroite. « Arrête-toi, Veum ! Arrête-toi, là — ou je tire ! » Les mots rebondirent sur les murs autour : Je tire, je tire !

Il n'y avait plus rien à faire. Elsa trébucha et tomba sur la chaussée sans se relever par la suite. Je me retournai lentement, et attendis. Mon souffle déchirait mes poumons, et mon ventre était noué d'angoisse.

Carl B. Jonsson s'agenouilla sur le pavé. Il tenait la crosse des deux mains. Il m'avait dans sa ligne de mire, au niveau de la poitrine. Vevang surgit à côté de Jonsson, s'arrêta et observa la scène.

Jonsson se redressa d'un mouvement lent, l'arme toujours braquée sur moi. Son visage dur était déterminé.

Vevang lui murmura quelque chose. Je sentis qu'Elsa s'était remise sur ses jambes. Ses pas s'approchaient dans mon dos.

Je jetai un bref coup d'œil par-dessus mon épaule. Elle avança d'un pas chancelant, et ce n'était pas moi qu'elle fixait, mais un point juste au-dessus de mon épaule, l'endroit où se trouvait Jonsson. Mais c'était à moi qu'elle parlait : « Varg... »

Jonsson l'interrompit, de sa grosse voix : « Ne l'écoute pas, Veum ! J'espère que tu as compris que je t'ai sauvé ? »

Je me tournai vers lui sans avoir la moindre idée de ce à quoi il faisait allusion.

« À ton avis, quelle idée elle avait derrière la tête en faisant ces putains d'enregistrements ! Cette maudite traînée ! Elle pensait que je me ferais avoir par son équipement à la mords-moi-le-nœud. Moi qui ai travaillé avec du matériel sophistiqué, aux States ! On peut mettre sur écoute des gens qui se trouvent de l'autre côté de la terre, et elle, elle se trimballe un matos désuet de la CIA qui date des années cinquante. Du toc, Veum ! Rien que du toc — tout comme elle-même, d'ailleurs. »

Je me tournai à moitié vers Elsa. Je croisai son regard sombre, ses grands yeux.

« Demande-lui ce qu'elle a fait de l'argent, Veum ! » rugit Jonsson.

Elsa avait les cheveux en broussaille, et une égratignure sur le front, à droite. Son visage était maigre, ses joues creuses sous la lumière crue des fenêtres de la chapelle. Soudain je sentis le froid, un froid qui perce tout jusqu'à la moelle. Les étoiles avaient perforé le voile céleste au-dessus de nous, et le froid de l'espace suintait par les trous, le froid provenant du vide infini.

Elle leva sa main filiforme vers moi, la porta à ma bouche : « Ne l'écoute pas, Varg. Ce n'est pas vrai... »

Nous restâmes plongés dans le regard de l'autre pendant quelques longues secondes qui n'en finissaient pas. Je contemplai ses yeux, sa bouche, son corps frêle enveloppé dans des vêtements légers. Et je lui fis un sourire rassurant : « Je sais, Elsa. Je ne crois pas un mot de ce qu'il raconte. Car je sais quelque chose qu'il ne sait pas que je sais. »

Nous entendîmes les moteurs avant de voir les véhicules qui arrivèrent en vrombissant d'une rue perpendiculaire. Une voiture de police contourna l'angle en dérapant, et des projecteurs s'allumèrent. Jonsson resta immobile dans le flot de lumière et sa silhouette se détachait distinctement dans le contre-jour. Une personne descendit de la voiture, et la lumière se refléta dans une arme et un casque. La voix sèche de Bertelsen nous parvint par le haut-parleur, autoritaire : « Lâchez votre flingue ! Nous sommes armés ! »

Jonsson se tenait raide, tendu comme un ressort. Puis il laissa tomber son bras et se dressa de toute sa hauteur. Il jeta le revolver quelque part dans l'obscurité, avec un haussement d'épaules. L'arme atterrit sur le pavé avec un bruit creux. Il se tourna lentement pour faire face aux projecteurs, presque comme une vedette hollywoodienne recevant les acclamations de la foule avant un gala pour une première. Mais nous n'assistions pas à une première. C'était la dernière représentation.

Nous composâmes tout à coup un groupe : Jonsson, Vevang, Elsa, Ole Johnny, Kalle, Jolle et moi — entourés de policiers en combinaisons et uniformes, certains tenant des armes à feu, d'autres des menottes cliquetantes.

Bertelsen nous rejoignit. Il braqua son regard sur moi, un regard qui dissimulait mal son agacement. « Et comment expliques-tu tout ce cirque, Veum ? »

Je respirai profondément à deux reprises avant de lui répondre : « Que — je connais maintenant l'identité de la femme dans le frigo.

— Ah oui ? Et Arne Samuelsen — tu sais peut-être où on peut le trouver, aussi ?

— Oui.

— Où ça ? »

Je ne répondis pas tout de suite. Je le quittai des yeux pour les laisser glisser sur les autres visages. Il ne fut pas difficile de voir lesquels d'entre eux connaissaient déjà la réponse. « C'était lui, la femme dans le frigo », affirmai-je finalement.

39

Nous étions installés dans le bureau de Bertelsen — Elsa, moi, Bertelsen lui-même, Iversen et Lauritzen. De l'autre côté de la rue, le Vinmonopol était fermé et obscur tandis que l'église rouge baignait dans une lumière de projecteurs.

Elsa s'était refait une beauté, mais son visage était amaigri. Ses lèvres étaient pincées, ses yeux sombres.

Bertelsen me dévisagea avec lassitude. « Alors, autrement dit... Mais qui aurait pu s'en douter ?

— Justement, fis-je. Qui aurait pu deviner que la femme dans le frigo était un homme ? Ou vice versa, que l'homme dans... tu vois ce que je veux dire.

— Et comment est-ce que toi, tu t'en es aperçu ?

— En fait, par pure coïncidence. J'ai téléphoné au bureau de l'état civil à Bergen pour vérifier les informations qu'on m'avait données sur la famille d'Arne Samuelsen. C'est à ce moment-là que j'ai su que sa sœur n'était pas du tout morte. Et il n'y avait aucun membre de la famille qui s'appelait Arne.

— Et tu as oublié de nous faire part de ce détail ?

— Je n'avais pas de preuves… et il fallait que je retrouve Elsa.

— C'est le prétexte le plus stupide qu'on m'ait jamais donné, Veum. Et ça aurait pu vous coûter la vie, à tous les deux. »

Je haussai les épaules, mais jetai un regard embarrassé vers Elsa. Pour changer de sujet, j'enchaînai rapidement sur une question : « Mais cette autre femme, Irène Jansen, elle n'a pas pu vous aider ? »

Il leva des yeux découragés au plafond. « En rien, pour ainsi dire. Si tu veux savoir ce que je pense des personnes impliquées dans cette affaire, Veum, il n'y a pas un imbécile pour racheter l'autre, toi y compris. Non, elle s'est jointe à eux simplement parce qu'elle pensait pouvoir se faire un peu de sous. Non, elle n'avait jamais vu aucun d'entre eux avant, elle ne connaissait même pas leurs noms. Si, les trois types s'étaient bel et bien rendus dans la cuisine. L'un d'entre eux est revenu en lui demandant de se casser. On lui a donné quelques billets de cent. Non, elle n'avait pas entendu de bruit venant de la cuisine, tellement les deux autres avaient fait de boucan.

— Les deux autres. Qui ça ?

— Laura Lusken et Sourire Hermannsen — à en croire la description qu'elle en a fait.

— Bon, O.K…

— Et souviens-toi d'une chose, Veum : on n'a

pas d'aveux. Ils n'ont rien avoué du tout ! Et je ne vois toujours pas pourquoi ils l'ont tué.

— Allons d'abord voir Vevang, fis-je.

— Nous ?

— C'est moi qui y vois le plus clair, j'ai l'impression.

— Et pourquoi Vevang ?

— Parce qu'il est le maillon faible. Jonsson a l'air d'être aussi tenace qu'un préjugé. Mais si nous arrivons à savoir comment le prendre, eh bien… Et quant au pourquoi…

— Oui ? » aboya-t-il.

Je me tournai vers Elsa. « Tu n'as pas eu l'occasion de terminer ton anecdote sur Jonsson. Est-ce que tu pourrais…

— Tu veux dire… » Elle me regarda, hésitante.

Je lui fis oui de la tête.

Elle fixa Bertelsen des yeux en racontant l'histoire : « Ça s'est passé aux États-Unis. Lui — Jonsson — avait pris une fille qui faisait du stop, la plus belle nana qu'il ait jamais vue, pour utiliser ses propres termes — et elle s'est montrée très conciliante. Ils ont quitté la grande route pour s'arrêter au bord d'un chemin et ils ont commencé à… eh bien, s'embrasser, se faire des câlins et… Mais quand il s'est mis à… quand il l'a caressée bien comme il faut — il s'est aperçu que c'était… Ce n'était pas une femme. C'était un homme. »

Bertelsen la regarda, bouche bée. « Vous voulez dire que…

— Il m'a dit qu'après il l'avait roué de coups — qu'il l'avait assommé, et que depuis, il avait la nausée rien qu'en voyant... rien qu'en flairant un... travelo. »

Bertelsen se tourna à nouveau vers moi : « Alors ce serait ça, la raison ? »

J'écartai les bras. « Sodome et Gomorrhe. On va aller lui causer — à Vevang. »

Il me fixa un instant, les lèvres pincées. « Oui. Allons-y, dit-il d'une voix sèche, en se levant.

— Je t'attends ici, Varg », me dit faiblement Elsa.

Je voulais lui répondre : Ce n'est pas la peine. « D'accord. »

Vevang était assis sur son grabat, penché en avant. Il leva la tête au moment où nous entrâmes, et le bruit de la clef qui tournait dans la serrure derrière nous lui vrillait visiblement les tympans ; le grincement fit se crisper ses traits. Ses cheveux tombaient en longues mèches de part et d'autre de son visage, et son crâne était nu. Les nerfs se nouaient comme des muscles sous la peau de son visage, et il ne devrait pas nous falloir beaucoup de temps pour qu'il craque complètement.

« Racontez-nous maintenant, Vevang, depuis le début. Calmement et dans l'ordre chronologique. »

Les yeux de Vevang glissèrent de Bertelsen vers les deux agents, l'un après l'autre, en passant par moi. Ils étaient blafards. « Je... honnêtement. Je n'avais rien à voir là-dedans. C'était Jonsson qui gérait tout, qui finançait, qui avait les idées. Ole Johnny ne servait que de paravent.

— C'est de ce tripot que vous parlez ? demanda sèchement Bertelsen.

— Oui, répondit Vevang sur un ton à provoquer la pitié, comme si c'était le seul sujet d'interrogatoire imaginable.

— Nous ne parlons pas de ça, Vevang, poursuivit Bertelsen. Nous parlons de la femme dans le frigo.

— La fe-femme dans…

— Et de Laura Lusken, fis-je. Et de Sourire Hermannsen.

— Laura Lusken. Sourire Hermannsen ? répéta bêtement Vevang.

— Ne fais pas le perroquet sénile, dit Bertelsen. Avoue que vous l'avez flinguée.

— La fe-fe… » Le mot se coinça dans sa gorge.

« Toi et Jonsson, aboya-t-il.

— Je — non — c'était un accident ! » s'exclama-t-il d'une voix de fausset. Et ce fut chose faite. Ce fut comme si tout son visage se concentrait dans une petite boule derrière ses yeux en exprimant angoisse et soulagement à la fois.

Bertelsen me fixa un instant avant d'expirer bruyamment : « Bien. D'accord. Un accident. Alors, est-ce que nous pouvons reprendre — depuis le début ? »

Il sembla en quelque sorte prendre de l'élan avant de se lancer. « Nous — nous étions à ce tripot, Jonsson et moi, et Sourire que je connaissais déjà, et une fille qui s'appelait Irène que Jonsson voulait se taper. Jonsson aime bien faire la bringue à l'occasion, et il explique toujours qu'il faut se mêler aux petites gens, que c'est comme ça qu'on obtient des informations. Il sait tout, ce type-là — tout ce qu'il y a à savoir — sur tout le monde à Stavanger.

— Nous ne sommes pas impressionnés, fit Bertelsen. Vous étiez où, exactement. Au tripot d'Ole Johnny ?

— Oui, et on est tombés sur un gus avec qui on a discuté, qui s'est présenté comme Arne Samuelsen et qui nous a invités chez lui pour une espèce d'after. Après tout, nous étions collègues, comme il avait dit. On travaillait pour la même société. Jonsson était partant, il est toujours partant. Je crois qu'il… j'ai l'impression qu'il s'était assez vite fait une idée sur ce, cette Samuelsen. Il est incorrigible quand il s'agit de voir ce que les gens essaient de cacher, et je l'ai vu dans ses yeux — qu'il était en train de préparer un coup. Il peut être un vrai salopard, quand il s'y met.

— Tu veux dire qu'il a accepté l'invitation seulement parce qu'il avait prévu de…

— Il voulait l'humilier, ce type, la fille. Je l'ai déjà vu s'en prendre à des types comme lui. Pas les travelos, mais les homosexuels. Il… » Il tressaillit. « Il me tuera quand il apprendra…

— L'occasion ne se présentera pas. Continue.

— Ensuite on a croisé Laura Lusken dans la rue, et on l'a invitée aussi vu qu'elle connaissait Sourire. Jonsson m'a envoyé un coup de coude dans le flanc en disant : Ça tombe bien. Comme ça on sera trois couples. — C'est seulement après que j'ai pigé ce qu'il voulait dire. »

Vevang me dévisagea, comme s'il ne comprenait pas ce que j'avais à faire là. Il se tourna ensuite vers les deux agents mais eux aussi restèrent muets. J'avais l'impression d'être un peu à l'étroit dans cette pièce, comme dans un bus à l'heure de pointe. Et l'ambiance y était familière, typiquement norvégienne : personne ne moufta. Il finit par poser à nouveau les yeux sur Bertelsen.

« Lorsque vous êtes arrivés à l'appartement d'Arne Samuelsen, que s'est-il passé ? lui demanda Bertelsen.

— On a bu un peu, et puis… Jonsson a proposé… Nous étions tous pas mal éméchés, et Jonsson a sorti un jeu de cartes de sa poche intérieure en expliquant que chez lui, aux States, on s'amusait souvent à ce genre de fête… à jouer au strip-poker. Il a regardé Sa-Samuelsen en le disant, et je l'ai vu blêmir. Je — est-ce que je peux l'appeler… je peux dire lui ? »

Bertelsen haussa les épaules, indifférent.

Vevang poursuivit, et il se mit à débiter plus vite, comme pour arriver au bout le plus vite possible. « Lui — Samuelsen — il s'est levé et est allé dans la cuisine sous je ne sais plus quel prétexte. Jonsson l'a suivi. Je ne pense pas que les autres aient remarqué quelque chose. Ils étaient trop bourrés, et Sourire avait commencé à peloter Laura Lusken, et Irène… Ensuite, j'ai entendu un bruit sourd dans la cuisine. J'y suis allé. Jonsson tenait Samuelsen par les revers de sa veste et l'avait soulevé du sol. Il tapait la tête de Samuelsen contre le frigidaire. Tu vas participer, espèce de sale porc ! Tu vas jouer, putain de monstre ! Et puis… Je ne sais pas très bien ce qui s'est passé. Il l'a cogné avec trop de violence, et la nuque a touché de travers le bord du frigo. Ça… ça s'est fait en une seconde. Un bruit aigu, et la tête balançait, comme détachée du corps, et il a tourné de l'œil. Il… il… »

Il se cassa en avant. « Vous savez, quand une personne meurt, elle…

— Nous le savons, l'interrompit Bertelsen. Et ensuite ?

— J'ai failli tomber dans les pommes sur-le-champ, mais Jonsson, lui, il a gardé son calme. Nous… il fallait commencer par faire partir les autres. D'abord Laura et Sourire. Puis Irène. On l'a déshabillé en se demandant ce qu'on allait faire. On a pensé au frigo, et Jonsson l'a vidé de ses grilles. On a essayé de la caser dedans, mais sa tête nous en a empêché. Et c'est là qu'il a eu l'excellente idée : si quelqu'un devait découvrir le corps sans tête… ça rendrait l'identification plus compliquée.

— Alors, vous avez découpé la tête ? »

Il acquiesça en avalant avec difficulté. « Je… j'ai dû la tenir. Mais j'ai détourné le regard, vers la fenêtre, tout le long. Il l'a coupée. Avec un couteau de cuisine, un couteau à filet.

— Nom de Dieu ! gémit Bertelsen. Vous ne pouviez tout de même pas… » Les deux agents étaient blêmes. Et même si j'avais été mentalement préparé, j'avais le ventre qui grondait. Ce n'était pas joli-joli. C'était l'une des pires histoires que l'on m'avait jamais racontées.

« Alors, nous avons réussi à la mettre dans le frigo, et on s'est taillés.

— La tête dans un sac en plastique ? demandai-je.

— Oui. Jonsson s'en est débarrassé sur le chemin, je ne sais pas où. Ensuite…

— Oui, vas-y ! aboya Bertelsen. Surtout ne nous épargne rien !

— Nous avions prévu de nous débarrasser du corps aussi, avant que quelqu'un y vienne, et… Nous avions guetté la maison pour y aller quand la logeuse était absente, mais Veum s'est pointé avec ses questions, et le jour où nous étions dans l'appartement pour aller la chercher, il a surgi de nulle part. On a dû… Jonsson l'a assommé, mais c'était un vrai cauchemar, parce que la bonne femme est montée, la logeuse. On a été obligés de se casser.

— Et la nervosité vous a gagnés tout à coup ? fis-je, en prenant l'avantage sur Bertelsen. Vous vous êtes mis à les décrocher du sapin de Noël, un par un. Laura. Sourire. Pourquoi pas Irène ?

— Jonsson l'avait à la bonne. En plus, on n'arrivait pas à la trouver. » Sa dernière phrase avait une double signification qu'il était impossible de ne pas remarquer.

« Vous avez cherché à me faire fuir la ville, poursuivis-je. Vous pouviez compter sur Ole Johnny et ses gus, si le patron donnait un ordre, hein ? Et il y avait ces enregistrements d'Elsa qui tout à coup pouvaient être compromettants, et vous avez fait ce que vous pouviez pour nous expédier tous les deux — vous étiez complètement paniqués, dis-moi !

— Mais ce n'était pas moi. C'était un accident. » Il nous lança un regard suppliant, comme pour conclure son horrible histoire par une demande de pardon.

« Tu signeras cette déclaration ? » demanda Bertelsen sur un ton formel.

Il hocha la tête, les yeux humides. Son visage brillait de sueur, ses cheveux étaient ébouriffés, ses yeux désespérés et fiévreux.

Nous le quittâmes, le laissant seul dans sa cellule, seul avec ses pensées. Les autres se rendirent par la suite dans la cellule de Carl B. Jonsson. Je montai l'escalier pour retrouver Elsa. Je ne supportais pas l'idée d'écouter une nouvelle version de la même histoire.

Après être venus à bout de toutes les formalités, nous nous retrouvâmes sur le trottoir devant l'hôtel de police pour attendre un taxi. Elle avait son bras sous le mien et s'appuyait lourdement contre moi. Il était minuit passé, et au-dessus de nous, le ciel était dévoilé, nous exhibant un eczéma d'étoiles éparpillées. Une voiture passa, et nous entendîmes des rires et des huées à travers la vitre à moitié baissée.

Je baissai la tête et contemplai son visage tendu. Elle saisit mon regard : « Je crois que je vais rentrer à la maison, maintenant — quitter Stavanger. » Avec un haussement des épaules, elle ajouta : « Je dois avoir suffisamment d'interviews, de toute façon. » Elle sourit, un sourire triste.

Je lui caressai la joue. « Tu crois que nous nous reverrons un jour ? » demanda-t-elle.

Je haussai les épaules, insouciant. « Qui sait ? Peut-être bien. »

Le taxi arriva, et le chauffeur klaxonna. Je lui fis signe d'attendre en levant un bras.

« Viens avec moi, Varg. Viens… chez moi maintenant ! » Elle me tint les avant-bras de ses petites mains et leva des yeux ardents vers moi.

Je poussai un soupir. « Pas ce soir, Elsa. Je — je suis épuisé. C'est vrai. Je vais marcher jusqu'à l'hôtel, comme ça je prendrai un peu d'air frais. » Une petite pause douloureuse. « Bonne nuit, Elsa, ajoutai-je finalement. Et… prends soin de toi… »

Elle était toujours tournée vers moi, et elle scruta mon visage d'un regard profond. Puis des larmes jaillirent de ses yeux, et elle s'étira pour m'embrasser sur la bouche de ses lèvres ouvertes et douces. Elle me caressa la joue d'un mouvement rapide, se retourna et rejoignit le taxi d'un pas rapide.

Elle me fit un signe de la main en s'y installant. Je regardai le taxi s'éloigner et disparaître, le bras à moitié levé.

J'avais une boule dans la gorge.

La vie était remplie d'adieux. Le temps était venu pour moi de saluer quelqu'un.

40

Au moment où le bateau passa Kvarven, je montai sur le pont pour regarder la ville au loin. Bergen se nichait entre les montagnes dans une gelée matinale digne du mois de novembre. Il était presque onze heures et demie et on distinguait le soleil comme une auréole ocre à travers le brouillard glacé au-dessus de Løvstakken. Les montagnes portaient des calottes de neige fraîche. Sur le mont Fløyen, les sapins formaient un imposant cortège funèbre de moines vêtus de blanc. Je connaissais parfaitement cet endroit, là-haut, par cette saison. Des traces de ski pures et blanches entre les arbres sur une neige calme qui portait bien : des pistes seulement coupées par des empreintes de lièvres par-ci, par-là. Et sur l'ensemble se dressait le ciel — bleu-vert et transparent, bordé d'une rayure nettement dessinée par le soleil doré. Hiver. Calme. Paix.

Mais le brouhaha de la circulation montait depuis la ville, et les rues étaient sales, la neige dans les caniveaux rouillée et noircie par la suie. Je débarquai et me dirigeai vers le bureau, pris l'ascenseur jusqu'au troisième étage et déverrouillai la porte. La salle d'attente était sombre et silencieuse. Les chaises étaient comme des vestiges de tout ce qui vous manque dans la vie, de tous les vides. J'ouvris la porte du bureau. L'air y était frisquet, et sentait le renfermé. D'une certaine façon, c'était comme si je ne m'étais pas absenté ; d'une autre, c'était comme si je n'y avais jamais mis les pieds. J'avais l'impression que mon esprit se séparait de mon corps — comme si j'étais l'ombre de moi-même. J'étais resté à la porte et je me vis traverser la pièce, faire le tour de la table, une main qui glissait fortuitement le long du plateau, poser la pile de courrier que j'avais pris dans la boîte aux lettres en bas, m'asseoir lourdement sur le siège et me tourner vers la fenêtre : un homme blond avec quelques cheveux gris sur le devant qui n'étaient visibles qu'en plein soleil, la trentaine bien sonnée, aux traits qui avaient fini par accepter leur place, et dont les yeux avaient été témoins de beaucoup trop de morts violentes, bien trop de vies avariées.

Je me vis tendre la main pour décrocher le téléphone et composer un numéro. J'écoutai la sonnerie, deux fois, trois, quatre, cinq, six. Au bout du huitième coup, une voix accablée répondit : « Oui ?

— Madame Samuelsen ?

— Oui.

— C'est Veum. Je suis désolé. »

Elle ne dit rien.

« Je ne sais pas ce que vous a raconté la police… », poursuivis-je.

Il y eut une pause. « Suffisamment.

— Je me disais que je… pouvais peut-être vous en dire un peu plus. Remplir les trous, si vous voulez.

— Bien.

— Est-ce que je peux venir vous voir maintenant — ou bien peut-être préférez-vous attendre ?

— Venez quand vous voulez.

— Tout de suite ?

— Oui. Et Veum… apportez la facture.

— Mais…

— Je me porterais mieux si je n'avais pas à vous revoir par la suite.

— D'accord. J'arrive dès que possible. Au revoir. »

Elle murmura quelque chose avant de raccrocher.

Je restai assis au bureau. Je regroupai les reçus, comptai les jours et dressai la facture avec un double au papier carbone sur ma vieille machine à écrire que je m'étais procurée à un marché aux puces pour cinquante couronnes. Elle faisait un tapage digne d'un orchestre de cirque, mais elle écrivait ce qu'on lui demandait d'écrire.

Avant de quitter le bureau, j'appelai Solveig. Au moment d'entendre sa voix, je prêtai l'oreille quelques secondes avant de parler : « Salut. C'est moi. Je suis de retour.

— Salut », fit-elle. Et puis à nouveau : « Saluuut ! Tu vas bien ? Tout s'est bien passé ?

— Je vais… oui. Tout s'est bien passé. »

Elle parlait vite, presque nerveusement : « J'aurais bien voulu… il faut qu'on parle, Varg…

— J'ai hâte de te voir, aussi.

— Je… Est-ce qu'on peut se voir, maintenant, aujourd'hui ?

— On dirait presque que tu… On dirait presque qu'il y a quelque chose de grave. »

Elle continua toujours aussi vite : « C'est bizarre, quand on est séparés, comme ça, toute une semaine, c'est comme si je, comme si je n'arrivais à y voir clair qu'à ce moment-là, à voir les choses sous un autre angle, si tu vois ce que je veux dire ? »

Le sentiment désagréable accapara à nouveau mon ventre. « Il faut juste que je passe voir ma cliente d'abord, mais — est-ce que tu peux venir ici, tout à l'heure ? Ou on peut se voir ailleurs ?

— Je viens te voir. Quand est-ce que tu veux que je vienne ? »

Je vérifiai l'heure. « Vers trois heures, trois heures et demie ? Ça te va ?

— Parfait ! À tout à l'heure, alors.

— À tout à l'heure. »

Mon regard glissa dehors, par la fenêtre, jusqu'à Fløien encore une fois. Des plaines blanches, des pistes parfaites — qui mènent tout droit à l'éternité. Puis je me débarrassai du sentiment désagréable, retrouvai mon esprit qui m'attendait à côté de la porte et m'en allai rendre visite à madame Samuelsen.

41

Madame Samuelsen avait pris dix ans depuis le lundi précédent. La peau granuleuse de son visage était encore plus sèche, encore plus raboteuse, et ses yeux étaient ternes et opalins. Elle se déplaçait avec encore plus de difficultés, et je dus me retenir pour ne pas lui donner un coup de main lorsque nous continuâmes vers l'intérieur de la maison.

Le salon était plongé dans une obscurité étrange. Seule une lampe murale était allumée, et l'une des deux ampoules avait grillé tandis que l'autre s'efforçait de faire pénétrer la lumière par l'applique opaque et jaune marronnasse. Le portrait de sa fille — Ragnhild — ornait toujours le gros secrétaire.

Nous nous assîmes et restâmes un instant à nous observer. Je ne savais pas exactement comment m'y prendre. Elle n'avait rien à me dire, rien du tout. Lorsque le silence fut rompu, ce fut par nos deux voix.

« Je ne sais pas… », fis-je. Et elle : « La police… »

Nous nous retînmes tous les deux, et le silence était si possible encore plus pesant.

Je retentai ma chance : « Ça aurait été bien plus simple, à tout point de vue, madame Samuelsen, si vous m'aviez tout raconté dès le début.

— Il n'y avait rien à raconter, fit-elle sur un ton amère. S'il — si elle n'avait pas été victime d'un crime, si vous l'aviez retrouvée saine et sauve — je ne pouvais pas dévoiler son secret, sa vie, juste parce que moi, j'étais — inquiète.

— Mais quand vous avez appris pour la femme, dans le frigo. Vous avez dû vous imaginer… cette possibilité.

— Vous ne comprenez pas.

— Si — je pense…

— Il est évident que j'espérais — qu'il n'allait pas apparaître que, qu'on allait découvrir — que c'était quelqu'un d'autre. »

J'acquiesçai.

Ce fut à son tour de rompre le silence. Sa voix était basse et monotone. Elle ne me le racontait pas parce qu'elle en avait envie, mais plutôt parce qu'elle devait estimer que j'avais droit à une explication. « C'était un secret terrible à porter. Pendant toutes ces années. Plus de huit, vous savez, beaucoup, beaucoup plus. J'étais à ses côtés — tout au long de son enfance, j'ai constaté que ses centres d'intérêt, les vêtements qu'elle portait… sa témérité et le fait qu'elle préférait jouer avec les garçons quand elle était petite et — pendant l'adolescence aussi. Elle… je ne pense pas que ce soit lié à une orientation sexuelle. » Elle prononça ce dernier mot sans lever les yeux, avec la gêne caractéristique de sa génération. « C'était plutôt parce qu'elle se sentait à l'aise avec les garçons, avec les copains. »

Elle se tourna vers moi à présent, comme pour s'assurer que je l'écoutais, que j'étais intéressé. Je hochai la tête pour lui faire comprendre qu'elle avait toute mon attention, mais je ne dis rien.

« Mon mari n'aurait jamais accepté qu'elle change. C'est pourquoi elle a longtemps attendu, sa mort, en 1972. Mais ça s'est passé très vite après, en quelques mois seulement — et je ne pouvais rien lui dire, je ne pouvais pas m'y opposer. Je l'aurais perdue complètement, vous comprenez ? »

Je hochai la tête.

Sa voix tremblait légèrement. « Donc, ma fille est morte à ce moment-là, en 1972, et j'ai eu un fils à la place.

— Que vous avez appelé Arne.

— Nous avions toujours été d'accord avec mon mari, si nous avions un fils, pour qu'il s'appelle comme ça », fit-elle faiblement. Elle était très, très loin lorsqu'elle ajouta : « J'aurais tellement voulu avoir des petits-enfants… »

Après une pause, elle changea de sujet : « Il y avait autre chose que vous vouliez savoir ?

— En réalité, c'était moi qui devais vous mettre au courant, lui dis-je sur un ton d'excuse.

— Je ne veux plus rien entendre, répondit-elle sèchement. La police m'a tout raconté. Je ne veux plus rien savoir. » Son visage était déterminé, dur, et plus vieux de dix ans.

« Il… Elle a bien caché son jeu, fis-je. En mer, sur la plate-forme.

— Elle a toujours été timide », répondit-elle amèrement.

J'acquiesçai. Sur les bateaux, les marins avaient des cabines individuelles, et sur les plates-formes, l'équipage faisait les trois-huit. Ce n'avait peut-être pas été si difficile après tout. J'avais les yeux posés sur le coussin noir. Le texte qui y était inscrit semblait d'une légèreté presque indécente compte tenu de tout ce qui s'était passé : La belle France.

Sa voix changea de registre, et elle poursuivit sur un ton formel : « Avez-vous apporté la facture ? »

Je la lui tendis. « Il n'y a pas d'urgence. »

Elle ne me répondit pas. « Auriez-vous la gentillesse de sortir dans l'entrée ? »

Nous répétâmes le rituel de ma première visite, mais cette fois-ci, elle ne m'invita pas à revenir dans le salon. Elle me rejoignit dans l'entrée où elle compta les billets de cent devant moi, un par un.

Nous restâmes un instant sans parler, face à face à côté de la porte d'entrée. « Je suis vraiment désolé, pour tout. N'hésitez pas si vous avez besoin d'aide une autre fois... »

Ses yeux fixaient la porte derrière moi. Elle n'ouvrit pas la bouche, se contentant de hocher la tête, yeux blafards et lèvres pincées. Une légère odeur de chou bouilli flottait dans l'air. Je lui saisis la main, la serrai, ouvris la porte et sortis.

Je n'eus pas le temps de me retourner qu'elle avait déjà refermé derrière moi.

L'escalier de Dragefjell était désert. S'il n'y avait pas eu le bruit de la circulation, on aurait pu croire que la ville était morte. Le soleil s'était couché derrière les coteaux, et il faisait froid. Je me dirigeai vers la ville en descendant lentement le vieil escalier, à petits pas. Une dalle était branlante et elle claqua sèchement lorsque je passai dessus — comme un petit cri lointain.

42

De retour au bureau, je trouvai un petit mot sur ma porte : Je t'attends à la cafétéria en bas. S.

Je la vis assise à une table près des fenêtres. Elle regardait vers la place du marché, ne remarqua pas ma présence avant que je sois arrivé tout près d'elle. En m'apercevant, elle me tendit une main et serra mes doigts avec un sourire un peu forcé.

Je m'installai en face. Je me doutais de ce qu'elle allait me dire. Elle jouait avec sa tasse de café vide en parlant. Je fixai ses yeux. Ils étaient sombres et expressifs, dégageant féminité et chaleur. J'avais toujours trouvé que c'était ce qu'il y avait de plus beau chez elle.

J'avais une main posée sur la table. Une fois les explications terminées, elle la saisit violemment des deux mains, la cacha et la serra fort entre ses doigts. « Mais on sera amis, n'est-ce pas, Varg, toujours ? »

Je hochai la tête. « Bien sûr. » Après une pause, j'ajoutai : « Ne t'en fais pas. Ce n'est pas ta faute. Ce n'est pas la première fois que ça m'arrive. Ce n'est pas la première fois que je suis deuxième à passer la ligne d'arrivée. Ou troisième, même. »

Son visage tremblait. Ses yeux s'assombrirent. Elle me serra la main tellement fort qu'elle me faisait presque mal.

Puis elle ramassa ses affaires et se leva. « Porte-toi bien », fit-elle en accentuant lourdement sur le dernier mot. « N'hésite pas à me passer un coup de fil un jour, si tu en as envie.

— Je... »

Elle s'arrêta, attendant la suite.

« Je serai toujours là, Solveig. Je t'attendrai toujours. Sache que tu sauras toujours où me trouver, que tu peux toujours compter sur moi.

— Merci, répondit-elle d'une voix transparente, presque comme un souffle. J'ai... de la chance. » Elle afficha à nouveau son sourire forcé, difficile, et quitta la pièce d'un pas rapide.

Je restai assis à côté de la fenêtre pour la suivre du regard lorsqu'elle traversa la place du marché pour aller vers Skuteviken.

Je remontai dans mon bureau et appelai l'agence de détectives Harry Monsen à Oslo. Monsen s'était absenté, mais je demandai à la secrétaire de transmettre un message : ma réponse à son offre était non, et elle était irrévocable.

Puis je rentrai à la maison. Je posai ma valise dans l'entrée, et accrochai mon manteau avant d'aller dans la cuisine. J'ouvris le frigo. Il était vide. Je refermai lentement la porte, m'assis lourdement à la table et fixai le vide au-dehors, immobile.

DU MÊME AUTEUR

Chez Gaïa Éditions

ANGES DÉCHUS, 2005.

LA NUIT, TOUS LES LOUPS SONT GRIS, 2005.

LA FEMME DANS LE FRIGO, 2003 (Folio Policier n° 409).

LA BELLE DORMIT CENT ANS, 2002 (Folio Policier n° 362).

POUR LE MEILLEUR ET POUR LE PIRE, 2002 (Folio Policier n° 338).

LE LOUP DANS LA BERGERIE, 2001 (Folio Policier n° 332).

Aux Éditions de l'Aube

BREBIS GALEUSES, 1997.

Composition IGS-CP
Impression Novoprint à Barcelone,
le 05 mars 2006
Dépôt légal : mars 2006

ISBN 2-07-031561-4./Imprimé en Espagne.